제4 간빙기
第四間氷期

제4 간빙기
第四間氷期

아베 고보

이홍이 옮김

일러두기

모든 각주는 옮긴이 주다.

차례

서곡

✶

다 죽어버린 5000미터 심해에, 퇴화한 짐승 털이 수북이 쌓인 듯한, 사방에 구멍이 뚫린 두꺼운 진흙 평원이 갑자기 나타났다. 그러다 눈 깜빡할 사이, 그것은 부서져 어두운 구름으로 변하더니 소용돌이를 일으켰고, 검고 투명한 벽에 별빛처럼 떠다니는 플랑크톤 무리를 감쪽같이 없애버렸다.

곳곳에 금이 간 바위가 덩그러니 드러났다. 그리고 암갈색으로 빛나는 조청 같은 덩어리가 어마어마한 거품을 내뿜으며 넘쳐흘렀고, 노송의 뿌리를 연상케 하는 굵은 가지가 수 킬로미터에 걸쳐 쭉 뻗어 있었다. 분출물의 양은 더욱 늘어났고, 그 어둡게 빛나던 마그마도 모습을 감추었다. 이제는 그저 거대한 증기 기둥이 싸라기눈 같은 플랑크톤의 사체를 뚫고, 소용돌이를 일으키며 부서지면서도, 소리도 없이 위로 치솟았다. 그러나 그 기둥은 해수면에 닿기도 전에 어느새 방대한 물 분자 사이로 섞여 들어가 버렸다.

마침 그 무렵, 2해리 앞에는 화객선 한 척이 요코하마를 향해 항해하던 중이었다. 승객들과 승무원들은 갑자기 배가 흔들리고 순간적으로 삐걱거리는 것을 느꼈을 뿐이었다. 또 선교 쪽에 서 있던 이등 항해사조차 분주하게 뛰어오르는 돌고래 무리와 함께, 어렴풋하기는 해도 별안간 바닷물의 색이 변한 것을 봤으면서도, 굳이 일지에 기록할 일은 아니라고 생각했다. 하늘에는 7월의 태양이 녹아내린 수은처럼 빛나고 있었다.

하지만 그때는 이미 눈에 보이지 않는 해수의 진동이 곧 쓰나미가 될 준비를 하고 있었다. 믿을 수 없을 정도의 파장과 시속 720킬로미터라는 속도로, 육지를 향해 쉬지 않고 바닷속을 달리고 있었다….

프로그램 카드 No. 1

✶

전자계산기란, 생각하는 기계를 뜻한다. 기계는 생각할 수 있지만, 문제를 만들어 내지는 못한다. 기계를 생각하게 만들려면 프로그램 카드라는, 기계의 언어로 쓰인 질문표를 입력해야만 한다.

1

"어땠어요, 위원회는?"

내가 들어가자, 감시판을 들여다보며 기억 장치를 조정하고 있던 조수 요리키가 몸을 돌려 물었다. 내가 어지간히 한심한 표정을 짓고 있었는지, 그는 대답도 기다리지 않고 한숨을 쉬며 손에 들고 있던 것을 던져버렸다.

"성질 좀 죽여!"

요리키는 마지못해 몸을 구부리더니 드라이버를 주웠다. 그리고 팔을 흔들흔들 휘저으며 턱을 쑥 내밀었다.

"그런데 도대체 저희 일은 언제 시작하는 거예요?"

"난들 알겠어?"

이미 내 속이 말이 아니었기 때문에 남이 짜증 내는 모습을 보자 필요 이상으로 열불이 났다. 나는 겉옷을 벗어, 수동 제어 장치 위로 던져버렸다. 그 충격으로 기계가 제멋대로 가동하는 것처럼 보였다. 물론 정말로 그랬을 리는 없고, 당연히 착각이다. 하지만 순간적으로 무언가 기발한 아이디어가 얼핏 머릿속에 떠오르는 것 같았다. 서둘러 그것이 무엇이었는지 되뇌려고 했지만 이미 사라져버렸다. 젠장, 날은 또 왜 이리 더운지….

"뭐, 대안은 나왔어요?"

"나올 리가 있겠어?"

잠시 후, 요리키가 작은 목소리로 말했다.

"잠깐 아래 좀 다녀올게요."

"그래, 어차피 할 일도 없으니까."

나는 의자에 걸터앉아 눈을 감았다. 요리키의 샌들 소리가 점점 멀어져 간다. 일본의 젊은 연구원들은 어째서 저렇게 꼭 나무 샌들을 신으려고 할까? 참으로 기묘한 풍습이다. 발소리가 멀어져 갈수록, 발걸음이 바빠지는 걸 보니, …아무래도 단단히 벼르고 있었나 보다.

눈을 뜨자 선반에 나란히 꽂힌 스크랩북 네 권이 엄청난 의미를 지닌 물건처럼 보였다. 문제의 그 모스크바 1호가 완성된 이래로, 최근 3년 동안 예언 기계에 관한 기사를 전부 찾아 모아놓은 것이었다. 저게 바로 내가 걸어온 길이다. 그리고 그 마지막 페이지 맨 끝자락에, 내 길이 사라지려 하고 있다.

2

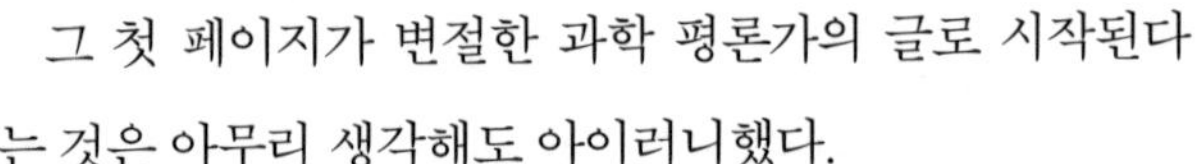

그 첫 페이지가 변절한 과학 평론가의 글로 시작된다는 것은 아무리 생각해도 아이러니했다.

"전문가들은 정신 차려라!"라고, 마치 본인이 예언 기계의 발명가라도 되는 양 써놓았다. "웰즈의 타임머신이 유치했던 이유는 말만 시간 여행이라고 해놓고 결국에는 시간의 추이를 공간적으로 번역해 놓은 것에 불과했기 때문이다. 인간은 현미경이라는 간접적인 수단을 통해서 박테리아를 본다. 거기에 대고, 맨눈으로 보지 못했으니 본 거라 할 수 없다고 한다면 그건 틀린 말이다. 마찬가지로, 예언 기계 〈모스크바 1호〉를 통해 인류는 분명히 두 눈으로 미래를 봤다. 드디어 타임머신이 실현된 것이다! 지금, 우리는 문명사의 새로운 분기점에 서 있다!"

과연, 그런 말이 나올 만도 하다. 하지만 이건 과장이 심하다. 내가 한마디하자면, 그가 본 것은 미래도 뭣도 아닌, 그저 하나의 뉴스 장면에 지나지 않는다.

그 영화는 이렇게 시작했다. 우선 첫 장면에서는 정오를 가리키는 시계와 쫙 펼쳐진 누군가의 커다란 손이 보인다. 그 옆에는 텔레비전이 있고, 화면 속에는 첫 장면과 똑같은 영상이 나오고 있다. 시계가 1시를 가리키면 손을 꽉 쥐라는 명령이 주어진다. 기술자가 콘솔의 다이얼을 돌려 한 시간 후로 맞추자, 현실은 겨우 30초가 흘렀을 뿐인데도, 텔레비전 안에서는 바로 1시간 후가 된다. 그리고 브라운관 속의 커다란 손은 주먹을 쥔다.

그리고 또 이런 실험도 있었다. 이제 자극을 줄 거라는 신호를 보내면, 잠들어 있던 영상 속 작은 새가 갑자기 날아간다. 또 이제 손을 뗄 거라는 신호를 보내면, 영상 속 컵이 바닥에 떨어져 산산조각이 난다….

사람들이 놀라도 분명 이상할 것은 없다. 나 역시 처음에는 턱이 빠질 만큼 깜짝 놀랐으니까. 하지만 문제는 그게 아니었다. 3년 후…, 스크랩북으로 말하면 네 권째에 접어들었을 때, 이 똑같은 인간이 도대체 무슨 말을 지껄였냐는 것이다.

"진정한 의미의 예언은 이 세상에 존재할 수가 없다." 라는 문장에서 이 변절자의 불결함이 느껴진다. "예를 들어, 어떤 사람이 한 시간 뒤 맨홀에 빠질 거라는 예언을 들었다고 치자. 그런 이야기를 듣고도 맨홀에 빠질 바보가 어디 있을까? 만에 하나 있다고 한들, 어지간히 암시에 잘 걸리는 어수룩한 사람임이 틀림없다. 이쯤 되면 예언이라고 할 것이 아니라, 그냥 암시에 걸렸다고 해야 한다. 예언 기계라는, 겉만 번드르르한 거짓은 그만두고, 정직하게, 인간의 약점을 공략하는 암시 기계라고 이름을 바꾸는 것이 어떨까…?"

그럴듯한 이야기다. 뭐로든 원하는 대로 이름을 바꾸면 그만이다. 역시 그럴 줄 알았다. 이 사람 하나로 끝나지 않았다. 금세 모두가 반대 의견으로 돌아섰다. 그 이후로 나는 마치 위험인자 취급을 받고 있다.

3

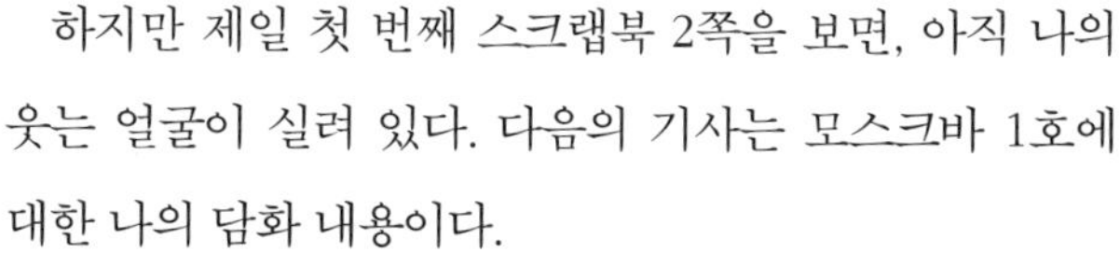

하지만 제일 첫 번째 스크랩북 2쪽을 보면, 아직 나의 웃는 얼굴이 실려 있다. 다음의 기사는 모스크바 1호에 대한 나의 담화 내용이다.

"당연히 트릭은 있을 수 없다. 논리적으로는 충분히 가능성이 있는 일이다. 하지만 여태까지의 전자계산기와 비교했을 때, 특별히 본질적인 부분에서 차이가 있어 보이지 않는다고, 중앙계산기술연구소의 가쓰미 박사는 전문가답게 지극히 냉정한 코멘트를 해주었다…."

하지만 이것은 거짓말이다. 나는 그저 지독한 질투심을 느꼈던 것뿐이다. 내가 너무 시큰둥하게 답변을 했기 때문에, 화가 난 기자 한 명은 이런 질문까지 했다.

"그럼, 선생님도 금방 이런 걸 만드실 수 있다는 말씀이네요?"

"뭐, 시간과 돈이 있다면…."

이건 어느 정도 진심이기도 했다.

"보통 전자계산기라는 건 원래부터 일종의 예보 능력을 갖추고 있거든요. 문제는 기계 그 자체가 아니라, 그 기계를 제대로 쓸 기술이 있냐는 거지. 프로그래밍…. 다시 말해, 기계가 알아들을 수 있는 말로 문제를 만들어 내야 하는데, 이게 어렵거든. 지금까지 나온 기계들은 인간이 다 만들어 줘야 했어요. 그런데 모스크바 1호라는 놈은, 이 프로그래밍을 아무래도 꽤 높은 수준으로 자기가 직접 하는 것 같더라고요."

"그럼 이 기계로 앞으로 어떤 가능성을 생각해 볼 수 있을까요? 그럴듯한 사례 하나만 예로 들어주시면 안 될까요?"

"글쎄…. 일반적으로 예상이라는 건 시간의 크기에 반비례하고, 가속화될수록 유효성을 잃게 되는 법이거든요. 뉴스만 봐도 알 수 있듯이, 예언의 범위는 의외로 제한적이잖아요? 유리컵을 떨어뜨리면 깨진다는 것쯤이야 굳이 예언 기계에 물어보지 않아도 초등학생도 아는 거니까. 교재 정도의 수준이라면 여러 용도를 생각해 볼 수 있겠지만, 너무 공상적인 기대는 역시 자제하는 게 좋을 것 같네요."

그게 문제가 아니었다. 속에 있는 말을 시원하게 뱉어내보자면 나는 지금, 주체할 수 없는 질투심에 속이 타들어 갔다. 가만히 있으면 그만큼 뒤처진다. 나 역시 무슨 수를 쓰든 내 손으로 예언 기계를 만들고 싶어졌다. 나는 그 길로 소장과 지인 두세 명을 설득하러 다녔다. 하지만 그들 중 누구도 호기심 이상의 것은 내어주지 않았다. 그래서 나와 같은 견해라며 함께 실린 소설가의 말은 정말이지 도움이 안 되었다. (무지만큼 그럴싸해 보이는 것은 없다….)

"모든 것을 필연의 형태로 끼워 맞추려는 공산주의자라면, 기계가 예언해 준 것만이 그의 미래가 될 것이다. 하지만 미래를 자유 의지로 만들어 내는 우리에게 그런 기계는 아마도 어떤 도움도 되지 않을 것이다. 억지로 보여주려 한들 미래란 원래부터 유리처럼 투명하게 비치는 것 아니었던가? …나는 무엇보다도, 예언이라는 신앙이 도덕심을 마비시킬 것 같아 두렵다."

그러나 머지않아 기회가 왔다. 두 번째 스크랩북을 펼쳐보자. 모스크바 1호는 내가 걱정했던 대로 성능을 발휘하기 시작했다. 꿈 같은 그럴싸한 미래가 아니라, 무시무시하게 현실적이고 무미건조한 예언을 차례차례 연달아 보내온 것이다. 처음에는 혀를 내두를 만큼 정확한 기상 예보를, 그다음에는 산업 경제 분야의 예보를….

그때 느낀 곤혹스러움이란, 한마디 말로는 표현 못 하겠다. 갑자기 그해 쌀 수확량이 예고되었다. 이 정도는 뭐, 반년은 지나 봐야 아는 일이라고 우습게 보고 있었는데, 뒤이어…

1분기 전국 은행의 출납 계산
추후 한 달 동안 예상되는 부도 어음
모 백화점의 예상 매출
나고야시의 다음 달 소매 물가 지수
도쿄 항구의 재고 예상액

이라는 예고가 연달아 나왔고, 그뿐만 아니라 예언들이 오차율을 한참 밑돌 확률로 적중하기 시작해 놀라지 않을 수 없었다. 게다가 모스크바 1호는 이 일련의 예언을 마치면서 인사말을 덧붙였는데, 이것이 또 사람을 깔보는 투였다.

"모스크바 1호는 귀국의 주가 지수 및 생산 재고의 비율도 예상할 수 있다. 하지만 그로 인해 경제가 불안해질 우려가 없다고 장담할 수 없으므로 삼가고자 한다. 우리가 바라는 것은 어디까지나 공정한 경쟁 말고는 아무것도 없으며…."

이런 낭패가 또 없었기 때문에, 신문들도 필요 이상의 논평은 내지 않았다. 다른 자유 국가들도 비슷한 예언을 들었다는데, 역시 아무 대응도 하지 않고 있었다. 보기 흉한 침묵이 이어졌다. 하지만 입 다문 채 손 놓고 있었던 것은 아니다. 정부도 슬슬 재계의 요청을 받아 움직일 때가 왔기 때문이다.

우선, 중앙계산기술연구소 안에 부속 사무실이라는 형태로 '예언 기계 개발부'가 설치되었다. 그리고 내가 개발부장으로 임명되어—일본에서 프로그래밍을 전문으로 하는 사람은 나밖에 없었기 때문에 지극히 당연한 결과였다—, 바라던 대로 나는 예언 기계 연구에 몰두할 수 있게 된 것이다.

세 번째 스크랩북….

약속한 대로, 모스크바 1호는 침묵을 지켜주었다. 요

리키는 약간 예의가 없다는 단점이 있는 친구지만, 꽤 유능한 조수다. 일은 순조롭게 진행되었고, 2년째가 되던 해 가을에는 거의 완성 단계에 접어들어, 미래의 장면을 화면으로 불러와 컵이 깨지는 장면 정도는 보여줄 수 있게 되었다. (자연 현상의 예언은 비교적 쉬운 것이다.) 몇 가지 간단한 실험을 선보일 때마다 나와 기계의 명성은 높아졌고, 기대 또한 커졌다. 그러나 기억하고 있는 사람도 있겠지만, 경마 결과를 예측했을 때에는 관계자마저 동요했고 끝내 억지로 중단시켰다. 그때의 나는 기계의 힘을 선보이는 데에만 집중하며 우쭐했었는데, 이제 와 생각하면 그것은 머지않아 우리가 따돌림의 대상이 될 불길한 전조 증상이었는지도 모른다. (이 세상을 지탱하는 기둥이 몇 개나 있는지 모르겠지만, 적어도 그중 세 개는 어리석음과 무지와 멍청함이라는 기둥인 듯하다.) 하지만 당시에는 앞만 보고 달렸고, 기대에 취해 있었다. 특히 어린이들 사이에서 인기가 대단했는데, 나는 종종 컬러 만화책에까지 등장하는 영광을 누렸다. 계산기술연구소의 우리 부서를 모델로 그린 만화 속 공간에는 로봇들도 섞여 있어, (예언 기계의 실제 모습은 철로 된 거대한 상자 모양으로, 대략 20평 남짓한 사무실에 'ㄷ'자로 놓여 있었다. 하지만 만화 속에서는 로봇으로 그려줄 필요가 있는 모양이었다.) 그들이 미래 사회의 온갖 분야로 뛰어들며 악당들을 물리치는 내용이었다.

그 무렵, 그럭저럭 기계 장비는 충분해 보였기 때문에, 이제는 훈련과 교육에만 전념하기로 했다. 인간의 뇌도 교육과 경험이 없으면 아무런 쓸모가 없는 것과 마찬가지다. 특히 경험은 뇌의 영양분이다. 하지만 기계는 스스로 밖에 나가 돌아다닐 수 없으므로, 우리 인간이 그들의 손과 발이 되어주고, 데이터를 모아와야 한다. 돈과 노동력을 요하는, 지루하면서도 끈기가 필요한 일이다.

(데이터가 자칫 경제 쪽에 치중될 뻔했던 것은, 이 연구소의 성격과 모스크바 1호의 예언이 미치는 심리적 영향 등을 고려했을 때, 아무래도 어쩔 수 없는 일이었다.)

기계의 소화력은 거의 무한에 가까웠다. 넣어주는 대로 알아서 적절히 소화한 뒤 모조리 어딘가에 비축한다. 그러는 사이, 어느 한 곳이 포화 상태가 되면, 그곳에서 신호를 보내온다. 그러면 그 부분은 이제 프로그램 설계 능력을 부여받게 되는 것이다.

어느 날, 최초의 신호가 있었다. 확인해 보니, 자연 현상 속 곡선으로 표현될 수 있는 모든 함수 관계를 집어삼킨 상태였다. 곧바로 그 능력을 시험해 봤다. 물에 담근 콩알이 4일 후 얼마나 성장하는지 화면으로 연결해 지켜봤더니, 7센티미터짜리 콩나물이 되기까지를 그럴듯하게 보여주었다. 앞으로 성장하는 속도는 더 빨라질 것이다. 우리는 그날을 기념해 "KEIGI-1*"이라는 이름을 정식으로 발표했다.

하지만 이제 여기서 세 번째 스크랩북을 덮고, 네 번째로 넘어가야만 한다. 상황이 급변했기 때문이다.

---

* 계산기술Keisan Gijutsu 연구소의 앞글자를 딴 이름으로 보인다.

4

우리는 예언 기계의 탄생을 성대하게 축하할 계획을 짜고 있었다. 맨 처음 무얼 예언해 달라고 하면 좋을지, 각 방면의 사람들에게 설문지를 보내 조사를 벌이기도 했다. 이를 위한 위원회가 만들어졌고, 언론도 손에 땀을 쥐고 기다렸다. 그런데 갑자기 모스크바 2호가 완성되었다는 소식이 들렸다.

뉴스는 짓궂은 선물을 가지고 왔다. 나는 그 소식을 아침 일찍 걸려온 신문사의 전화로 알게 되었다.

"모스크바 2호의 예언 들으셨어요? 32년 이내로 최초의 공산주의 사회가 만들어지고, 1984년쯤에 마지막 자본주의 사회가 몰락할 거래요. 선생님, 어떻게 생각하세요?"

나는 나도 모르게 웃고 있었다. 하지만 생각해 보면, 조금도 웃기지 않다. 웃음이 다 뭔가, 이렇게까지 체기를 유발하는 대화는 처음이었다.

연구소에서도 온통 이 이야기로 난리였다. 나는 뭔가 안 좋은 일이 일어날 것 같은 예감에 기분까지 울적해졌다.

젊은 연구원들은 이런 잡담을 나누고 있었다.

"기계 주제에 의외로 고리타분한 얘기를 하네…."

"왜? 진짜로 그렇게 될 수도 있잖아."

"그런 예언이 나오게 조작한 거 아니야?"

"나도 그 생각했어. 애초에, 미래가 어떤 이념으로 정의된다는 건 이상해."

"이념이라고 생각하니까 이상한 거지. 더 단순하게 생산 수단을 사유할 수 있는 사회에서, 사유할 수 없는 사회로 간다는 거잖아…."

"그런데 그걸 꼭 공산주의라고 단언할 수 있어?"

"멍청하긴. 그걸 공산주의라고 하는 거거든."

"그러니까 고리타분한 거라고."

"뭘 모르네…."

"아니, 이념이란 건 인식의 방법이잖아? 방법과 현실

은 다른 거야.”

“뭐라는 거야? …그게 어디가 새롭다는 거야?”

그들은 그렇게 떠들더니 내게로 모여들었다. 그런 문제에 대해, 우리 기계도 무언가를 예언할 수 있을까?

“왜들 그래? 우리도 조만간 흐루쇼프*의 어느 앞니가 먼저 빠질지 예언해서 세상을 놀라게 할 텐데.”

유감스럽게도 아무도 웃어주지 않았다.

다음 날, 미국 내의 반향이 언론을 통해 보도되었다. “예언과 점술은 근본적으로 다른 것이며, 도덕심을 전제로 한 것만이 비로소 예언이라는 이름을 부여받게 된다. 그것을 기계에 맡겨버리다니, 인간성을 의심하지 않을 수 없다. 미국에서도 이미 오래전에 예언 기계를 완성하는 데에 성공했지만, 양심에 따라 정치적으로는 사용하지 않도록 해왔다. 이번 소련의 행태는 평화 공존의 외침을 배반하고, 국제 우호 및 인간 자유에 위협을 가하는 행위다. 우리는 모스크바 2호의 예언이 인간 정신에 대한 폭력이라 보며, 신속하게 파기 및 철회할 것을 권고한다. 만일 이를 수용하지 않을 시에는 유엔에 제소하는 방안도 검토할 예정이다. (스트롬 장관)”

---

* 니키타 흐루쇼프(Nikita Khrushchev, 1894~1971). 1958년부터 1964년까지 소련 공산당의 총리로 재임했다.

우방국인 미국의 이런 강경한 태도가 우리의 일에 영향을 미치지 않을 리가 없었다. 결국엔 염려했던 일이 일어나고 말았다. 3시쯤이 되자, 소장을 통해 프로그램 위원회 재편과 새로운 멤버에 의한 긴급회의가 있을 것이라는 통지를 받았다. 통계국의 일방적인 통보였다. 나와 소장을 제외하고 기술 관계자는 대부분 이곳을 떠났고, 낯선 사람들이 들어왔다. 인원수도 줄었다.

회의 장소는 평소처럼 본관 2층이었지만, 신혼부부가 언제 이혼할지 예언해 보면 어떻겠냐 따위의 악의 없는 농담을 나누던 기존의 회의와는 전혀 다른 분위기였다. 시작부터, 그동안 서포트 역할을 해주던 도모야스라는 통계국 임원이 일어나더니 이렇게 말했다.

"…본 위원회는 기존의 명칭을 그대로 이어받았기는 하지만, 실질적으로는 전혀 다른 조직이 되었다고 생각해 주시면 감사드리겠습니다. 그러니까 일단 연구 기간은 끝난 거로 하고, 프로그램 편성의 결정권은 앞으로 본 위원회에 넘어오는 것으로, 관계 각료들이 합의를 봤습니다. 바꿔 말하면 본 위원회의 결정 없이는 예언 기계를 작동시킬 수 없다는 거죠. 연구라는 게 자주성도 존중받아야 하지만, 실용 단계에 들어간 이상 책임 소재를 우선 명확히 해야 한다, 뭐, 그런 거죠. 그리고 이제부터는 비공개 방침으로 해나갈 예정이라 그 점도 아무쪼록 주의를 부탁드립니다."

다음에는 가냘파 보이는 새로운 얼굴이 일어섰다. 뭐라고 길게 직함을 말했는데, 무슨 소리인지 머리에 들어오지 않았다. 요컨대 장관 비서라는 것 같다. 신경질적으로 가늘고 긴 손가락을 접으며 그도 한마디 했다.

"이번 모스크바 2호를 보고 있으면, 미국 당국의 견해에서도 알 수 있듯이, 다분히 정치적인 의도를 엿볼 수 있습니다…. 예를 들어서 먼저 1호로 우리 호기심을 부채질해 두고, 거기에 발끈해서 우리도 예언 기계를 안 만들고는 못 배기게 만든 셈이에요. 이건 실제로 그렇게 됐으니까…. (여기서 굳이 내 얼굴을 볼 건 없지 않나!) …그런데 드디어 우리가 실용 단계에 들어간다 싶을 때 바로 이걸 정치적으로 이용한 거죠. 얼떨결에 우리도 정치 예언을 하지 않으면 손해란 기분이 들게끔. 솔직히 말하면, 이건 두 눈 멀쩡히 뜨고도 우리가 직접 예언 기계라는 스파이를 불러들인 꼴이네요. 이 부분을 차분히 생각해 주셨으면 합니다. 멍청하게 여기에 말리면 안 되니까, 저희는 그 부분을 확실히 해두고 싶은 거예요…."

나는 발언권을 요청했다. 소장은 근심 어린 눈으로 슬쩍 나를 봤다.

"그럼, 그동안 저희가 검토했던 프로그램 기획안은 어떻게 됩니까? 당연히 그건 그거대로 진행해도 괜찮겠죠?"

"어라?"

가냘픈 사람이 도모야스의 서류를 들여다봤다.

"딱 세 개 있었죠?"

도모야스가 당황해서 서류를 펼쳐 보여줬다.

"세 개가 아니죠. 1안은 확실히 정해졌었어요. '기계화 속도 K에 대응하는 상품 가격과 노동 임금의 문제'요. 단, 어느 공장을 모델로 고를지…."

"잠깐만요, 선생님." 도모야스가 말을 끊더니, "이번 회의부터 위원회가 결정권을 갖는 거거든요. 그동안의 일은 일단 백지화해 주시고…."

"그런데 저희는 그 기획안대로 여태 준비해 왔거든요."

"그것참 안됐습니다."라고 갸날픈 놈이 입을 오므리며 웃더니, "그런 기획은 아무래도 어렵겠는데요. 아슬아슬하게 정치 문제로 이어지니까요. 무슨 말인지 아시죠?"

그의 말이 끝나자 다른 위원들도 일제히 웃음을 터뜨렸다. 뭐가 그렇게 웃긴지 이해할 수가 없었다. 진심으로 불쾌했다.

"모르겠어요. 그렇게 말씀하시니까 꼭 모스크바 2호가

이겼다고 인정하는 것 같은데요?"

"그거, 바로 그런 사고방식이 저쪽에서 노리는 거라니까. 조심 좀 해주세요, 진짜…."

그때 또 모두가 한목소리로 웃음을 터뜨렸다. 뭐 이런 덜떨어진 위원회가 다 있을까? 나는 이제 반대 의견을 낼 마음조차 사라졌다. 나 역시 그다지 정치를 좋아하는 사람이 아니다. 하지만 1안이 안 된다면, 빨리 대안을 내놓아야 한다.

"그럼, 2안으로 넘어갈까요? 지금과 같은 금융 긴축을 계속 유지할 경우, 5년 후 고용 상황에 관한 건데요…."

"그것도 어렵겠는데."

가냘픈 놈이 동의를 구하듯 위원들을 둘러봤다.

"그런데 하나하나 그런 식으로 따지면 정치와 관련되지 않은 게 없어요."

"글쎄요, 그럴까요?"

"그럼, 예를 들면 뭐가 있나요?"

"그런 건 선생님께서 말씀해주셔야죠…. 전문가이시잖아요?"

"3안은 다음 총선거 동원 요인에 관한 건데…."

"말도 안 돼요, 여태 나온 거 중에 제일 안 되죠."

"그런데…."

처음 보는 위원이 의심에 찬 얼굴로 끼어들었다.

"저는 도무지 이해가 안 가거든요, 예언을 듣고 미래를 알고 있는 경우와 모르는 경우, 인간의 행동은 저절로 달라질 거 아닙니까? 그렇다면 기껏 예언을 하더라도 그 내용을 발표해 버리면 예언과 다른 결과가 나오지 않겠어요?"

"지난번 위원분들께는 이미 몇 번이나 설명해 드렸는데요…."

내 말투가 어지간히 딱딱했는지, 도모야스가 허둥대며 설명을 시작했다.

"그러니까, 그 경우에는 최초 예언을 듣고 행동했다는 조건으로, 다시 한번 예언을 반복하게 됩니다. 즉, 제2차 예언인 거죠…. 그게 또 공표가 되면 제3차 예언을 하고… 이런 식으로 해서, 음, 무한대로 가는 거죠. 그래서 이걸 최대치 예언이라고 하는데, 현실에서는 이 최대치 예언과 제1차 예언의 중간치를 낸다고 생각하시면 될 것 같습니다."

"그렇군요, 고민 많이 하셨네요."

그 멍청한 위원은 아주 감탄한 듯 나를 보며 고개를 끄덕였다.

"이봐, 가쓰미 씨…."

보다 못한 소장이 슬며시 속삭였다.

"좀 더 자연 현상 쪽으로 말이야, 더 적당히 할 만한 거 없을까?"

"일기 예보는 기상청에서 하니까요. 그쪽 계산기에 우리 기계를 연결시키면 돼요, 간단하죠."

"그런 거 말고 조금 더 복잡한 거로…."

나는 대꾸하지 않았다. 아무리 그래도 그렇게까지 해서 타협할 수는 없다. 도대체 요리키나 다른 직원들에게 뭐라고 변명하면 좋을까? 반년 동안 모은 데이터가 이제 무용지물이 됐다고 어떻게 말하나? 문제는 자연 현상이냐 사회 현상이냐가 아니라, 지금까지 키워온 예언 기계의 능력을 어떻게 다루느냐다….

오늘의 의견을 참고로 해서 다음 위원회 때까지 내가 새로운 기획안을 생각해 오기로 하고, 어쨌든 그날은 헤어졌다. 그 후 위원회는 일주일에 한 번씩 열렸지만, 날이 갈수록 위원들 출석률이 낮아지더니, 네 번째 회의부터는 도모야스와 나, 그리고 그 가냘픈 사람 셋만 남게 되었다. 뻔한 흐름에, 이 지루하고 유도 신문 같은 회합에 진절머리가 안 나는 사람이 있다면 그 사람은 분명 정상은 아닐 것이다.

요리키는 위원회가 하는 짓에 처음부터 노골적으로 반항했다. 결국, 모든 것이 그들의 무사안일주의에 기반한 핑계에 지나지 않는다는 것이다. 그렇게 투덜거리면서도 그는 결코 꾀를 부리지는 않았는데 이게 바로 기술자의 약점이다. 우리는 위원회의 마음에 들 만한 프로그램을 짜기 위해, 머리를 모으고, 분투했다. 위원회가 열리기 전날에 밤을 새는 일도 몇 번 있었다.

하지만 노력하면 할수록, 정치와 관계없는 주제를 찾기란 그리 쉽지 않다는 사실을 깨달을 뿐이었다. 예를 들어 경작지 면적을 예상하려고 하면 농촌의 계층 분화라는 문제가 대두된다. 몇 년 후의 포장도로 분포를 조사하려고 하면 국가 예산이 또 걸린다. 모든 사례를 들 수는 없지만, 그때부터 열두 번, 위원회에 제출하는 족족 퇴짜를 맞았다.

나도 이제는 짜증이 났다. 정치란, 도망치려 하면 할수록 더 들러붙는 거미줄 같은 것이다. 딱히 요리키의 말에 동조할 생각은 없었지만, 이쯤에서 한 번 생각을 다시 해봐야 할지도 모른다.

그렇게 마음먹자 이번에는 일부러 빈손으로 가봤다. 물론 요리키에게 한마디 확실히 해두는 것도 잊지 않았다.

"미리 말하지만, 난 너처럼 정치에 관심이 있는 건 아니야."

그 결과가 보시는 대로, 맥없이 축 꼬리를 내리고 돌아 오게 된 것이다.

5

전화가 울렸다. 도모야스 위원에게서 온 전화였다.

"선생님이세요? 아까는 감사했습니다…. 실은 회의 끝나고 국장님께도 여러 가지 의논을 드렸는데요…. (거짓말! 아직 30분밖에 안 지났는데!) …이게 좀, 내일 오후까지 새로운 플랜을 제출하지 않으시면 일이 복잡해질 것 같아서요…."

"복잡해지다뇨?"

"저희가 내일 임시 국무 회의에 보고를 해야 하거든요."

"하면 되죠, 아까 말씀드린 것처럼…."

"그게요, 선생님, 혹시 들으셨는지 모르겠는데, 일부에선 폐쇄하자는 쪽으로 의견이 나오고 있어서요…."

일이 벌써 그렇게까지 되어버렸구나…. 순순히 머리를 숙이고, 일주일마다 또 쓸데도 없는 기획안을 계속 쥐어짜 볼까? 아니다, 그래 봤자 이미 늦었다. 차라리 예언기계의 기억을 싹 씻겨서, 원래의 백지 상태로 만든 다음 다른 누군가에게 넘겨버릴까?

다시 한번 선반에 꽂힌 스크랩북을 바라보다가 일어서서 기계를 둘러봤다. 스크랩북은 여백을 채워주기를 기다리고 있었고, 기계는 힘이 남아돌았다. 모스크바 2호는 그 후 타국의 예언을 쏟아내는 식의 장난은 하지 않았지만, 국내에서는 착착 성과를 올리고 있다고 들었다. 모르겠다…. 예언이란 과연 그렇게까지 자유를 위협하는 존재일까…? 아니면 이런 사고의 흐름 자체가 이미 심리전에 걸려들었다는 증거일까…?

덥다…. 너무 덥다…. 나는 도저히 가만히 있을 수가 없어서, 아래층에 있는 조사실로 가봤다. 안으로 들어가자, 한참 무르익은 대화가 뚝 끊겼다. 요리키의 얼굴에 당황어린 홍조가 돌았다. 또 내 흉을 보고 있었던 것이 분명하다.

"괜찮아, 계속해…."

주인 없는 의자에 앉으며, 딱히 그럴 생각은 없었는데 나도 모르게 비꼬는 듯한 말투가 나와버렸다.

"여기 폐쇄할 거래…. 방금 전화받았어…."

"그럼 어떻게 되는 거예요? …선생님, 도대체 오늘 위원회에서 무슨 얘기 하셨어요?"

"별로 얘기한 것도 없어…. 늘 하던 대로, 다 같이 이런 저런 얘기 했지."

"이해가 안 되네…. 결국, 정치 예보는 자신이 없다고 인정하셨어요?"

"말도 안 돼. 자신은 너무 있어서 탈이지."

"그럼, 기계를 못 믿겠다는 건가?"

"나도 그렇게 말했어…. 그랬더니 그쪽에선 아직 써보지도 않은 걸 믿고 말고 할 게 어딨냐는 거야…."

"그럼 써보면 될 걸 왜!"

"단순히 생각하면 그렇지…. 그런데 정치를 예언할 수 있다고 생각하는 그 사고방식 자체가 애초에 정치적인 거야."

제아무리 요리키여도 이 말에는 깜짝 놀라 입을 다물어 버렸다. 왜 대꾸가 없지? 이건 내 생각이 아니다. 그러니까 당당하게 되받아 쳐주길 기대했다. 상대가 입을 다물어 버리자 나는 거꾸로 더 조바심이 났다.

"애당초 미래를 예언한다는 건 별로 의미가 없는 일일 수도 있어…. 예를 들면 인간은 언젠가 죽는다는 사실을 다 알지만, 그걸 안다고 뭐 달라지는 거 있어?"

"그래도 자연사가 아닌 죽음은 되도록 피하고 싶잖아요."

이 말을 한 사람은 와다 가쓰코였다. 그녀는 가끔 어이없을 만큼 평범한 사람이 되었다가 아주 매력적인 사람이 되기도 한다. 단점은 입술 위에 있는 점이다. 빛의 각도에 따라 그것이 코딱지처럼 보일 때가 있다….

"피할 수 없다는 사실을 알게 된다면? 그래도 행복할까? …언젠가 폐쇄될 거라는 걸 알았다면 그렇게까지 고생해서 예언 기계를 만들 수 있었을까?"

"그런데 선생님, 지금 하시는 말 설마 진심은 아니죠?"

역시, 요리키다운 말이다.

"뭐가 됐든 예언을 쭉쭉 뽑아서 결과를 들이밀면 되는 거잖아요."

이런 식으로 분위기를 적절하게 조정하는 사람은 언제나 아이바다.

"그랬는데 결과가 소련 것과 같으면?"

"설마요!"

와다가 외쳤다.

"그래도 상관없잖아요."

아이바가 대꾸했다.

"뭐, 됐어…. 설마 너희 중에 공산주의자가 있을 거라고는 생각하지 않으니까….”

“선생님, 그게 도대체 무슨 의미예요?”

갑자기 성가신 전개가 되었다.

“…라고 하더라고, 그쪽에서. 내가 그런 생각을 할 리가 없잖아….”

“그럴 줄 알았어.”

“선생님은 못 당한다니까.”

다들 하나같이 안심한 듯 웃음을 터뜨렸다. 하지만 나는 나 자신이 싫어졌다.

“그럼 폐쇄라는 말도 농담으로 한 거겠네요?”

애매한 미소를 지으며, 엉덩이를 들었다. 요리키가 성냥을 그어 내밀어 주는 것을 보고, 내가 담배를 물고 있었음을 깨달았다. 나는 요리키에게만 들릴 목소리로 말했다.

“나중에 2층으로 좀 올래?”

요리키는 놀란 표정으로 내 눈을 쳐다봤다. 순식간에 내 머릿속을 읽은 것 같았다….

6

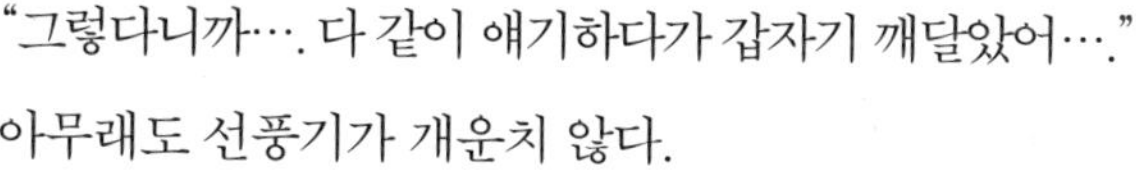

“그렇다니까…. 다 같이 얘기하다가 갑자기 깨달았어….”

아무래도 선풍기가 개운치 않다.

“그럴 줄 알았어요. 이상하게 저도 그런 생각이 들었거든요, 마침.”

“그럼 도와줄 거지? 그런데 밤도 새고 그래야 할 거야. 다른 직원들은 아직은 몰랐으면 좋겠어….”

“당연하죠.”

우리 둘은 곧바로 선반에서 문제의 스크랩북을 꺼내와 책상 위에 늘어뜨린 뒤, 기계가 이해하기 쉽도록 정리하는 작업에 들어갔다. 스크랩 내용을 예언 기계가 기억하도록 한 것이다.

"이 아이디어는 몇 번 언뜻 스쳐 가더라고…. 기계가 뭔가 자꾸 말하고 싶어 하는 것 같기도 하고…."

"기계의 자의식?"

"그런 거겠지? 아무튼, 기계가 직접 자기 처지를 이해할 수 있다면, 이 난관을 헤쳐 나갈 방법도 분명히 자기 힘으로 생각해 낼 게 틀림없어…."

"그런데 이 정도 데이터로 거기까지 가능할까요?"

"물론 보충 설명을 넣어줘야 할 거야. 나중에 녹음해 넣어야지…."

와다는 야식으로 먹으라며 샌드위치와 맥주를 사다 주었다.

"더 필요하신 건 없어요?"

"괜찮아, 고마워."

일을 하고 있으면 시간이 빨리 간다. 눈 깜빡할 사이에 9시가 되고, 10시가 되었다. 가끔 냉장고에서 얼음을 꺼내와 눈두덩이를 식히기도 했다.

"모스크바 2호의 예언도 암기시킬까요?"

"당연히 시켜야지…. 3권에서 4권으로 넘어가는 중요한 계기잖아."

"어디에 넣을까요?"

"일단 그 나라 뉴스는 전부 뭉뚱그려서 중간 판독을 해

보는 거로 할까?"

결과는 매우 암시적인 것이었다. 첫 번째 공통항은 예언 기계가 소련에서 대단한 활약을 하고 있다는 것으로—그것은 처음부터 알고 있었지만— 놀라웠던 점은 미래가 공산주의 사회라는 모스크바 2호의 예언이 그 항과 특별하게 서로 반응하는 것처럼 보였다는 것이다.

"이상하네…. 이 녀석 공산주의 사회를 뭐라고 생각하는 거지?"

"어쨌든 어떤 개념은 가지고 있는 것 같네요."

"또 다른 거, 반응하는 데가 있는지 찾아봐."

그러자 기계는 이미 기본 개념으로 공산주의 사회에 대해, 다음과 같은 식으로 이해하고 있다는 것을 알 수 있었다.

[정치 · 예언 · ∞]

다시 말해, 모든 예언을 이해한 뒤에 나타나는, 정치의 무한대 예언, 즉 최대 예언값이 공산주의라는 것이다.

아무래도 꼬리를 잡아먹는 뱀을 보는 것 같은, 억지로 갖다 붙인 느낌이 들기도 했지만, 그래도 개념의 정의는 가치 판단과는 다른 것이기 때문에 기계에 불평해 봤자 소용이 없다. 어쨌든 다음으로 넘어가기로 하고, 가지고 있던 데이터를 말끔히 입력하자 새벽 3시쯤이 되었다. 와다가 사준 샌드위치를 먹고, 힘을 내본다.

"자, 그럼… 어떤 각도에서 프로그램을 짜볼까요?"

"어떤 각도라… 글쎄, 아직 거기까지는 아닌 거 같은데? 그것보다 현재 상태를 이해하는 데에 어떤 데이터가 부족한지 먼저 물어봐야지…."

시간이 걸리는 귀찮은 일이었다. 일종의 시행착오로, 오로지 감과 추측으로 묵묵히 해나가는 수밖에 없다. 시간은 계속 흐르고 어렴풋이 창가에 푸르스름한 기운이 돌기 시작했다. 피로의 무게를 버텨내기가 제일 힘겨워지는 시간이다. 가만히 있으면 오히려 졸음이 쏟아지기 때문에 요리키와 교대했다. 잠시 후 뒤돌아보니, 요리키는 벌써 졸고 있었다.

그러는 사이, 아주 미미한 응답이 있었다. 처음에 나는 그 의미를 이해하지 못했다. 어디가 반응하고 있는 것인지 분석해 보니, 하나는 '자기 자신', 또 하나는 '인간'이라고 나왔다. '자기 자신'이라는 것은 물론 예언 기계 스스로를 말하는 것일 테다. 예언 기계와 인간… 도대체 무슨 말이 하고 싶은 거지? 잠깐, 이 모호한 반응은 단순히 데이터가 부족한 탓이 아니라, 모순된 데이터끼리 서로

부딪쳐서 나온 게 아닐까? 나는 응답점은 그대로 두고 다른 것을 지워봤다. 지우면 반응이 커진다. 어떤 특정적인 부분을 지운 경우에 커지는 게 아니라, 어디를 지워도 똑같이 반응이 커졌다…. 역시 모르겠다. 무슨 말이 하고 싶은 걸까?

그때, 나는 갑자기 이 모호한 반응 자체가 내 질문에 대한 답일지도 모르겠다는 생각이 들었다. 나도 모르게 던져 놓았던 질문…, 그거다, 나도 모르게 던진 프로그램의 테마…. 그렇다면, 대체 난 무얼 묻고 싶었던 것일까? 그게 무엇인지 이미 알고 있었다. 위원회의 방해를 완벽하게 물리칠 가능성이 있는지 없는지…, 만약 있다면 어떤 플랜을 내놓으면 좋을지를 묻고 싶었던 것이다.

이건 그 질문에 대한 답일 수도 있다. 답이라고 보면 간단하다. 인간의 예언…. 다른 사회적 데이터와는 서로 대립하는 데이터로 만들어진, 다른 말로 하면, 사적인 인간…. 그런 사적인 미래의 예언!

과연, 그럴지도 모른다. 나는 기계를 조금 무시했던 것 같다. 이 예언 기계에는 내가 상상했던 것 이상의 능력이 있는 듯했다. 부모가 아이에게 놀라고, 선생이 학생에게 허를 찔려도, 이상할 건 없다.

나는 서둘러 요리키를 깨웠다. 처음에는 반신반의했지

만, 결국에는 그도 납득했다.

"확실히 말이 되네요. 사적인 개인의 운명을 보겠다는데, 그건 어떤 의미로 봐도 정치 예보와는 다르니까요. 어쨌든 이걸로 시험해 봐요…."

"모델은 누구로 하지?"

"물어보죠…."

하지만 기계는 모델까지 지정할 마음은 없는 것 같았다. 일반적으로 누구든 상관없는 듯했다.

"우리가 찾아봐야겠네."

"1차 예언부터 시작하려면, 이런 실험 대상이 된다는 걸 모르는 사람으로 골라야죠."

"재미있겠는데?"

"그러게 말이에요…."

나도 신이 났다. 하긴, 수학이나 그래프로 예언하는 것이 아니라, 살아 있는 인간을 대상으로 예언 프로그램을 돌리는 것이다. 얼마나 재미있겠는가? 그때 우리는 그 상대… 자기도 모르게 선택되고, 관찰당하는 위치에 설 실험 대상인 인간에 대해 조금도 고민하지 않았지만, 그건 어쩔 수 없는 일이었다.

긴 의자에서 다섯 시간, 선잠을 잤다.

12시 조금 전에, 도모야스에게 전화를 했다.

3시에 답이 왔다.

"반응이 좋아요. 결정은, 아무래도 다음 위원회까지 기다려 주셔야 하지만, 덕분에 이번 플랜은 국장님도 굉장히 호의적이어서…."

우리는 기계를 믿고 있었고, 그 믿음에는 알 수 없는 확신 같은 것이 있어서 별로 걱정을 하지는 않았지만, 그래도 도모야스의 긴장 풀린 목소리를 들으니, 역시 안심이 되었다.

7

✶

4시에, 우리는 한 남자를 찾으러 길을 나섰다. 물론 처음부터 남자로 정하고 나간 것은 아니다. '남자', '여자'라고 쓴 종이를 접어 두 번 떨어뜨렸는데, 두 번 다 '남자'가 나왔기 때문에 남자로 하기로 한 것이다.

"남자들이 꽤 많네요. 누구로 할까요?"

"꼭 양들 무리에 섞인 늑대가 된 기분이야."

"자꾸 시선이 다른 데로 가버려요. 여자가 나왔으면 안 그랬을 텐데."

"참나. 언젠가는 여자도 하게 되겠지."

처음에 우리는 이런 농담도 주고받으며 돌아다녔다. 지하철을 타고, 국철 전차를 타고, 신주쿠로 왔다. 하지만 점점 힘들어졌다.

“안 되겠어…. 역시 무슨 기준을 세워야겠어….”

“어떤 기준이요? 오래 살 것 같은 사람이요?”

“겉만 봐서는 어떤 사람일지 예상이 잘 안 되는 사람으로….”

“그럼, 생긴 건 평범한 사람이 좋겠네요.”

하지만 평범하게 생긴 사람은 너무 많다. 그만큼 실패할 확률이 커진다. 7시 무렵이 되자, 결국에는 걷다 지쳐 작은 커피숍에 들어가 창가 석에 자리를 잡았다.

―이렇게 해서 우리는 그 남자를 만나게 된 것이다.

남자는 옆 테이블에 아이스크림 한 접시를 앞에 두고, 금박으로 가게 이름이 적힌 유리문 너머를 바라보며, 미동도 없이 가만히 앉아 있었다. 아이스크림은 다 녹아서 넘쳐흐를 것 같았다. 먹을 것도 아니면서 주문만 해놓고 다 녹게 내버려 둔 것이다.

고개를 돌리자 요리키도 남자를 주시하고 있었다. 아이스크림이 녹기까지 시간이 얼마나 걸렸는지는 모르겠지만, 지금의 우리에게는 매우 신경 쓰이는 광경이었다. 외모는 평범한데, 사연이 있어 보이는 남자…라고 해버리면 지나치게 자의적인 해석일 수도 있지만, 이런 약간의 특징이야말로 우리에게는 안성맞춤인 조건처럼 보였다.

요리키가 내 팔꿈치를 붙잡고 눈짓을 보냈다. 나도 고개를 끄덕였다. 종업원이 주문을 받으러 왔다. 요리키는 무언가 주스 종류를 시켰는데, 내가 커피로 하자 나를 따라 커피로 바꿨다. 커피가 오기까지 우리 둘 다 입을 열지 않았다. 피곤하기도 했지만, 그것보다도 앞으로 해야 할 결심의 무게가 입을 무겁게 만들었다. 아무튼, 상대는 누구라도 상관없다. 가장 평균적이면서 특징 있는 임의의 누군가이기만 하면 된다. 하지만 특징적인 사람인지 아닌지는, 실제로 겪어보지 않고서는 뭐라 할 수 없는 부분이다. 게다가 이제 걷기도 지쳤다. 여기서 더 꼼꼼하게 따져봐도 끝이 안 날 일이다. …우리 중 누군가가 찬성하면, 실험동물로 이 아이스크림 남자가 선정될 것은 이제 거의 확실해졌다.

약간 지쳐 보이기는 했지만, 남자는 이 더위에도 플란넬 겉옷을 여민 채로, 상반신을 꼿꼿이 세우고 여전히 미동도 없이 앉아 있었다. 가끔 발 위치를 바꾸는 것이 눈에 띌 정도다. 하지만 테이블 위에 올려놓은 손은 초조하단 듯이 불도 붙이지 않은 담배를 비틀고 있었다.

갑자기 난폭한 음악이 울렸다. 우리 바로 뒤에 있던 주크박스에, 무릎까지 오는 검은 치마를 입고 빨간 샌들을 끌며 걸어온 열여덟에서 열아홉 살로 보이는 소녀가 10

엔짜리 동전을 넣은 것이다. 남자가 흠칫 놀라 뒤를 돌아본 덕분에, 처음으로 얼굴을 볼 수 있었다. 검은색 나비넥타이 위로 눈두덩이가 움푹 패인 퀭한 눈과 다가가기 어려운 신경질적인 얼굴이 나사로 조인 듯 반듯하게 달려 있었다. 한 쉰은 넘어 보였는데, 묘하게 젊어 보이는 느낌이 드는 것은 어쩌면 머리를 염색했기 때문일지도 모르겠다.

내게는 음악이 너무나도 거칠게 느껴졌다. 하지만 요리키는 불편해하기는커녕 손가락 끝으로 리듬을 타기 시작하더니, 마음이 편해졌는지 커피를 한 모금 마시고는 불쑥 몸을 내밀어 말을 걸었다.

"저기요, 선생님, 보면 볼수록 저 사람이 딱인 것 같아요. 결정해 버리죠, 저 사람으로…."

하지만 나는 애매하게 고개만 기울였다. 괜한 심술을 부린 건 아니다. 문득 불길한 예감이 들어서였다. 어떤 한 개인의 미래를 예측한다는 것도 머리로 생각했을 때는 아주 훌륭한 시도인 줄 알았는데, 이렇게 실제로 그 실험의 재료가 될 수도 있는 인간을 눈앞에 두고 보니, 정말로 그럴 만한 의미가 있는 일인지 심히 의심스러워졌다. 어젯밤, 내 피로는 절정에 달했다. 어쩌면 예언 기계의 말을 잘못 읽은 건 아닐까? 그건 기계의 말도 뭣도 아니고,

제안하는 예언 테마가 위원회로부터 족족 거부당해 이러지도 저러지도 못하는 마음속 울분을 내 멋대로 해석한 건 아니었을까….

“무슨 소리 하시는 거예요, 이제 와서?”

요리키는 깜짝 놀라더니 의심스러운 듯 눈을 가늘게 떴다.

“아니, 기계가 그렇게 주문한 거였잖아요…. 게다가 이 플랜으로 겨우 도모야스가 승인해 줬는데….”

“그런데 아직 비공식 승인이잖아. 위원회가 뭐라고 나올지….”

“말도 안 돼요.”

요리키는 입을 삐죽 내밀었다.

“어쨌든 국장님이 호의적으로 나온 이상, 문제가 생길리 없어요.”

“그걸 어떻게 알아? 다음 위원회에선 전혀 딴소리할지도 모르는 거야. 아무리 정치와 관계가 없어도 쓸모없는 일에 돈을 쓸 리가 없어. 위원회를 통과할지 말지는, 예산을 따냐 못 따냐의 문제야. 마음에 드냐 마냐, 그런 단순한 얘기가 아니야.”

“그래도 실제로 기계가….”

“졸려서 해석을 잘못했을 수도 있잖아.”

"전 그렇게 생각 안 하거든요."

요리키는 욱한 나머지 물컵을 쏟고 말았다. 그는 손수건을 꺼내 바지의 무릎 부분을 닦으며 말했다.

"죄송해요. 그런데 저는 기계를 믿어요. 위원회도 그렇고, 저희도, 모스크바 2호 때문에 오로지 사회적인 테마만 찾아다녔어요. 그런 식으로 외부 탓만 하면, 기계가 말한 대로 마지막 최대 예언값은 공산주의가 나올지도 몰라요. 이 말은 결국, 예언 기계를 단순히 실용적인 용도 하나로만 쓰면 그렇게 될 수밖에 없다는 거예요. 그런 의미에서 보면, 기계가 공산주의를 최대 예언값으로 판단했다는 건 참 재미있지 뭐예요. …그래도 인간한테 제일 중요한 건 사회보다도 역시 인간이에요. 인간에게 좋을 게 없다면, 구조가 아무리 합리적인들 그런 거 어디다 쓰겠어요?"

"그래서?"

"그러니까요, 한 개인의 사적 미래를 예측해 보자는 기계의 아이디어는 아주 합당하다고 생각하거든요. 그쪽으로 밀고 나가면 예상외로 모스크바 2호가 내린 결론과는 완전히 다른 결론이 나올지도 몰라요."

"기계가 딱히 그런 말을 한 건 아닌데 말이지."

"안 했죠. 저도 뭐 그럴 거라고 믿는 건 아니에요. 단지, 이렇게 말하면 위원회를 잘 설득시킬 수 있을 것 같다는 뜻이에요. …그리고 여러 가지로 당장 구체적인 이익도 있잖아요. 만약 이 실험이 성공해서, 인간의 미래를 예언하는 공식을 기계가 이해하게 된다면…, 예를 들어 범죄자의 과거나 미래를 예측해서 완벽한 판결을 내릴 수 있다면…, 그게 다가 아니라 범죄를 미리 방지할 수도 있게 되는 거예요. 또 결혼 상담도 해줄 수 있고, 일자리를 정해주고, 질병도 진단해 주고, 그런 인생 상담은 물론이고 필요하면 죽을 날까지 예언할 수도….”

“그런 게 무슨 도움이 되겠어?”

“그야 보험 회사는 좋아하지 않겠어요?”

요리키는 자기가 이겼다는 표정을 지으며 웃었다. 그의 말에는 어딘가 가시가 돋아 있었다.

“이런 식으로 생각하다 보면, 앞으로 쓸모가 무궁무진하게 생길 것 같지 않아요? 아무튼, 전 이게 아주 유망한 기획 같거든요….”

“아마 네 말이 맞을 거야…. 나도 기계의 판단을 의심하는 건 아니야.”

“그럼 왜 잘못 들은 걸 수도 있다고 하신 거예요?”

“그냥 말해본 거야…. 그냥 좀…. 그런데 솔직히 직접 실험 대상이 된다고 상상해 봐, 기분이 썩 좋지는 않을걸?”

"저는 안 되죠. 이미 기계에 대해 아니까, 조건이 순수하지 않아요."

"모른다고 치는 거지. 만약의 경우를 가정한 거야."

"그럼 괜찮을 거 같은데요? 저는 아무렇지 않아요."

"정말?"

"그렇다니까요…. 선생님이 지금 너무 피곤하셔서 그래요…."

맞다. 너무 피곤해서 그런 건지도 모른다. 나만 기계로부터 버림받은 채, 요리키가 앞지르는 걸 잠자코 보고만 있을 수는 없는 노릇이었다.

8

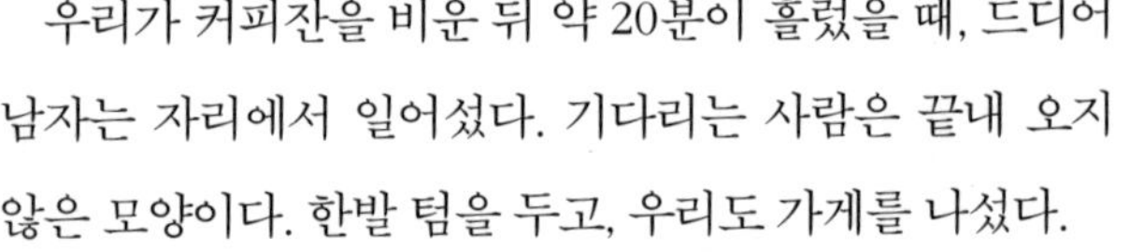

우리가 커피잔을 비운 뒤 약 20분이 흘렀을 때, 드디어 남자는 자리에서 일어섰다. 기다리는 사람은 끝내 오지 않은 모양이다. 한발 텀을 두고, 우리도 가게를 나섰다.

거리는 슬슬 어두워지고 있었다. 사람들의 종종걸음이 자아내는 혼잡함은, 부지런히 인공 빛을 쌓아 벽을 만들고, 밤을 밀어내려 애쓰는 것처럼 보였다.

남자는 아무 일도 없었다는 듯 가게를 나섰고, 차분한 발걸음으로 좁은 골목길을 지나 곧장 전찻길 쪽으로 걸어갔다. 걷는 것에 아주 익숙한 발걸음이다. 양쪽 길에는 온통 구멍가게만 한 싸구려 술집이 있었고, 두세 집 걸러 한 군데에는 머리부터 발끝까지 기묘한 차림을 한 남녀가 목이 쉬도록 호객 행위를 하고 있다. 이런 곳에는 어울리지 않는 풍채인 만큼 남자의 사무적인 걸음걸이는 매우 인상적이었다.

전찻길에 이르자 남자는 갑자기 뒤를 돌아봤다. 내가 당황해서 멈춰 서자, 요리키가 팔꿈치를 쿡 찌르며 속삭였다.

"안 돼요, 그럼 더 수상해 보이잖아요."

호객 행위를 하던 여자가 소리를 지르며 다가왔다. 할 수 없이 우리는 뒤돌아 서 있는 남자 쪽을 향해 똑바로 걸어가야 했다. 하지만 남자는 골똘히 생각에 잠긴 듯, 우리는 안중에도 없었다. 그러곤 슬쩍 시계를 본 뒤 방금 왔던 방향으로 되돌아갔다. 기다렸다는 듯 말을 거는 소리가 귀를 시끄럽게 울렸다. 나의 양쪽 뺨은 판자처럼 굳어 있었다.

남자는 한 번 더, 아까 그 커피숍을 들여다보러 돌아간 것이었다. 역시, 상대는 오지 않은 모양이었다. 곧바로 다시 방금 지난 골목을 빠져나가 전찻길로 나왔다. 이번에는 말을 거는 사람이 없었다. 내가 지나간 다음, 침을 뱉은 사람이 있었다. 아마도 우리가 미행하고 있다는 걸 눈치챈 듯싶었다. 남의 뒤를 쫓는 행위는 누가 보더라도 훌륭한 일은 아닐 것이다.

"저 사람은 이제 우리 안에 갇히겠네…. 자기도 모르는 사이에…."

"그렇게 따지면, 인간은 다 우리 안에 갇힌 존재죠."

"왜?"

"그렇잖아요…."

남자는 전찻길을 따라 남쪽으로 쭉 걸어갔다. 널빤지로 둘러싸인 빌딩의 공사장이 나오자 길은 갑자기 어두워졌다. 두 블록 정도 더 가서 길을 건넜고, 거기서부터 다시 거꾸로 돌아오더니 아까 지난 골목의 출구로 빠져나가, 이번에는 은방울꽃 모양의 가로등이 밝게 줄지어 있는 거리에서 오른쪽으로 꺾었다. 그 끝에는 영화관이 줄지어 있었다. 그런데 거기까지 가서 또 휙 방향을 바꾸더니 다시 한번 거꾸로 걷기 시작했다.

"뭐야, 목적지를 안 정하고 걷나 보네요."

"바람맞아서 기분이 상했나 봐."

"그런 것치고는 이상할 만큼 확신에 찬 걸음걸이 아닌가요…? 저 사람 직업은 뭘까요?"

"음…."

그렇다, 나도 지금 그 생각을 하던 참이었다. 이 사람은 남이 자신을 보는 상황에 익숙한 사람이다. 오랫동안 한 곳에서 묵묵히 근무하고, 늘 겉모습을 중요시하는 공간에서 타인의 눈을 신경 써야 하는 직장이겠지.

"그런데 이건 어떻게 생각해…? 우리한테 이런 일을 할 자격이 있을까?"

"자격이요?"

요리키가 웃는 줄 알고 돌아봤는데, 웃고 있지는 않았다.

"그래, 자격…. 의사도 함부로 생체 실험을 못 하게 되어 있잖아. 어떻게 보면 이것도 생체 해부나 마찬가지야."

"과장하지 마세요, 선생님. 비밀만 잘 지키면, 저 사람도 상처받을 일 없어요."

"글쎄…. 만약 내가 저 사람과 같은 처지가 되면, 역시 화가 날 것 같아."

요리키는 입을 다물어 버렸다. 하지만 그다지 신경을 쓰는 것 같지도 않았다. 5년 동안 같이 일해온 그는 내 마음을 완전히 꿰뚫어 보고 있다. …별로, 변명할 생각은 없다. 입으로는 뭐라 지껄여도 아마 나는 이 추적을 결코 멈추지 않을 것이다. 만약 기계가 주문한 내용이 살인이었다 한들 엉엉 울면서 실행에 옮겼을지도 모른다. 지금 우리 앞을 걸어가는, 뭔가 숨기는 것이 있어 보이는 평범한 중년 남자는 이제 곧 과거에서 미래까지 한 꺼풀 훌러덩 벗겨진 채로 모든 것이 구석구석 까발려지게 될 것이다. 그런 생각을 하니, 나는 내 피부가 벗겨지는 것 같은 아픔을 느꼈다. 하지만 예언 기계를 저버리는 일은 그보다 수십 배는 더 끔찍한 일이었다.

9

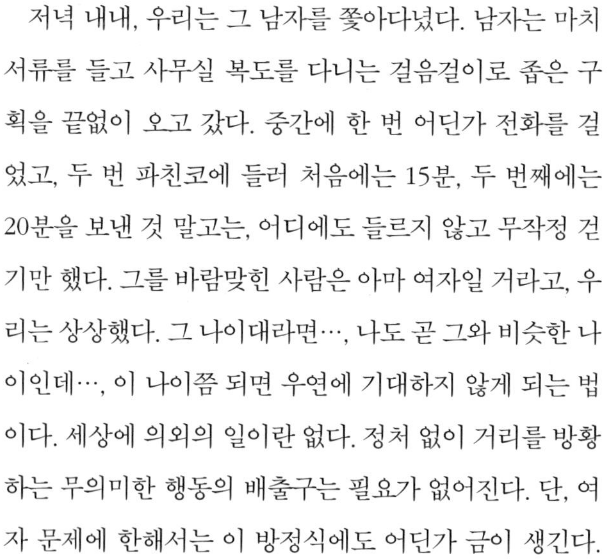

저녁 내내, 우리는 그 남자를 쫓아다녔다. 남자는 마치 서류를 들고 사무실 복도를 다니는 걸음걸이로 좁은 구획을 끝없이 오고 갔다. 중간에 한 번 어딘가 전화를 걸었고, 두 번 파친코에 들러 처음에는 15분, 두 번째에는 20분을 보낸 것 말고는, 어디에도 들르지 않고 무작정 걷기만 했다. 그를 바람맞힌 사람은 아마 여자일 거라고, 우리는 상상했다. 그 나이대라면…, 나도 곧 그와 비슷한 나이인데…, 이 나이쯤 되면 우연에 기대하지 않게 되는 법이다. 세상에 의외의 일이란 없다. 정처 없이 거리를 방황하는 무의미한 행동의 배출구는 필요가 없어진다. 단, 여자 문제에 한해서는 이 방정식에도 어딘가 금이 생긴다.

우스꽝스럽고 진부한 동물적인 혼란이다.

역시 우리의 상상은 적중했다. 세상에 의외의 일 같은 건 역시 존재하지 않는다. 11시가 가까워지자, 가게 앞 공중전화에서 그는 또 어딘가로 짧게 전화를 걸었고 (대담하게도 요리키가 그 번호를 엿보고 수첩에 적어왔다.) 그러고 나선 노면 전차에 올라타더니 다섯 번째 역에서 내렸다. 언덕진 길을 조금 올라간 곳에 상점가의 뒷골목으로 이어지는 작은 아파트가 있었다. 그곳이 그 남자의 목적지였다.

남자는 아파트 현관 앞에서 잠시 좌우를 살피며 무언가 망설이는 중이었다. 그사이에 우리는 길모퉁이 끝에 있는 담배 가게에서 담배를 사고 있었다. (덕분에 나는 벌써 담배를 열 개도 더 샀다.) 잠시 후 남자가 아파트 안으로 들어갔고, 곧바로 요리키가 뒤를 쫓았다. 잘만 하면 그의 집 앞까지 따라가 문패를 볼 수도 있고, 만에 하나 관리인이 못 들어가게 막으면 돈을 건네 필요한 정보를 얻기로 했다. 나는 현관 근처에서 아파트 전체를 지켜볼 수 있도록 밖에서 감시하고 있었다. —아래층 집은 세 집 모두 커튼이 내려와 있었고, 불이 켜져 있었다. 2층은 현관 출입구 바로 윗집까지 합쳐 총 네 집이 있었고, 한 집 걸러 불이 꺼져 있었다.

얼마 후, 가장 안쪽의 어두웠던 창문에 불이 들어오고, 사람 그림자가 크게 흔들리더니, 다시 또 어두워졌다. 요리키가 양손에 구두를 들고 맨발로 달려왔다.

"보고 왔어요, 문패…. 역시 여자 이름이에요, 곤도 지카코…. 지카코는 한자가 없고 히라가나 이름이에요…."

요리키는 출입구 그늘에 쭈그리고 앉아, 숨을 헐떡이며 구두를 신었다.

"스릴 있네요, 정말. 이런 거 처음 해봤어요…."

"잠깐 불이 켜졌다가 꺼진 거 같던데?"

"맞아요. 거기다 쿵, 하고 뭐가 쓰러지는 소리가 나서…."

"저기 제일 끝에 있는 집이지?"

"어떻게 아셨어요?"

"아무래도 이상해. 그 이후로 계속 불을 안 켜."

"쳇, 여자랑 감격의 재회라도 했나 보죠…."

"그런 거면 다행인데…. 설마 우리가 미행한 걸 알아차린 건 아니겠지?"

"설마요…. 설마 그랬겠어요…? 만약에 그랬으면, 여기로 오기 전에 우리를 따돌렸겠죠."

그건 맞는 말이었지만, 어쩐지 불길한 예감이 들기 시작했다. 처음 목적은 물론 남자의 이름과 주소를 알아내는 것이었지만, 이대로 하룻밤 묵고 나올지도 모르는 사람을 한없이 기다리고 있을 수도 없었다. 둘 다 전날부터 거의 잠도 못 잔 데다가, 아직 그 남자를 실험의 샘플로 하기로 확정한 것도 아니다. 상황을 봐서 이번 미행의 부산물에 해당하는 여자 쪽을 메인 샘플로 하고, 남자는 보조 역할로 돌려도 상관없는 일이다. 요리키도 반대하지는 않았다.

"그런데, 선생님 말씀대로 정말로 여자가 등장했네요?"

"어차피 세상에 반은 남자고 반은 여자니까."

우리는 일단 철수하기로 했다. 큰길까지 나와 요리키와 헤어지고, 피곤에 지쳐 끙끙 앓는 머리를 부여잡으며 집으로 돌아갔다. 아이가 학교에서 싸웠네 어쨌네 하는 아내의 말을 흘려들으면서 몇 번이고 정신을 차려보려고 했다. 하지만 어느 틈에 나는 겨우 지나갈 만큼 비좁은 잠의 구멍으로 쑥 들어가고 말았다.

10

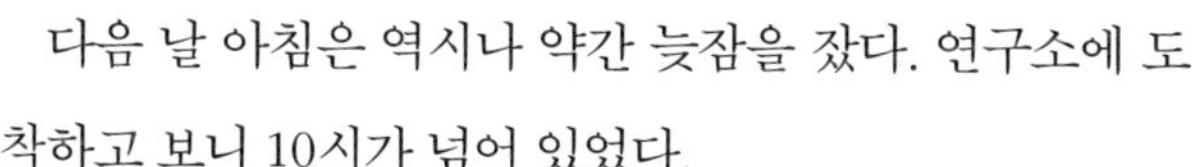

다음 날 아침은 역시나 약간 늦잠을 잤다. 연구소에 도착하고 보니 10시가 넘어 있었다.

나는 처음에…, 이유를 잘 설명할 수 없지만…, 위원회를 통과하기 위한 기획안은 요리키와 둘이서만 짜고, 위원회 승인이 정식으로 나면 그때 직원들에게 알리려고 했다. 그래서 어젯밤의 모험 또한 아무에게도 말하지 않고 둘이서만 나간 것이다. 게다가 이번 상대는 겨우 한 명의 인간이기 때문에, 그전처럼 다각적인 조사를 해둘 필요는 없을 것이라 얕보고 있었다. 하지만 실제로 경험해 보니, 인간의 사생활을 감싸고 있는 껍질이란 그렇게 무시할 게 아니라는 사실을 깨달았다. 시간만 넉넉하다면 대략적인 계획을 세우는 것쯤이야 그다지 어려운 일이 아니겠지만, 난감하게도 다음 위원회까지는 이제 겨우 닷새가 남아 있었다. 이번 계획이 무사히 통과되지 않으면, 애써 벌인 일은 다시 휴지 조각이 되고, 적어도 일시적 폐쇄 명령이 떨어질 것은 이제 거의 불 보듯 뻔한 일이었다.

연구소에 도착할 때쯤, 나는 방법을 바꿔 모든 계획을 직원들에게 공표한 다음 협력해 달라 설득하기로 마음먹었다. 사정을 이야기하면 비밀은 지켜줄 것이다. 여자의 신원을 조사할 팀과 남자 쪽을 쫓을 팀, 두 팀으로 나눠 각자 분담할 내용을 상세히 정하고, 기동적으로 해치우는 것이다. 이틀간 모을 수 있는 데이터를 전부 모으고, 그것을 토대로 앞으로의 방침과 가능성, 전망 등을 정리하면 된다. 아무튼, 위원회는 무조건 우선 통과시키고 봐야 한다.

방에 들어가기 전, 아래층 조사실에 들러 요리키를 찾았다. 요리키는 아까부터 2층 계산실에서 나를 기다리고 있다고 했다. 할 말이 있으니까 다들 2층으로 와달라고 말을 남긴 후에 나는 곧바로 요리키가 있는 곳으로 향했다.

요리키는 수동 제어 장치 옆의 데스크에 양 팔꿈치를 대고 앉아, 인사도 없이, 딱딱한 눈빛으로 나를 올려다봤다. 참으로 묘한 순간이었다.

“어떡하죠, 선생님?”

요리키는 자세도 바꾸지 않고 갑자기 말을 걸어왔다.

“뭘 어떡해?”

“이건 말도 안 되는 일 아닌가요?”

무릎 위 신문을 펼치고, 덤벼들 듯 손톱을 내리꽂는다.

“도대체 무슨 말이야?”

요리키는 어이가 없다는 듯 턱을 쑥 빼고 목을 길게 내밀었다.

“선생님, 아직 신문 안 보셨어요?”

마침 그때, 조사실 직원들이 나무 샌들 소리를 요란스럽게 내며 계단을 올라왔다. 요리키는 의심쩍다는 듯 옆눈으로 나를 살펴보며 자리에서 일어섰다.

“저 사람들은 뭐예요?”

“내가 불렀어. 일을 분담하려고.”

“말도 안 돼요, 이거 좀 보세요!”

그는 내게 신문을 들이밀었고, 거칠게 문을 열더니 바로 코앞까지 온 직원들에게 소리를 질렀다.

“나중에, 나중에 와! 급한 일만 끝내고 바로 부르러 갈 테니까….”

불평 섞인 농담을 하는 와다 가쓰코의 새된 목소리가

들렸지만, 무슨 말을 하는지는 잘 들리지 않았다. 사실 지금 그게 문제가 아니었다. 나는 신문 구석에 빨간색 색연필로 네모를 친 기사를 노려보며, 갑자기 주변 공기가 엿처럼 끈적해지는 것을 느꼈다.

내연녀에게 교살당한 회계과장

11일 오전 ○시경, 도쿄도 신주쿠구 ××거리 6 미도리 아파트를 방문한 같은 구의 요시바 상업 회계과장 쓰치다 스스무 씨(56)가 살해된 채 발견되었다. 이 아파트에 사는 그의 내연녀 곤도 지카코(26)에게 구타를 당한 뒤 교살당한 것이다. 이 여성은 곧바로 근처 파출소에 자수했으며, 살인의 동기에 대해서는, 귀가 시간이 늦었다며 난폭하게 군 쓰치다 씨에 대한 정당방위였다고 주장하고 있다. 쓰치다 씨의 직장 동료들은 그가 30년간 근속한 성실한 인품이라 이러한 사건이 벌어진 것에 대해 너무도 의외라며 입을 모아 증언했다.

천천히 대여섯 번 반복해서 기사를 읽는 동안, 요리키는 참을성 있게 기다려 주었다.

"그렇게 됐대요, 선생님…."

"그래, 다른 신문은?"

이마에 맺혀 있던 땀이 신문으로 떨어져 기사 위에 얼룩이 퍼졌다.

"다섯 종류만 사 왔는데요, 이게 제일 자세히 나왔더라고요."

"…이거 참 아깝게 됐네. 한 달만 빨랐으면 우리가 정확히 예언할 수도 있었을 텐데. 뭐, 이젠 죽어버렸으니 할 수 없지…."

"그렇게 말씀하시니까 다행이네요…."

"그게 무슨 말이야? 죽은 사람 미래를 예언할 수는 없잖아? 탐정 놀이하고 있을 시간도 없고."

"제가 걱정되는 건요…."

"걱정은 무슨. 어차피 이렇게까지 특수한 케이스는 샘플로 적합하지가 않아."

"모른 척하지 마세요. 선생님도 아시잖아요. 저희가 이쓰치다라는 남자를 미행하는 걸 본 사람이 적어도 몇 명은 있을 거예요. 특히 마지막에 담배, 그 길모퉁이 담배가게 아저씨는 확실해요."

"그게 뭐 어때서? 이미 범인이 자수했잖아."

"그럴까요?"

요리키는 초조한 듯 입술을 핥더니, 기침이라도 하는 것처럼 말이 빨라졌다.

"저는 그렇게 생각 안 하거든요. 이 기사만 봐도 이해할 수 없는 부분이 많아요. 예를 들어 구타한 다음에 교살이라니, 누가 그렇게 공을 들여 사람을 죽여요? 그것도 늦게 들어온 거로 좀 뭐라고 했다고, 젊은 여자가 어떻게….”

“한 대 쳤더니 상대방이 막 달려드니까 무서워져서 죽였을 수도 있지.”

“설마요…. 막 달려드는 남자를 젊은 여자가 목 졸라 죽였다고요? 아무리 그래도… 그건 그렇다 쳐도요. 선생님도 기억하시죠? 그 남자가 집에 들어가고 곧바로 불이 잠깐 켜졌고, 뭔가가 쓰러지는 소리가 났고, 그러고 나서 바로 불이 꺼졌어요. 그런데 선생님은 그때 창문에 사람 그림자가 보였다고 하셨죠? 사실 그때 저도 유리창에서 사람 그림자가 움직이는 걸 봤거든요. 곰곰이 생각해 보면 이거 모순되잖아요. 광원은 한 개인데 다른 각도에서, 동시에 그림자가 생겼다는 게 말이 돼요? 안 되죠…. 그렇다면, 거기에는 사람이 두 명 있었다는 게 돼요.”

“그러니까 그 남자랑 그 여자겠지.”

“그런데 이 기사를 보면 여자는 남자보다 늦게 들어왔잖아요.”

“꼭 그렇지도 않아. 애매한 문제인 거지. 이렇게 쓰여 있는 것만으로는 해석할 여지가 많아….”

“그런데 저는 그 남자가 자기 손으로 열쇠를 여는 모습을 똑똑히 봤어요. 그리고 마지막에 건 전화요, 그 번호를 전화국에 문의해 보니까 역시 그 아파트 번호였어요. 여자가 집에 들어왔나 안 들어왔나 걸어본 거죠. 전화 건 이후의 행동으로 유추해 보면, 안 들어왔던 건 의심할 여지가 없어요."

"그런데 전화를 끊은 직후에 들어왔다면?"

"그럼 왜 방이 어두웠어요? …뭐가 넘어진 소리는 뭐예요? …불이 켜졌다 바로 꺼진 건 뭘 의미해요?"

"무슨 말이 하고 싶은 건지 잘 모르겠네, 아무튼 본인이 자수했으니까…."

"아뇨, 경찰도 그 정도로 멍청하진 않겠죠. 아래층에 사는 사람이 뭔가 넘어지는 소리가 들린 시간을 기억할 수 있어요. 옆집 사람이 쭉 불이 꺼져 있었다고 증언할 수도 있고요. 아니면 피해자 목을 조사해 보면 여자가 한 짓이 아니라는 증거가 나올지도 모르는 거잖아요. 그리고 일단 의심하기 시작하면 철저하게 조사를 하겠죠. 복도에 찍힌 발자국이나… 문 옆의 벽에 난 지문… 그리고 문제의 그 수상한 미행자들…."

"너… 거기다가 네 지문까지 찍어두고 왔어?"

"아마요…. 이런 일이 생길 줄은 꿈에도 몰랐으니까요."

"그런데…, 그렇게 되면 조사로 금방 밝혀질 거야…. 뭘 그렇게 걱정해. 어차피 동기가 없잖아. 의심해 봤자 애초에 증거가 없어."

"그건 그렇죠. 그래도 역시 의심은 하겠죠? 저희가 하는 일이 어떤 일인지 확실히 이해시키기 전까지는…."

"그건 안 되지!"

"맞아요, 안 돼요. 바로 신문사에서 달려들 거예요. 살인 사건은 뒷전이 되고 저희 일에 대해 써재끼겠죠. 인간의 존엄을 무시하는 기계 시대의 악몽…."

순간, 그는 놀라기라도 한 듯 입을 다물었다. 이중으로 나를 상처입힐까 봐, 걱정이 된 모양이다. 하지만 이미 늦었다. 이제 와 일일이 돌이키며 후회하고 있을 여유는 없었다.

"골치 아프네, 정말. 우리 일은 까딱 잘못하면 위험한 일이라는 인식이 박히기 쉬워…. 그런 분위기가 조성되기라도 해 봐, 가뜩이나 겁쟁이인 위원회는 좋은 구실 생겼다 하면서 꽁무니를 빼겠지…. 그런데 너도 참 너다, 상당히 예리한 추리를 했는데? 이참에 탐정이나 변호사 같은 거 해보는 게 어때?"

"저도 처음부터 그런 식으로 생각한 건 아니에요. 그런데 그 집 문 앞에 섰을 때 받았던 느낌이 어쩐지 굉장히 찝찝하고 강렬했거든요. 그래서 이 기사를 읽는데, 직감적으로 범인은 따로 있겠다 싶더라고요. 그렇게 되면 일단 의심받는 건 저희잖아요. 일을 계속하려면, 저희도 이제 물러설 수 없어요."

"그게 무슨 말이야?"

"저희가 선수 쳐서 역으로 밀고 들어가는 수밖에 없어요."

"밀고 들어간다? 그렇지…."

"저쪽에서 들이닥치기 전에 저희가 해결하는 거예요."

"도모야스를 통해서 부탁하면 그러는 것도 가능은 하겠지…. 그런데 발뺌하듯 숙이고 들어가는 건 좀 그래. 플랜을 위해 반드시 필요한 일이라는 식으로 강하게 요청해야…."

"다행히 설명은 얼마든지 갖다 붙일 수 있으니까요. 예를 들어, 지금 막 사망한 시체가 있는 거잖아요."

"시체?"

"미래의 결론에 대한 물질적 표현이에요. 보존만 잘하면, 신경은 사흘 정도 되살릴 수 있다고들 하잖아요."

곧바로 내 머릿속에도 아침이 오고, 집집마다 창문이 열리고, 세포들이 활발히 활동을 시작했다. 이번에도 요리키에게 한 방 먹은 것이다. 하지만 화가 나지는 않는다. 언젠가는 내 뒤를 이어줄 사람이니까.

"좋은 생각인데? 그냥 하는 소리가 아니라, 실제로 해

볼 가치가 있겠어. 시체로 시작한다는 건 분명히 좋은 아이디어일 것 같아."

"수학적 귀납법 제1항인 거죠…. 제2항은 여자…. 우연하게도 좋은 샘플이 모였네요."

"그리고 잘되면 진범이 제3항이 되려나…."

"아뇨, 그건 이미 실용 단계죠. 분명히 위원회 사람들이 덥석 물 만한 좋은 미끼가 될 거예요…."

11

자, 방침이 정해진 이상, 꾸물거리고 있을 수 없다. 경찰의 손이 우리에게 뻗어오기까지 아직은 시간이 있었지만, 어떻게든 시체가 유가족에게 넘겨지기 전에 저지할 방법을 궁리해야만 했다. 역시 아래층 직원들을 귀찮게 하는 수밖에 없었다. 요리키는 그들을 지휘하는 일만큼은 자신이 있다며 나섰다. 각자의 특기를 살려 팀을 세 개로 나눠 시체 담당, 여자 담당, 진범 담당을 정했고, 요리키 본인은 시체팀을 중심으로 전체적인 조사를 맡기로 했다. 내가 통계국의 도모야스에게 교섭을 하러 간 사이, 요리키는 팀 구성을 끝내고 직원들에게 방침을 전해 언제든지 바로 움직일 수 있도록 대기시켰다. 나는 도모야스가 사무실에 있다는 것을 확인한 후, 곧바로 걸음을 옮겼다.

도모야스는 제법 붙임성이 좋은 사람이었다. 내가 개인별 예언이 실용화될 경우에 대한 다양한 가능성을 논하는 동안, 그는 내내 미소를 거두지 않았다. 나중에 국장과 나 사이에 끼어 괜한 마음고생을 하지 않길 바라고 있을 것이다. 나 역시 난처한 표정은 조금도 짓지 않고, 지금 우리가 얼마나 큰 행운에 둘러싸여 있는지를 거창하게 강조했다. 하지만 이야기가 문제의 살인 사건으로 접어드는 순간 미소는 사라졌고, 자주 보던, 막 탈수 장치에서 꺼낸 것 같은 얼굴로 변했다. 나는 마음을 단단히 먹고 대화의 방향키를 꼭 붙들었다. 경찰에 대한 걱정은 조금도 내비치지 않고, 오로지 예언 기계가 범죄를 막는 데에 큰 역할을 해낼 것이라는 주장을 집중적으로 내세우며 한 시간 넘는 분투 끝에 겨우 도모야스를 결심시키는 데까지 성공했다.

하지만 당연히 도모야스의 결심은 직접 관계 당국과 교섭하겠다는 것이 아니었다. 그에게는 그런 권한이 없었다. 단지 국장에게 말할 결심에 지나지 않았다. 따라서 나는 또 한 시간, 국장을 상대로 똑같은 열변을 토해야 했다. 국장은 도모야스와 달리 시종일관 무표정이었다. 무표정인 채로, 우리더러 기다리라고 하더니 어디론가 가버렸다.

나는 요리키에게서 당장이라도 경찰이 들이닥쳤다는 전화가 올 것 같아 제정신이 아니었다. 하지만 도모야스는 붙임성 좋은 평상시 모습으로 완전히 돌아와 있었다. 국장에게 바통을 넘겼으니 마음이 놓인 모양이다. 그가 열을 올리며 예언 기계의 가능성에 대해 떠들어 대는 것이 한심하게 느껴져, 이제는 대꾸할 기력조차 사라져 버렸다.

그렇게 또 한 시간이 지나고…. 이쯤 되니 잊어버린 것 아닌가, 포기하고 싶어질 무렵…. 드디어 국장이 돌아와 사무적인 톤으로 이렇게 말했다.

"괜찮을 거 같네요. 대충 얘기가 되었어요. 문서로 만들 것까지는 없고, 필요하면 내 쪽으로 문의하도록 하세요. 중요한 곳에는 거의 손을 써놨으니까…."

너무도 퉁명스러운 말투라, 환호성을 질러야 할 답변이 돌아왔다는 걸 바로 알아차리지 못할 정도였다. 밖으로 나오고 나서야 정신이 들었고, 서둘러 공중전화로 달려갔다. 수화기 너머로 요리키의 긴장감이 느껴졌다. 중앙보험병원의 계산실(검사진단용 전자계산기가 놓여 있는 곳)에도 연락을 해두어, 시체가 도착하는 대로 바로 시작할 수 있도록 준비해 두기로 했다. 그리고 당장 아이바를 경찰서에 보내 시체를 옮겨오라고 지시한 뒤 전화를 끊었다. …갑자기 땀이 나고 온몸이 와르르 부서져 여기저기 사방으로 튀는 듯한 격한 통증…. 아니, 이것은 흥분이다…. 긴 절망적 인내를 거쳐 그저 참는 것이 일상이 되어버렸는데, 이제야 드디어 진짜 내 일을 하게 됐다…. 이것이 바로 행복이라는 것이구나 싶었다….

12

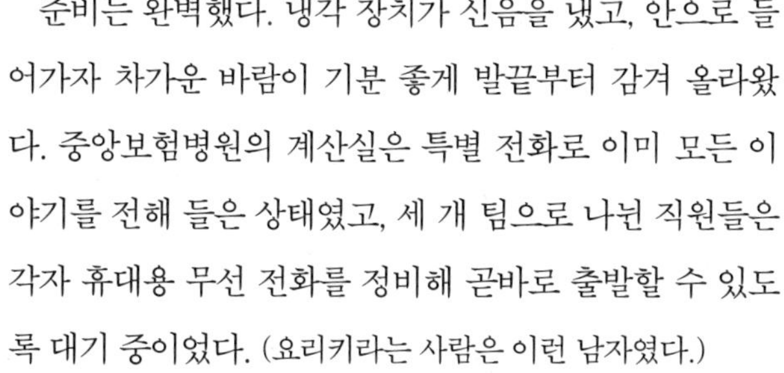

준비는 완벽했다. 냉각 장치가 신음을 냈고, 안으로 들어가자 차가운 바람이 기분 좋게 발끝부터 감겨 올라왔다. 중앙보험병원의 계산실은 특별 전화로 이미 모든 이야기를 전해 들은 상태였고, 세 개 팀으로 나뉜 직원들은 각자 휴대용 무선 전화를 정비해 곧바로 출발할 수 있도록 대기 중이었다. (요리키라는 사람은 이런 남자였다.)

잠시 후, 나는 모두를 내보내고, 단조로운 기계 소리만 들리는 계산실 안에서 무선 전화 세 대와 텔레비전 한 대를 앞에 두고 가만히 기다렸다. 지금 나는 기계의 일부다. 전송되는 모든 정보가 직접 기계로 접속되어 자동으로 분류되고 기억되도록 만들어져 있었기 때문에, 내 역할은 그저 기계의 신호에 반응해, 하라는 대로 간단한 보조 역할만 하면 되었다. 하지만 내게는 그것이 자랑스러운 일이었다. 기계에 이런 능력을 부여한 사람은 다른 어느 누구도 아닌, 바로 나니까 말이다. 난 만족스러운 얼굴로 예언 기계를 향해 이렇게 말을 걸어보았다. ―너는 확장된 나의 일부야….

3시 50분. 요리키 일행이 나간 지 딱 25분이 지났다. 진범팀의 쓰다에게서 첫 연락이 왔다. 그 내용의 대해서는 새삼 되풀이할 필요도 없다. 요리키의 예상이 완벽하게 적중했기 때문에 소름이 끼칠 정도였다. 여자가 집에 들어온 것이 12시 직전이었다는 것은 목격자도 있어서 우선 확실했고, 또 자해할 수 없는 위치, 즉 후두부에 상처가 있어 일종의 격투가 있었다는 것도 사실인 듯했다. 하지만 남자를 부검한 결과나 그 밖의 정황들을 종합해 봤을 때, 여자의 자수를 곧이곧대로 믿기엔 어려운 구석이 있다는 것이다. 공범일 가능성도 농후하지만, 여자가 자백한 내용을 바꾸려고 하지 않는 것을 보면, 어쩌면 협박을 받은 건지도 모르는 일이었다. 단, 쓰다는 경찰이 진범체포를 시간문제라 생각한다는 것도 보고했다. 전과 없는 생판 남이 범행을 저지르는 경우는 좀처럼 범인을 잡기가 어렵지만, 반대로 계획범죄일수록 오히려 꼬리가 쉽게 밝힌다는 것이다. (처음에 나는 망설였다. 우리가 어젯밤 본 것을 알려야 할지 말지 선뜻 판단이 서지 않았다. 하지만 경찰이 하는 말이 맞다면 전혀 연결 고리가 없는 우리가 용의 선상에 오를 가능성은 거의 제로에 가깝다. 게다가 우리는 우리대로 직접 진범을 찾아낼 자신이 있었기 때문에, 일단 조용히 지켜보기로 했다.)

바로 뒤이어 여자팀인 기무라가 곤도 지카코에 대한 상세 보고서를 보내왔다. 나이, 본적, 직업부터 약력, 성격, 용모, 신장, 체중 등에 이르기까지, 겉으로 드러나는 그녀의 모든 기호적 특징을 망라한 보고서였다. 하지만 여기에 굳이 그 내용을 소개하지는 않겠다. 잠시 후 시체 분석이 시작되면, 결국 이러한 표면적인 데이터가 한 인간을 파악하는 데에 얼마나 불충분한 것들인지 확실히 깨달을 것이고, 전혀 다른 방법으로 거의 처음부터 다시 검증하게 될 것이었다. 그리고 필요하다면, 그 정도의 기록은 경찰서에 가서 얼마든지 받아볼 수 있는 것들이고, 경찰서에 가는 것도 내키지 않는다면 직접 발로 뛰어도 쉽게 모을 수 있는 정보들이다.

시체 분석은 8시가 넘어서 겨우 시작되었다. 사실 조금 더 준비 시간이 필요한 듯했지만 잘못하면 재생할 수 없어질 우려가 있어 약간 무리할 각오로 강행하기로 했다. 그사이, 진범팀과 여자팀으로부터 각각 서너 개의 추가 보고가 들어왔다. 하지만 전부 조금 뒤 시체를 통해 밝혀지는 것들뿐이라 이것도 생략하겠다. 분석을 시작하기 한 시간 전에는, 병원의 담당자 야마모토 박사와 화상 통화로 잠시 이야기를 나누었다. 병원 쪽의 전자계산기로는 대부분의 생리 반응을 재현하고 분석할 수 있지만, 대뇌 피질 반사를 해독하는 것은 어렵다는 이야기를 들었다. 당연하다. 스스로 프로그래밍되는 우리의 기계도 아직 경험하지 못한 세계다. 어쨌든 다양한 자극에 반응한 피질 세포의 반사 조합을 받아서 예언 기계에 기억시키고, 해독시켜 보자. 어쩌면 살아 있는 인간의 뇌파도 샘플로 같이 입력해 주는 게 좋을 수도 있겠다. 단, 여태 했던 것처럼 대략적인 뇌파를 입력해서는 안 될 것이다. 시체와 똑같이, 적어도 피질을 80개 이상의 영역으로 나눈 정밀 지도가 필요할 것이다. (살아 있는 몸의 경우, 시체만큼 명료한 파형은 얻지 못하더라도 유사하게는 가능하다며, 단순한 샘플도 괜찮다면 보존용을 기꺼이 제공해 주겠노라고 박사는 약속해 주었다.)

시체는 10분 전에 도착했다. 시체는 특수 가스와 함께 커다란 유리 상자 안에 밀봉되어 왔다. 분석 요원은 이것을 매직 핸드*로 원격 조작하게 된다. 야마모토 박사가 상자 옆에 서서 설명을 시작했다. (물론 나는 모니터를 통해서 듣고 있었다.) 상자의 왼쪽 측면에서 방사선이 나오고, 오른쪽에는 그 선을 쬔 시체의 해부학적 지도가 모습을 드러냈다. 이 지도는 눈으로 볼 순 없지만, 보이는 것 이상의 힘을 가지고, 매직 핸드 끝에 붙어 있는 머리카락 굵기의 금속 바늘을 움직여 정확하게 특정 신경 섬유가 있는 곳으로 안내한다. 시체가 머리에 쓴 두꺼운 금속제 모자에는 마치 모발처럼 구리선이 한 묶음씩 나 있었는데, 이것은 잘라낸 두개골을 대신하는 것으로, 뇌에 바싹 닿아 계기판 역할을 하는 것이라고 한다.

* 방사능 물질이나 원자로를 다룰 때에 위험을 피하기 위하여 두꺼운 벽을 사이에 두고 먼 거리에서 조정하는 장치.

13

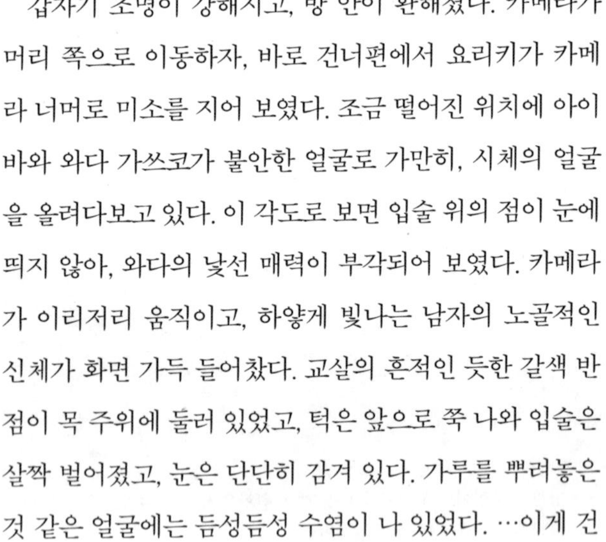

갑자기 조명이 강해지고, 방 안이 환해졌다. 카메라가 머리 쪽으로 이동하자, 바로 건너편에서 요리키가 카메라 너머로 미소를 지어 보였다. 조금 떨어진 위치에 아이바와 와다 가쓰코가 불안한 얼굴로 가만히, 시체의 얼굴을 올려다보고 있다. 이 각도로 보면 입술 위의 점이 눈에 띄지 않아, 와다의 낯선 매력이 부각되어 보였다. 카메라가 이리저리 움직이고, 하얗게 빛나는 남자의 노골적인 신체가 화면 가득 들어찼다. 교살의 흔적인 듯한 갈색 반점이 목 주위에 둘러 있었고, 턱은 앞으로 쭉 나와 입술은 살짝 벌어졌고, 눈은 단단히 감겨 있다. 가루를 뿌려놓은 것 같은 얼굴에는 듬성듬성 수염이 나 있었다. …이게 건

실한 가정을 가진 회계 담당자, 그것도 내연녀까지 있고, 살해당할 정도로 그 내연녀와 깊은 연을 맺은 남자의 몸이라는 건가? 플란넬 옷을 걸치고, 다 녹은 아이스크림을 앞에 둔 채 커피숍 의자에 무릎을 모으고 앉아 있던 어젯밤의 모습보다도 훨씬 생생할뿐더러 위험한 존재로까지 보였다. 어쩐지 질투가 나기도 하고, 반대로 우스꽝스럽기도 해서, 침착함을 유지하기가 어려웠다.

드디어 분석이 시작되었다. 우선 몸무게와 키를 잰다. 54킬로그램에, 161센티미터. 계속해서 순간순간 신체 각 부위의 특징이 숫자와 비율로 표시된다. 매직 핸드가 움직이기 시작했다. 동시에 여러 개의 바늘이 몸의 각 부위에 꽂히고, 벽에 박힌 수없이 많은 램프가 위아래로 조합(기계의 언어다.)을 바꿔가며 깜빡거리자, 거기에 반응하여 상자 속 시체는 마치 살아 있는 것처럼 자유롭게 운동을 시작했다. 운동은 발끝부터 상반신으로 이어졌고, 마침내 입술이 움직이고, 눈을 떴다 감으며, 표정 근육까지도 자연스럽게 꿈틀거렸다. 와다가 비명 같은 한숨을 쉬고, 요리키까지 입술을 떨며 얼굴이 땀으로 흠뻑 젖어 있었다.

"이걸로 운동의 함수가 정해집니다."

야마모토 박사가 말했다.

"운동의 함수는 단순히 생리적인 특징만이 아니라 그 배후에 있는 삶의 역사와도 관련이 있지요."

이어서 내장 분석이 있었고, 그것이 끝나자 드디어 뇌파 분석으로 넘어갔다. 매직 핸드의 바늘 개수가 늘어나 일고여덟 개가 얼굴에 집중적으로 꽂혔다. 귀나 눈 등, 감각 기관을 자극하려는 것이다. 또 귀에는 수화기처럼 생긴 기구, 눈에는 대형 쌍안경 같은 기구가 내려와, 그에게 소리와 영상을 주입했다. 그러자 스크린 위로 80여 개의 미묘한 파형이 일제히 파도치기 시작했다.

"처음에는…."

야마모토 박사의 설명이 이어졌다.

"지극히 흔한, 일상에서 접하는 자극부터 시작해 보겠습니다. 우리 연구실에서 만든 제일 평균적인 5000가지 사례들입니다. 단순한 명사, 동사, 형용사만으로 되어 있는 거죠. …다음은 그것들을 다양하게 조합해 만든 조금 더 복잡한 사례 5000개를 더 시도해 볼 겁니다. 보통 우리가 해독할 수 있고, 또 필요한 병리학적 분석은 대개 여기까지입니다만 오늘은 시험 삼아 더 멀리 가보는 거로 할 생각입니다. 이건 방금 떠오른 생각인데, 최근 일주일간의 뉴스 필름이나 신문 기사 같은 걸 넣어보면 어떨까요?"

"그렇게 좋은 생각이 지금 막 떠오르셨다고요? 저는 찬성입니다."

내가 헐떡거리는 소리를 내자, 요리키도 모니터 너머로 고개를 크게 끄덕여 보였다. 확실히 탁월한 시도다. 가만 보면 반드시 대大가 소小를 품는 게 아니다. 이를테면, 물고기 잡는 그물은 소가 대를 품는 대표적인 예다. 사고의 그물 역시 섬세한 것이 최고다.

하지만, 아직 겉으로는 변화 없는 파형이 달아오른 도로 위의 아지랑이처럼 발발 떨기만 하고 있었다.

잠시 후 스위치가 올라갔다. 이제 곧 출력 장치의 고속도 타입이 웅 소리를 낼 것이다. 잠깐을 기다리는데도 조바심이 난다. 이 시체는 과연 우리에게 어떤 이야기를 들려줄까?

14

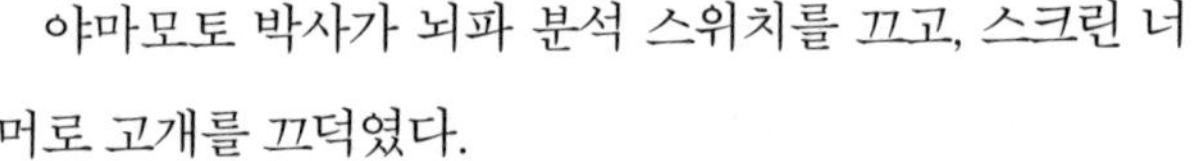

야마모토 박사가 뇌파 분석 스위치를 끄고, 스크린 너머로 고개를 끄덕였다.

“일단 예정대로 분석은 끝났습니다….”

감사 인사를 건네자마자, 나는 진정되지 않는 마음으로 서둘러 모니터를 껐다. 화면이 꺼지면서 모니터에는 가느다란 선이 생겼다가 사라졌고, 그 너머로 요리키와 다른 직원들이 불평 섞인 눈으로 나를 바라보고 있는 것이 보였다. 확실히 나의 방식은 약간 즉흥적인 구석이 있었고, 다소 무례했을지도 모른다. 쓰치다 스스무라는 죽은 회계과장이 기계를 통해 무슨 말을 할지 궁금하지 않은 사람은 없었다. 그 자리에 있던 모두가 기대에 가득 차 있었다. 하지만 나에게는 생각이 있었다. 이 문제가 일반적인 형태로 정리되기 전까지 이번 분석 결과를 외부에 공표할 수는 없다. 세상을 들썩이게 할 가십거리로 겁쟁이 위원회 사람들을 자극시키는 일은 최대한 피해야 한다. 괜히 살인 사건 같은 것에 얽히면, 위원회는 그 길로 꽁무니를 뺄 게 뻔했다. 지금 나로서는 기계의 예언 능력을 테스트하는 것 이상으로, 이 기묘한 살인 사건의 진상을 밝히는 일이 급선무였다. (요리키에게는 나중에 얘기해 주면 되는 문제다.)

스위치를 출력 장치로 바꾸려는 순간, 전화벨이 울렸다. 수화기를 집어 들자 감이 멀고, 어쩐지 쉰 목소리가 들려왔다.

"여보세요, 가쓰미 선생님이시죠?"

들어본 적이 있는 목소리 같았지만, 확신은 안 들었다. 목소리에 거리의 소음이 섞여 들어오는 것으로 봐서, 어디 공중전화에서 거는 것 같았다.

상대방이 말을 이었다.

"충고 하나 해드리죠. 우리 쪽 일에 너무 깊이 관여하지 않는 게 좋을 겁니다."

"우리 쪽 일? …누구세요?"

"그러니까 그런 걸 알려고 하지 마시라고요. 경찰에서

지금, 그 죽은 남자를 미행하던 남자 두 명을 찾고 있거든."

"당신 누구야?"

"난 선생님의 친구예요."

전화가 끊겼다. 담배에 불을 붙이고 마음이 가라앉기를 기다렸다가, 출력 장치 앞으로 돌아갔다. 스위치를 누르고, 신호를 읽었다. 죽은 남자에 대한 분석 내용을 전부 불러와 연결한 뒤, 감응 상태로 둔다. 남자는 이미 죽었지만, 지금 이 기계 속에서는 살아 있었을 때와 완벽하게 똑같은 반응 계수가 재현되어 있을 것이다. 물론, 그것이 그 남자를 그대로 재현한 것이라고는 할 수 없다. 이 투영체와 '그'라는 실체 사이에는 분명한 차이가 있고, 그 차이에 대해 생각해 보는 것도 흥미로운 일이 아닐 수 없다. 하지만 지금의 나는 그런 생각을 할 겨를이 없다.

"질문에 대답할 수 있겠어?"

마음을 다잡고, 흥분을 누르며 불쑥 기계에게 말을 걸어봤다.

짧은 침묵이 흐르고, 약하지만 또렷한 대답이 흘러나왔다.

"할 수 있죠. 질문이 구체적이라면…."

그런 너무도 자연스러운 말투가 튀어나오니 당황할 수밖에 없었는데, 마치 기계 안에 진짜 인간이 숨어 있기라도 한 것 같은 느낌이었다. 하지만 이것은 단순한 반응에 지나지 않는다. 그에게는 의식도 의지도 없다.

"당신이 지금 죽은 상태라는 건 당연히 알고 있겠지?"

"죽었다고요?"

기계 속 방정식이 숨넘어갈 것 같은 목소리를 냈다.

"내가요?"

너무 직설적으로 나갔다. 나는 머뭇거렸다.

"맞아…. 물론…."

"그런가, 역시 살해당했나 보네요… 그랬군요…."

"그럼 뭔가 짚이는 게 있나 보네?"

그러자 그는 갑자기 험악하고 까칠한 말투로 물었다.

"그런데 그러는 당신은 도대체 누구야?"

"나?"

"아니, 그건 됐고, 여기는 뭐야? 이상하잖아, 나 죽었다며? 그런데 말도 하고 생각도 하고…."

그의 목소리가 신경질적으로 떨렸다.

"하하, 날 속일 작정이구만. 이제 알겠네, 날 함정에 빠뜨리려는 수작이구나…."

"그런 게 아니야, 내 말은, 지금 당신은 진짜 인간이 아니라고. 그러니까 내 말은, 예언 기계에 기억되어 있는 '쓰치다' 라는 인물의 인격 방정식이라는 건데…."

"저기요, 웃기지 좀 말아줄래요? 헛소리도 정도껏 해야지. 이런 제길, 온몸에 감각이 없잖아. 그런데 지카코는 어딨어? 이봐, 불 좀 켜주면 안 돼?"

"당신은 죽었어."

"그만 좀 하라니까. 그딴 소리에 누가 겁먹는다고…."

눈가에 흐르는 땀방울을 닦아내고, 나는 정신을 붙들고 다시 말했다.

"말해보라고, 누가 당신을 죽였지?"

기계는 비웃는 듯한 소리를 냈다.

"아니, 그러는 당신은 정체가 뭐야? 내가 죽었으면 당신이 죽였겠지. 자, 불 좀 켜고, 지카코 어딨는지나 말해. 하던 얘기는 확실히 매듭을 지어야지, 안 그래?"

아무래도 내가 범인인 줄 아는 것 같다. 이건 그의 의식이 살해당하기 직전에 머물러 있다는 증거다.

"나를 대체 누구라고 생각하는 거야?"

"그걸 내가 어떻게 알아!"

기계 속 남자는 변성기에 접어든 어린아이 같은 목소리로 외쳤다.

"이래 보여도 내가 그딴 엉터리 소설에 넘어갈 정도로 멍청하지는 않거든."

"소설? …어떤 소설?"

"그만 좀 하라고!"

씩씩거리는 거친 숨소리가 내 얼굴을 덮칠 기세로 밀려왔다. 기계니까 실제로 숨이 나올 리는 없지만, 기분은 조금 꺼림칙했다. 내가 기대했던 기계의 단순한 정확도와는 차이가 너무 난다. 방법이 잘못되었을지도 모른다. 이런 식으로 갑자기 주도권을 두고 싸울 게 아니었다. 더 객관적으로, 안전지대를 사이에 두고 마주해야만 했다.

스위치를 껐다. 그러자 순식간에 그는 전자 알갱이로 분해되어 버렸다. 남자의 존재감이 너무 리얼했기 때문에 지워버리는 데에도 양심의 가책을 느꼈다. 서둘러서 '프리'를 가리키고 있던 시간의 눈금을 22시간 전으로 역행시켰다. 남자가 아직 신주쿠 커피숍에서 여자를 기다리고 있던 그 시각이다. 모니터에 연결하고, 다시 한번 스위치를 눌렀다.

전화가 울렸다. 진범팀의 쓰다였다.

"어때요? 시체 분석에서 뭐라도 성과가 나왔어요?"

"아니, 아직…."

곧바로 대답했지만, 방금 기계와의 대화를 통해 중요한 증거 하나를 확보했다는 사실을 깨닫고 가슴을 쓸어내렸다. 나는 요리키가 해준 말 중에 최악의 경우, 즉 곤도 지카코라는 여자 말고 따로 범인이 있는 경우를 예상했었지만, 그것은 어디까지나 예상이었고 현실적인 근거는 없었다. 하지만 지금 나눈 대화에서 남자는 여자 이외의 제3자…, 그것도 이해관계에 반하는 누군가의 존재 내지는 개입…을 예상했었다는 사실이 분명해졌다.

"그쪽은 어때? 뭐 새로운 거 나왔어?"

"아뇨. 아무래도 그 남자를 미행하던 사람이 두 명 있는 것 같아요. 아파트 근처 담배 가게 할아버지가 증언해줬는데, 어쨌든 여자가 자술서에 지장을 찍어버렸잖아요. 형사들 사이에서도 의견이 갈려서 다들 김빠진다는 분위기예요."

"그래서 네 의견은?"

"글쎄요…. 조금 전에 여자 쪽을 조사하고 있는 기무라 씨와도 연락했었는데, 우선 두 사람의 관계를 조금 더 캐봐야 할 것 같아요…. 여자를 제외하면 용의자를 찾기가 너무 어려워서요…. 그런데 이 사건이 저희가 이렇게 조사해야 할 만큼 의미가 있는 사건이에요?"

"해보지 않으면 모르지."

화가 난듯한 말투가 툭 튀어나왔다.

"결론부터 찾을 생각은 말고, 아무튼 데이터 중심으로 알아볼 수 있는 데까지 알아봐 줘. 여자 집의 정확한 도면도 같은 것도 있으면 좋겠어."

"그런데 모르겠어요. 이런 사건이 도대체 예언 프로그램에 무슨…."

"해보지 않으면 모르는 거라니까!"

나도 모르게 고함을 지르고, 곧바로 후회했다.

"아니, 나중에 다 같이 있을 때 천천히 얘기하자고. 시간이 없어서 내가 지금 좀 정신이 없거든…. 그런데 신문기자들은 꼭 조심해야 돼. 이건 위원회를 설득하기 위한 마지막 발악이니까…."

분명 점점 어려워지고 있었다. 위원회를 설득할 기획은커녕, 변명하느라 시간만 보내게 될 것 같다. 발버둥 치면 칠수록 깊숙이 빠질 것만 같았다.

15

✶

수화기를 내려놓고 뒤돌아보자 스크린 위에 22시간 전, 아직 살아 있는 쓰치다 스스무의 뒷모습이 나오고 있었다. 기계의 성능에 새삼 감탄하며 다시 으쓱해졌다. 좌표판을 돌리면 그 방향으로 남자가 배경처럼 휙 회전한다. 하지만 그 배경은 말하자면 남자의 내부 풍경이라, 현재 그의 눈에 비치는 부분만 선명하고 나머지는 불규칙하게 휘어졌거나 뿌옇기도 했다. 그러니까 나와 요리키가 있을 만한 곳은 아무것도 존재하지 않는 양 암흑만이 있었다. 테이블 위에 놓인 아이스크림은 완전히 녹은 채였다.

남자는 다 녹은 아이스크림에 숟가락을 쑤시고, 삐죽

나온 입술로 흐느꼈다. 그러는 동안에도 시선은 문에서 떨어지지 않았다. 그렇다, 바로 그 순간이었다고 나는 기억을 더듬으며 당시를 떠올렸다. 잠시 후 주크박스 소리가 나고, 남자가 이쪽을 돌아볼 것이다. 이대로 잠시 기다려 봐야겠다.

머지않아, 예상대로 음악이 흐르고 남자가 돌아봤다. 그의 눈에 우리가 어떻게 비쳤는지 확인하기 위해 좌표판을 180도 돌렸다. 주크박스와 그 짧은 치마를 입은 여자가 비정상적으로 선명하게 떠오르고, 바로 앞에 우리는 그림자처럼 뿌옇게만 보였다. (괜찮다, 이 정도라면 시체가 우리를 고발할 리는 없다.)

이제 시간판을 두 시간 뒤로 옮겨 봤다.

남자는 거리를 걷고 있다.

두 시간 뒤로 더 돌렸다.

남자는 공중전화 앞에 서 있다.

그 후는 시간 경과 수치를 10분의 1로 줄였다. 미속도 촬영을 한 영화처럼, 남자는 홀연히 노면 전차에 올라탔고, 또 훌쩍 내려서 골목을 달려 여자가 사는 아파트에 도착한다. 여기서 다시 보통 속도로 바꿔야겠다.

이제부터가 드디어 우리가 모르는 부분이다. 성공만 해준다면 진범을 찾을 수 있을 뿐 아니라, 위원회에 제출할 귀중한 데이터가 생기는 것이다. 바로 이것이 상황을 호전시킬 한 방이 될 수 있다. 마른 침을 삼키고, 남자의 움직임을 지켜봤다.

남자는 어두운 계단을 오르다 멈춰 서더니, 2층 복도 끝의 막다른 곳을 물끄러미 쳐다봤다. 그리고 고개를 갸웃거리며 주저하는 듯 걸음을 뗐다. 은근슬쩍 발소리를 죽이면서, 이미 약속된 죽음을 향해…. 화면에는 나오지 않지만, 계단의 그늘진 곳에는 요리키가 그를 엿보고 있을 것이다…. 남자는 안주머니에서 열쇠를 꺼내, 손등으로 이마의 땀을 닦은 다음, 몸을 구부려 문을 열었다. 열쇠로 문을 여는 소리가 부자연스러울 정도로 날카로워, 꼭 남자의 마음을 대변하는 것 같았다. 거칠게 손잡이를 돌리고 집 안으로 들어가 뒷짐을 지듯 등 뒤로 문을 닫았다. 소리의 느낌으로는 제대로 안 닫힌 것 같기도 했다. 깜깜한 방 너머, 잿빛 창문과 어딘가 멀리서 들어오는 불빛이 보인다. 남자는 신발을 벗고 왼쪽 벽으로 손을 뻗어 스위치를 비틀어 눌렀다. (자, 이제 곧 죽음이 들이닥친다!)

주위가 밝아지자 여자 방인 듯한, 다다미 여섯 장짜리 공간이 나타났다. 작은 도구들이 쌓여 있어 모퉁이가 가려져 있었다. 방 안에는 아무도 없다. 엄숙한 정적만이 집 안을 꽉 채우고 있다. 남자의 시선이 공허하게 좌우를 훑었다. …그러자 등 뒤에서 희미한 소리가 났다. 방향조차 알 수 없는 어렴풋한 삐걱 소리는 점점 커졌고 시선은 허공에 떠돌다가 곧 맥없이 일그러졌다. 바닥이 비스듬히 올라오더니, 얼굴을 덮쳤다. 크고, 갈고리 모양으로 구부러진 그림자가 달려와, 불을 끄면서 그의 위로 사뿐히 떨어졌다. 스크린은 암흑에 갇혔다. 역시 그때 죽은 것이다.

떨리는 검은 화면을 바라보며, 잠시 나는 미동도 하지 않고 있었다. 그는 범인을 못 봤다. 못 본 정도가 아니라, 적극적으로 나쁜 증인이 될 수도 있다. 여자는 방 안에 없었다. 그것은 증언과 일치하지만, 늦게 들어왔다고 뭐라고 해서 죽였다는 여자의 자백은 명백한 거짓말이다. 그뿐 아니라, 등 뒤에서 났던 삐걱거리는 소리가 만약 문에서 나는 소리로 판단된다면 어떻게 될까? 그때 문밖에 있던 사람은 다른 누구도 아닌 요리키였다. 시체 분석 결과는 점점 더 우리를 불리하게 만들어 버렸다. 내 손으로 내 목에 올가미를 건 꼴이다….

긴 침묵이 흐르는 동안, 나는 넋을 놓고 생각에 잠겼던 것 같다. 문득 인기척이 나서 돌아보니 문 앞에는 어느 틈에 요리키가 서 있었다. (순간, 방금 본 장면이 똑같이 재현되어 나도 그 남자처럼 살해당하는 건 아닌가 싶어 소름이 돋았다.) 요리키는 작게 계속 고개를 끄덕이면서, 머리카락 사이에 손가락을 쑤셔 휘저으며 웃음을 터뜨렸다.

"일이 참 귀찮게 됐네요."

"보고 있었어?"

"네, 끝부분만요."

"다른 직원들은?"

"아이바랑 와다는 저쪽에서 기다리고 있어요. 추가로 분석이 필요할지도 모르니까요…."

"전화 기다리고 있었어."

요리키는 땀에 젖은 셔츠를 잡고 쭉 당기더니, 천천히 입술을 핥았다. 나는 의자를 돌려 요리키 쪽을 향하게 고쳐 앉고, 나조차도 놀랄 만큼 심술궂은 말투로 말했다.

"그런데 너 대신 이상한 남자한테 협박 전화가 왔지."

"뭐라고요?"

요리키는 앉으려던 의자의 등받이를 붙잡고, 그대로 얼어붙었다.

"너무 알려고 하지 말래. 경찰은 이미 미행자 두 사람이 있다는 사실을 알고 있다는 거야. 진짜일 수도 있어. 쓰다도 비슷한 말을 했거든."

"그래서요?"

"전화한 놈은 우리가 미행한 사실을 알고 있는 사람이야."

"그렇네요…."

요리키는 건조한 목소리를 내며, 길고 가는 손가락을 하나씩 꺾기 시작했다.

"그러면 거기에는 역시 우리 말고 다른 사람이 있었다는 말이 되네요."

"사람들이 그걸 믿어준다면 그렇지."

"저도 알아요…."

요리키는 아랫입술을 깨물고, 내 가슴 쪽으로 시선을 늘어뜨렸다.

"아마 그 협박 전화를 건 사람이 진범일 거예요…. 그런데 전화는 선생님 혼자 받으셨으니 소용없어요. 선생님도 저와 공범으로 보일 테니까요. 경찰이 작정하고 두 미행자를 쫓기 시작하면, 저는 독 안에 든 쥐나 마찬가지네요."

"난 집의 구조나 창문 그림자의 위치 관계도 생각해 봤어. 그 그림자는 분명 쓰치다가 쓰러졌을 때 그림자일 거야. 그런데 또 하나, 네가 본 그림자는 어쨌든 너밖에 못 봤으니까…."

"그게 제 그림자라고 하면, 저는 뭐 할 말이 없네요."

그는 쓴웃음을 짓더니, 혀를 찼다.

"참나, 우리의 샘플이 범인을 못 봤다는 게 치명타네

요. 이 고생을 해서 시체 분석까지 했는데 안 하느니만 못하게 됐어요. 만에 하나 저한테 범행 동기라고 할 만한 게 하나라도 있었다면, 선생님이 절 의심하셔도 이상할 게 없을 정도예요."

"그것도 큰일이야. 그 남자의 입을 여는 게 쉽진 않거든."

…나는 이 남자가 기계의 반응에 불과한 주제에 자신이 죽은 사람이라는 사실을 좀처럼 인정하려 들지 않았다는 것과 얼마나 다루기 어려웠는지를 설명해 주었다. 요리키는 말없이 듣기만 하더니 나직이 말했다.

"그러면 속임수를 쓰는 수밖에 없겠네요."

"속임수?"

"아직 살아 있다고 착각하게 만드는 거예요…."

16

일단은 성공했다고 할 수 있을지도 모르겠다. 남자에게, 아니, 기계에게, 지금 병원 침대에 누워 있다고 믿게 만들어, 당장 아무것도 안 보이고 몸의 감각이 없는 것은 충격을 받았기 때문인데, 곧 괜찮아질 거라고 다독였다. 그리고 복수심을 자극해 봤더니, 의외로 술술 떠들어 주었다. 줄줄 말하게 했다는 점에서는 분명히 성공이 맞았다. 하지만 이것이 얼마나 우리에게 유리한 상황을 만들어 줄지는 또 다른 문제였다.

(아직 6시도 되기 전인데 갑자기 어두워지더니 비가 내리기 시작했다. 엄청난 빗줄기가 유리창에 물보라를 일으키고 있었다. 다리가 두 개뿐인 의자에 앉아 있는 것처럼, 불안한

기분으로 기계의 고백을 들었다. 다음은 그 내용을 그대로 옮긴 것이다.)

—아유, 차라리 죽는 게 낫지 뭐예요. 창피하네요…. 아시겠어요? …나이 먹고 꼴사납게 여자에 미쳐서…. 마누라는 뭐래요? …아니에요, 이건 용서 안 해주겠죠…. 저는요, 이날 평생 마누라를 거역한 적이 없어요, 솔직히. (중략) …곤도 지카코라는 여자는 카바레 가수예요. 그런데 그런 곳에서 일하는 사람으로는 안 보일 정도로 마음씨가 착하고, 얌전한 여자였거든요…. 몸은 조금 거칠고 앙상했지만요…. 저도요, 아무나 붙잡고 물어보세요, 저도 원래는 세상 고지식한 사람이라 그런 데에는 거의 갈 일도 없었어요, 그런데 그날 밤은 사장님을 모시느라…. (중략) …그런데 도무지 모르겠어요. 그렇게 화려한 삶을 사는 여자가 저처럼 머리도 벗겨지고 볼품없는 50대 남자한테…, 그렇잖아요, 제가 조금 우쭐해지는 것도 이상할 게 없다니까요. 작고 매끄러운 손가락으로 제 수염 난 얼굴을 만져줬거든요…. 그저 감사했죠…. 이건 정말 말로는 설명할 수가 없어요, 꼭 바보가 된 것 같았어요…. 너무 좋아서요…. 그런데 이런 얘기가 궁금하신 건 아니겠죠? 그런데 돈을 노리고 저한테 접근한 사람은 아니었

다는 건 꼭 말씀드리고 싶어요. 믿기지 않겠지만, 진짜예요. 그야, 매달 용돈은 줬어요. 그걸로 만족한대요. 몸은 거칠어도 마음은 정말 순수한 사람이었어요. 반한 것까지는 아니어도, 내가 좋댔어요, 이런 거까지 감추지 않고 말을 하는 거예요. 요즘 세상에 정말 그런 사람 없잖아요…. (중략)

…그런데 얼마 안 가 점점 의심이 들기 시작했어요. 30년이나 회계 일을 하다 보면, 세상 보는 눈이 인색해지거든요…. 돈을 요구하면 어쩌나 벌벌 떨면서, 돈 요구를 안 하면 또 안 하는 대로 어쩐지 마음이 불안해요. 그 사람이 너무 변치 않는 모습을 보여주니까…, 저는 또 자신이 없으니까 참 못 미덥고 추해지더라고요…. 그렇게 시간만 보내다가 작은 사건 하나가 있었어요. 아니, 사건이라고 할 정도도 아닌데, 하루는 그 사람 방에 갔더니 값비싼 러그를 사들인 거예요. 아, 보셨으려나? …그 사람 재정 상태로 봤을 때 그건 아주 고가품이거든요. 저는 회계하는 사람이라 바로 감이 왔죠. 그런데 그걸 산 이유를 듣고 더 놀랐어요. 글쎄 임신을 했다는 거예요. 아, 그래서 기념으로 산 거구나 했는데, 나잇값도 못 하고 심장이 막 두근대지 뭐예요. 지금도 말하면서 눈물이 나올 거 같아요. 마누라랑은 아이가 없었거든요, 그래서 신기

했던 것 같아요. 아니, 신기하다고 하면 안 되죠. 어쨌든 낭만적이고, 세상 사람들은 모르는 또 하나의 저를 사방팔방에 내놓고 자랑하고 싶어지더라고요. 아무것도 모르는 마누라한테도, 사실대로 고백하면 기뻐해 줄 거라고 진심으로 생각할 정도로…. 하하, 비가 오나요? 알죠, 그럼…. 조금만 더 들어주세요. 이제 본론으로 들어왔어요. (콜록거리고) …이 다음부터가 참 화끈한 전개거든요. 임신한 건 사실인데, 내가 기가 막혀서, 오늘 중절 수술을 받고 왔다는 거예요. 뭐, 하는 건 좋아요. 따지고 보면 저도 별로 생활력에 자신이 있는 편은 아니니까요. 아무리 그래도 말 한마디 상의도 없이 그랬다는 건 저를 좀 무시한 거 아닌가 싶은 생각이 들면서 기분이 확 상하더라고요. 있는 대로 화를 냈어요. 누구 아이인지 모르니까 내가 낳으라고 할까 봐 무서웠던 거 아니냐…, 그래, 알았다, 돈 좀 있어 보이는 놈 아이를 임신해서 그걸로 돈을 뜯어냈구나…, 그것도 아니면 이런 러그를 살 돈이 어디서 나오냐…, 이제 알겠다, 그럼 나는 그냥 돈줄이었냐…, 그렇게 몰아붙였더니 그 사람이 고개를 저으면서 울음을 터뜨렸어요…. 아니, 이건 어젯밤에 있었던 일은 아니에요. 어젯밤에는 결국 얼굴도 못 봤어요. 대충 두 달 전이었나….

그래서, 음, 제가 막 캐물었다는 데까지 이야기했죠? 그 사람은 울었어요. 저도 그 사람이 돈 뜯어내려고 달려드는 그런 사람이 아니라는 건 잘 알아요. 그런데 아무래도 달리 설명할 수가 없잖아요. 그 사람은 필사적으로 변명하더라고요. …그런데 그 변명이라는 게 너무 말이 안 되는 거예요…. 임신 3주차가 되기 전에 중절 수술을 하면 7000엔을 주는 병원이 있다는 거예요. 자기도 이상하기는 했대요. 그런데 한번 확인해 보러 그 병원으로 찾아가 봤더니, 마침 딱 3주째라고 해서 곧바로 수술하고 왔다는 거예요. 이런 얘기를 도대체 누가 믿냐고요. 사람을 우습게 보는 것도 유분수지. 그래서 그 병원이 어딘지 가르쳐 달라고 했어요. 그랬더니 그건 안 된대요, 아무한테도 말 안 하기로 약속을 했대요. 만약에 약속을 어기면 무슨 짓을 당할지 모른다고…, 그만 좀 하라고 쏘아붙이는데, 손이 올라가더라고요. 소설에서나 봤지, 실제로 여자를 때린 건 그게 처음이었어요. 기분 정말 안 좋더라고요. 맥이 탁 풀려버려서 그날은 말도 더 안 하고 헤어졌어요.

그런데 아무래도 석연치 않은 거예요. 그날부터 머릿속에서 의심을 떨칠 수가 없어서, 어떻게든 그 사람이 빼도 박도 못하게 추궁해 보기로 했어요…. 다행히 그 사람은 예금 통장을 가지고 있었거든요. 그것도 독특한 취미인데, 쓸 수도 없는 옛날 통장을 귀하게 보관해 두는 거예요. 이게 꽤 쓸 만하더라고요. 아시다시피, 저는 회계 전문가잖아요. 빈집에 들어가서 자리 잡고 치밀하게 조사를 시작했죠. 숫자라는 것도 읽는 법에 따라 제법 재미가 있거든요. 아니 정말로, 그 덕에 많은 정보를 얻었어요. 많게는 일주일에 두 번, 적어도 한 달에 두세 번은 어떻게도 설명이 안 되는 수입이 있더라고요. 제 눈을 속이려 해봤자 안 될 일이죠. 증거를 모아서 들이밀었어요. 이게 바로 사흘 전의 일이에요. 그 사람은 또 울더라고요. 그런데 아무리 울어본들 소용없지. 저한테는 확실한 증거가 있으니까요. 그런데 또 이상한 변명을 늘어놓기 시작하는 거예요. 또 그 이상한 병원 얘기를 끌고 와서, 임신 3주 이내인 다른 임산부를 소개해 주면 2000엔씩 수수료를 받을 수 있다나요. 그러면, 그 병원은 3주 이내의 태아를 사들이고 있었고 그 사람은 브로커 일을 몰래 하고 있었다는 말이 되잖아요. 이게 무슨 섬뜩한 얘기예요. 이쯤 되니까, 저도 의심보다는 걱정이 되더라고요. 정신에 문제가 생긴 건 아닌가…. 그렇게 생각해 보니까 짚이는 게 없는 것도 아니었어요. 여자로서 너무 색기가 없고…. 거기서 저도 물러서지 않고 끈질기게 물어봤어요.

그랬더니, 저한테 말했다는 걸 병원에 들키면 어떻게 될지 모른다, 죽을 수도 있다, 이러면서 진짜로 벌벌 떨더라고요. 이런 얘기까지 하는데 어쩌겠어요. 그 병원에서 사들인 태아들은 죽이지 않는대요. 병원 안에서 특별한 방식으로 키워서 엄마 배 속에서 자란 것보다 더 월등한 인간이 된다, 우리 아이도 잘 살아 있을 거다…, 이러는데, 어때요? 소름 끼치지 않아요? …사실이면 신문에 날 일이고, 거짓말이면… 이 사람은 도대체 무슨 이런 거짓말을 다 할까요? 저도 물러서면 안 되겠다 싶어서 계속 물었어요. 그 병원에 데려가 달라고요. 여기서 항복할 줄 알았는데, 그러면 병원 쪽에 의논을 해보겠다고 진지하게 대꾸를 하더라니까요.

그래서 그 답이 온 게 어제 점심 지나서예요. 회사로 전화가 왔어요. 오늘 밤 병원 직원도 같이 만나서 설명을 해줄 거라고, 신주쿠에 있는 R 커피숍으로 7시쯤 오라고…. 솔직히 안 믿었었거든요, 전화받고 얼마나 놀랐나 몰라요. 함정이라는 생각은 못 하고, 이건 틀림없이 미친 거다 싶었어요. 커피숍에서 한참을 기다리고 있는데, 마음이 초조하면서도 내일 그 사람을 어느 정신 병원으로 데려가면 좋을지, 태평하게 그런 생각이나 하고 있었어요. …아, 그다음은 어떻게 됐는지 잘 아시죠? 참나, 감쪽같이 당한 거지 뭐예요. 아니, 지금도 저는 병원 사람 얘기는 안 믿어요. 결국, 남자가 있었던 거예요. 소심한 사람이라 저한테 말은 못 하고, 저를 떼어내고는 싶은데 난감했겠죠. 그래도 그렇지, 무슨 그런 거짓말을 해요? 병원에서 태아를 사들인다니, 그런 얘기는 어떻게 떠올린 건지…. 그렇게까지 내가 싫었으면 그냥 한마디 말로 해주면 되잖아요. …저도 이 나이에 모자란 놈이라는 욕은 듣고 싶지 않거든요. 사람 유인해서 모르는 남자한테 얻어터지게 만드는 이런 난폭한 짓까지 할 필요는 없는 거 아니에요… 아니, 정말이지, 이것보다 더 치욕스러운 일이 어디 있겠어요?

17

“여자였네요, 역시 문제는….”

골치 아픈 문제지…라는 불평을 입에 머금고 입술을 깨물었다.

“그런데 여자는 자백한 내용을 고수하고 있다며.”

“그러니까 이상한 거죠. 그런데 애초에 그 남자 말이 전부 진짜면, 그 여자는 정신적으로 노이로제에 걸렸을 수도 있어요.”

“뭔가 무서운 일이 있었을까?”

“단순히 피해 망상에 빠진 것일 수도 있고 아니면 진범을 감싸주려고 하는 건지도 모르죠. 물론, 실제로 협박을 당하고 있을 가능성도 있고요.”

"상식적으로 생각하면, 망상이거나 범인을 감싸는 거로 보는 게 자연스럽겠지만… 아까 나한테 협박 전화 온 것도 같이 놓고 보면, 아무래도 그 여자 역시 협박받았을 가능성이 커."

"맞아요, 그 전화도 있었죠…."

요리키는 머리를 쥐어짜기라도 하듯, 있는 대로 얼굴을 찌푸렸다.

"그럼 결국 숨겨둔 남자는 아니라는 거죠? …맞아요. …저는 처음부터 그 가설은 반대였어요. 단순히 여자 문제로 그런 선량한 구두쇠를 죽인다는 건 말이 안 돼요. 동기치고 너무 약해요."

"그럼 태아 브로커가 범인이라는 거야?"

내 입술이 비뚤어지기 시작하는 것을 요리키는 가볍게 고개를 끄덕이는 것으로 저지시켰다.

"그렇게 문자 그대로 믿을 필요는 없다고 생각해요. 그런데 숨겨놓은 남자가 아니라면, 피해자의 행동이나 피해자가 알고 있는 정보 중에 가해자를 불편하게 하는 무언가가 있었다고 보는 게 자연스럽죠. 그것도 목숨을 끊어놓지 않으면 안 될 정도로 가해자의 입장을 난처하게 만드는 무언가요…. 아마 그건, 조금 전에 저 남자가 말한 내용 중에 있을 거예요. 그렇게 따져보면, 임신 3주차 이

내의 태아 매매설이 황당하긴 해도 역으로 고려해 볼 가치가 있는 거 아니겠어요?"

"말은 되지."

"물론, 말이 된다는 측면에서요. 3주 이내라는 숫자나 태아라는 단어 자체가 어쩌면 특수한 은어일지도 모르는 거고요…. 아무튼 어떻게 해서든 그 여자도 데려와서 예언 기계에 앉혀 볼 수 없을까요? 그게 제일 시급한 것 같은데."

"나 참, 골치 아픈 일에 얽혀 버렸어."

절로 한숨이 나왔다.

"그래도 여기까지 왔는데 물러설 수는 없잖아요…. 이제는 정면돌파로 밀고 나가는 것 말고는 방법이 없어요."

"그런데 괜찮을까? …우리가 여자에게 접근하면, 그놈들은 경찰에 밀고하지 않겠어? …어쨌든 살인도 저지르는 놈들이니까…."

"그렇다고 가만히 있어봤자 언젠가 저희도 경찰에 불려갈 거예요. 결국, 시간문제예요. 선수 치는 것 말고는 승산이 없어요…. 저희가 굳이 여자 앞에 얼굴을 내밀 필요는 없어요. 위원회 쪽에 부탁해 차를 보내달라 하고, 경찰서 뒷문으로 몰래 병원까지 데려올 수도 있잖아요. 얼마나 재미있겠어요? 그 여자의 미래를 점쳐보는 것도…."

중심도 잃고, 전망도 잃고, 어쩐지 마음이 놓이지 않았지만, 처음 자전거 타는 법을 배울 때처럼 어떻게든 계속 페달을 밟아야 넘어지지 않을 것 같아 나는 일단 도모야스에게 전화를 걸어보았다. 높으신 분들이 관심을 보이는 터라 한껏 들떠 있던 도모야스는 시체 분석도 허가를 받았으니 여기서 조금 해석을 보태 여자 용의자를 추가하는 것쯤이야 별일 아니라며 흔쾌히 승낙했고, 그 자리에서 곧장 국장의 허가를 받아주었다. 일은 잘 진행되고 있냐는 도모야스의 질문에는 그런대로 흥미로운 결과가 나왔다고 으스댄 뒤, 연구소 이름은 밝히지 않고 여자를 경찰서에서 빼내 중앙보험병원의 야마모토 박사에게 데려오기로 했다. 순조롭게 일이 풀리는 것은 고마웠지만, 이대로 어느 깊은 수렁에 빠져드는 것은 아닌지 문득 불안해졌다.

야마모토 박사가 있는 곳으로 여자가 도착할 때까지, 기계에 명령을 넣어 죽은 남자의 분석 결과를 더욱 정밀히 해석하고, 일반 계수와 특수 계수—즉, 모든 인간에게 공통된 부분과 이 남자에게만 있는 고유한 부분—를 나누는 작업을 시켰다. 이것만 해놓으면 매우 편리해진다. 이제 그의 특수 계수만을 분석해서, 그것을 일반 계수와 연결하면 그것만으로 모든 인격을 재현할 수 있게 되기 때문이다. 아직은 데이터가 불충분한 상태라 그다지 기대하지 않았었는데, 의외로 쉽게 답을 얻었다. 인간의 고유 부분…, 인격 방정식의 변수 부분은 생각했던 것보다도 단순한 것이었나 보다. 대부분이 확률적으로 몇 개의 신체적 특징에 따라 환원되었고, 뇌파도 20개의 영역과 1000개의 모델 자극에 대한 반응을 조사하는 것만으로 충분하다는 것을 알았다. 위원회에 제출하기 위해서는 더없이 알맞은 재료다. 나는 특수 계수의 분석에 필요한 항목을 타이핑해 보았다. 한 장의 종이에 빼곡히 정리된 평범한 의학 용어와 일본어 입문서 같은 말들의 나열…. 그러니까 이게 바로 인간의 '개성'이라 불리는 것이다.

"이봐, 요리키. 나중에 기회 되면 이 종이에다가 응용 사례도 넣어서, 다음 위원회 때 하나 추진해 보는 거 어때?"

"그래야죠. 위원회는 이제 문제도 아니에요. 한 개인을 예언한다는 아이디어 자체는 일단 통과가 됐으니까요."

"통과된 건 아니야, 아직은 비밀이야."

"통과된 거나 마찬가지죠, 여태까지 태도와 비교해 보면…."

"그건 그렇지…."

야마모토 박사에게 전화를 걸어봤다. 아직 여자는 도착하지 않은 것 같다. 특수 계수 항목을 작성했다고 하자,

역시 그도 흥분을 감추지 못하는 듯했다. 와다 가쓰코를 바꿔 그쪽 전자계산기에 그 내용을 저장하도록 시켰다. 요리키가 커피를 타줬다. 끊이지 않는 담배 연기 탓에 화끈거리는 목을 설탕이 듬뿍 들어간 커피로 적시며, 이제 곧 건설될 예정인 매머드급 예언 기계 '모스크바 3호'에 관련된 소문들을 훑는 것으로 잠시 시간을 보냈다. 그 기계는 전 세계 절반에 해당하는 공산권과 중립국 국가들의 경제 통합 예보를 담당하게 되는 모양이었다. 그 생각을 하자 나는 비참한 기분이 들었다. 저쪽에서는 예언 기계가 시대의 거대한 기념비로 우뚝 섰는데 우리는 살인범이나 쫓아다니는 불쌍한 쥐덫에 지나지 않는다. 게다가 그 기계를 다루는 주인은 한쪽 발을 쥐에 물려 발버둥 치는 신세니….

그런데 슬슬 불안까지 엄습했다. 아직도 여자가 도착했다는 연락이 오지 않았기 때문이다. 아무래도 도모야스를 통해서 확인해 보는 게 좋을 것 같았다.

"그런데 선생님, 저는 그 쥐덫에 큰 기대를 걸고 있거든요. 누가 뭐라 해도 이건 기계 스스로의 선택이잖아요? 어쨌든, 기계는 논리 그 자체니까요."

"나도 뭐, 단념한 건 아니야."

도모야스로부터 여자는 이미 경찰서를 출발했다는 정

보가 들어왔다. 그런데도 병원에 도착하지 않았다는 것은…, 아무래도 신경이 쓰여 견딜 수가 없었다.

요리키도 불안한지 여기저기 기계의 시스템 조정창을 들여다보며 입을 쉬지 않고 놀렸다.

"문제는 프로그램을 어떻게 짜느냐예요…. 사회적 데이터가 불가능하다면 불가능한 대로 상관없어요…. 그 부분은 저희에게도 맹점이 있었다고 보거든요…. 더 거시적인 방법으로 노선을 짰으면 자연 현상 데이터에서도 모스크바 2호에 뒤지지 않을 지도적 예언을 할 수 있었을 거라고 봐요. 이제 중요한 건, 끈기와 버티기니까요…."

전화가 울렸다. 요리키가 수화기를 낚아채 귀에 가져다 댔다. 턱을 내밀고, 어딘가를 응시한다. 아무래도 좋지 않은 소식 같았다.

"왜?"

그는 작게 고개를 흔들었다.

"죽었대요…."

"죽어? …왜?"

"모르겠어요. 자살인 것 같아요."

"확실한 거야?"

"음독자살인 것 같아요…."

"당장 야마모토 선생님 쪽으로 기계를 연결해 줘. 아까 남자한테 하던 방식 그대로 분석하면, 자살 동기나 약을 입수한 경로 따위는 바로 알 수 있을 거야."

"그게 안 되나 봐요."

요리키는 여전히 수화기에 손을 댄 채로 말했다.

"지독한 신경독을 쓴 것 같아요. 신경이 엉망이 됐대요. 정상적인 반응은 전혀 기대할 수 없어요."

"일이 복잡하게 됐네…."

담뱃불을 손으로 집어 끄는데도 뜨겁단 느낌이 들지 않았다. 평정심을 유지하려고 애썼지만, 무릎이 눈에 띄게 떨리기 시작했다.

"일단 야마모토 선생님께 여쭤보자."

하지만 결과는 실망만 확인할 뿐이었다. 이 정도로 신경이 철저하게 파괴된 시체는 드물다고 했다. 음독자살에도 정량이라는 것이 있어서, 너무 많이 먹으면 독이 퍼지기도 전에 토해버리기 때문에 오히려 흡수되는 독의 양은 줄어든다고 한다. 그런데 이 여자의 몸에는 주사로 넣지 않고서야 도저히 퍼질 수 없을 만큼 많은 양의 독이 스며들었는데, 주삿바늘 흔적은 어디에도 없다고 했다. 실제로 유치장에서부터 쭉 호위를 받으며 왔으니, 누군가 그녀에게 주사를 놓을 틈은 없었다. 생각해 볼 수 있는 가능성은 단 하나, 미리 클로르프로마진* 계통의 약을 먹어 구토 중추를 마비시켜 놓고, 허용 용량 이상의 독을 삼킨 경우다. 그러나 이건 너무 번거로운 방법이었다.

납득이 가는 이유를 찾으려고 하면 자연스럽게 타살 가능성을 떠올리게 된다. 야마모토 박사가 이야기를 그쪽으로 틀려고 하는 것은 눈치챘지만, 나는 도망쳤다. 상대가 아는 것 이상의 정보를 쥐고 있다는 얼굴을 비쳐서는 안 된다. 놈들의 정체를 파악할 때까지는 바짝 엎드리고 있어야 한다.

수화기를 내려놓자마자 또 벨이 울렸다. 단단하게 꾹 누른 목소리가 느닷없이 귓속을 때렸다.

"가쓰미 선생? 내가 충고까지 해드렸는데 이러면 안 되지. 너무 그렇게 선을 넘으시니까 또 한 명…."

끝까지 듣지도 않고, 나는 요리키에게 수화기를 건넸다.

"자, 아까 그 협박자야."

"야, 너 누구야, 이름을 말해!"

요리키가 소리를 질러봤지만, 전화는 금방 끊긴 듯했다.

"뭐래?"

"경찰이 본격적으로 움직이기 시작했대요."

---

* 정신 억제제 중 진성의 정신병에 사용되는 신경 억제약의 하나.

"방금 목소리 말이야, 어디서 들어본 적 있지 않아?"

"글쎄요?"

"아니, 목소리가 아니라 악센트가."

언뜻 어느 기억을 건드리는가 싶더니 금방 사라져 버렸다.

"한 번 더 들으면 기억이 날 것도 같은데…."

"하긴, 전혀 모르는 사람은 아닐지도 모르겠네요. 하여튼 소문이 빠르다니까요. 내부 사정을 잘 아는 놈이 그랬을지 몰라요."

"어떡하지?"

요리키는 손가락을 꺾으며 모자걸이라도 찾는 사람처럼 주변을 두리번거렸다.

"아무래도 포위망이 꽤 좁혀진 것 같아요…. 어디 돌파구를 찾아봐야…."

"그냥 확 경찰에 가서 사실대로 다 말해버리면 어떻게 될까?"

"다 말한다고요?"

요리키는 입을 삐죽거리며 어깨를 흔들었다.

"그런데 저희 말이 사실이라는 건 어떻게 증명해요?"

"여자가 살해당했다는 건, 적어도 우리 말고 범인이 있다는 좋은 증거가 되지 않겠어?"

"그건 아니죠. 만약에 여자가 살해당한 거라고 쳐도요, 쓰다나 기무라는 자유롭게 경찰서를 드나들었으니까 그 여자한테 접근할 기회가 있었어요. 아직은 높으신 분들이 뒷배를 봐주고 있으니 용의자에서는 제외되어 있지만, 만약에 저희한테 회계과장 살인 혐의가 걸리면, 그 두 사람도 바로 의심을 받을 거예요…. 살인 연구소가 따로 없네요. 기사 제목으로 딱이네. 저희의 살인적 학구열은 눈 깜빡할 사이에 전 세계의 가십거리가 되겠죠."

"너무 억측이잖아. 네가 말하는 거 전부 다…."

"맞아요, 제 억측이에요."

"요즘 경찰은 물적 증거를 더 중요하게 봐. 예를 들어, 여자가 먹은 약은 어디서 났을까, 그런…."

"선생님…, 지금까지 위원회가 협력적으로 나온 건, 저희 기계가 이 사건을 해결하는 데에 도움이 될 거라고 판단해서잖아요? …저희도 그렇게 믿었고요. 기계의 능력은 충분히 기대를 받을 만했어요. 그런데 상대는 상상을 초월할 만큼 벅차요. 설마, 기계도 해치우지 못하는 적을 경찰이 쉽게 처리할 수 있을까요?"

"적?"

"네, 명백하게 적이죠."

나는 숨을 죽이고 눈을 내리깔았다. 감정적이 되어서

는 안 된다. 요리키가 하는 말을 들으면 안 된다는 법은 없다. 만약 이 모든 것이 복잡하게 얽힌 우연이 아니라, 정말로 적이 존재하는 거라면….

쓰다에게서 연락이 왔다. 용의자가 한 명 체포되었는데, 담배 가게 주인이 확인한 결과 범인이 아니라는 사실이 밝혀져 곧바로 석방되었다는 것이다. 목격자의 말에 따르면, 범인 중 한 명은 언뜻 신사풍의 남자로 몸집이 왜소하고, 작은 눈에 냉혹한 빛을 띠는 사람이라고 했다. 쓴웃음이 나는 것을 감출 수가 없어, 요리키에게는 말하지 않기로 했다.

"그럼, 그 적이 어떤 사람인 거 같아?"

"보니까 개인은 아니고, 조직일 것 같다는 생각이 점점 들어요."

"왜?"

"명확한 이유는 모르겠어요. 그냥 느낌이요."

비는 그쳤지만, 어느 틈에 해가 완전히 저물어 있었다.

"7시가 넘었네. 이제 다들 보내는 게 좋겠지?"

"연락할게요."

문득 창문을 보는데, 정문 옆에 어떤 남자가 담배를 피우는 것이 눈에 띄었다. 어두워서 인상까지는 보이지 않았다. 그 사람은 슬쩍 얼굴을 들어 내가 자기 쪽을 보는 것을 알아차리자 서둘러 자리를 떴다.

"그러면 말이야, 우리의 적은 3주가 안 된 태아를 사들이는 조직이라는 소리야?"

"그건, 글쎄요…."

전화의 다이얼을 돌리면서, 요리키는 갈피를 못 잡겠다는 듯 말했다.

"그러고 보니까 포유류의 체외 수정에 관한 연구가 요즘 세계적으로 인기래요…."

"체외 수정?"

"네…."

"그래…? 그 얘기가 지금 막 떠오른 거야? 아니면 계속 그 얘기를 할 기회를 노렸던 거야?"

"아뇨, 머릿속에는 쭉 있었는데, 갑자기 말이 튀어나와서…."

"그랬겠지. 자기 사고방식을 밀고 나가다 보면 그렇게 되는 법이야. 그런데 나는 단언할 수 있어. 그건 망상이야. 그런 생각은 안 하는 게 좋아."

"왜요?"

"진실을 가리거든."

"그럴까요…."

"아무튼, 전화 돌리고 오늘은 끝내자고."

하지만 요리키는 전화기를 쳐다볼 생각도 하지 않았다.

"그런데 저는 아가미가 달린 쥐를 본 적이 있어요. 그건 틀림없이 물속에서 사는 포유류였어요."

"말도 안 돼!"

"정말이에요. 체외 수정을 해서 개체 발생을 계획적으로 계통 발생의 틀 밖으로 벗어나게 해버린대요. 아직 본 적은 없지만, 물에 사는 개도 존재한대요. 어려운 건 초식동물이고, 육식이나 잡식 포유류는 비교적…."

"어디 그런 게 있다는 거야?"

"도쿄 근처예요. 선생님도 잘 아시는 분의 형님이 하시는 연구실인데…."

"나 아는 사람 누구?"

"중앙보험병원 야마모토 선생님의 형님 되시는 분이요. 모르셨어요? …오늘은 너무 늦었고, 내일쯤 선생님 모시고 거기 한번 가볼까 했거든요…. 당연히 인간 태아로 연구하진 않겠죠. 그래도 혹시 어떤 단서가 될 만한 걸 찾을 수 있지 않을까요? 시간 낭비일 수도 있지만, 이제 직접적인 단서를 얻을 방법이 없어졌으니까…."

"지겹다, 지겨워. 탐정 놀이는 그만할래. 지금 이상한 놈이 밖에서 우릴 감시하고 있어. 형사 아니면 살인 청부업자겠지."

"진짜요?"

"직접 보든지."

"경비실에 전화 걸어서 봐달라고 할까요?"

"하는 김에 경찰에도 연락해."

"밖에 청부업자가 있다고 해요?"

"그러든지…."

나는 자리에서 일어나 신발을 갈아 신고 가방을 집어 들었다.

"나는 집에 갈래. 너도 연락 돌리고 얼른 들어가."

18

✶

공연히 화가 났다. 하지만 누구를 상대로 화가 난 것인지 불분명했기 때문에, 사태를 정리해 보려고 해도 어디부터 손을 대야 할지 도무지 알 수가 없었다. 실마리가 없는 것이 아니라, 너무 많다. 그것들이 서로 모순된 방향에서 조각조각 은밀히 얼굴을 내민다. 이젠 어느 것을 따라가야 좋을지조차도 모르겠다.

집에 오는 길에 미행이 붙은 것 같지는 않았다. 난폭하게 열어젖힌 대문 소리를 듣고, 아내가 현관문을 열어주었다. 어쩐 일인지 나의 퇴근을 기다리고 있던 모양이다. 구두를 채 벗기도 전에 낮고 마른 목소리로 질문부터 퍼부었다.

"오늘 병원, 그거 대체 뭐야?"

외출했다가 막 들어온 것인지, 아니면 이제부터 나가려고 했던 것인지, 아내는 외출복을 입고 있었다. 그런 와중에 형광등의 역광을 받아 머리카락만 푸석푸석 일어선 것이 보였는데, 무언가 단단히 벼르고 있는 듯했다. 하지만 나는 아내가 무엇 때문에 이러는 건지 전혀 짐작이 가지 않았다. 당장 내 머릿속에 떠오르는 병원은 사건의 무대가 된 중앙보험병원 전자 진단실밖에 없었다. …하지만 아내가 그 일을 알고 있을 리 없다. 만에 하나 안다고 해도, 이렇게까지 궁금할 일일까?

"그게 무슨 소리야?"

"흠…."

아내는 위축된 목소리를 냈고, 그 특유의 애처롭고 비난 섞인 소리에 나도 모르게 발이 멈췄다. 안방에서는 텔레비전 음악에 맞춰 아들 요시오가 웃는 것도 귀찮다는 듯 뚝뚝 끊어지는 웃음소리를 내고 있었다. 나는 아내의 다음 말을 기다렸다. 그럴 가능성은 없었지만, 나도 모르게 내가 무언가 실수를 해서, 야마모토 박사의 전자 진단실에 대해 아내가 알게 되었을지도 모른다는, 있을 수도 없는 가설에 기대하며…. 하지만 아내도 내가 입을 열기를 기다리고 있는 것 같았다.

짧고 부자연스러운 침묵이 흐른 뒤, 드디어 아내의 입술이 열렸다.

"난 하라는 대로 했어. 그런데 너무 무책임한 거 아니야? 아무리 그래도 전화하겠다는 얘기는 미리 해줬어야지. 솔직히 나중에라도 마중 나올 줄 알았어, 이건 정말 너무한 거야."

"전화?"

아내는 깜짝 놀라 고개를 들었다.

"전화는 한 거 맞지?"

"그러니까, 내가 무슨 전화를 했냐고."

보고 있는 동안 아내의 가느다란 목이 부풀어 올랐다.

"아니 난, 그쪽에서 당신이 전화했었다고 하니까…. 전화한 거 맞지?"

아내는 완전히 혼란에 빠져 있었다. 원래는 다른 것 때문에 단단히 화가 나 있었는데, 그 흥분을 지탱해 주던 받침대가 전혀 다른, 그것도 생각지도 못한 것 때문에 무너져 내렸으니, 당연한 일이다. 열이 잔뜩 올라 뚝뚝 끊기는 아내의 말들을 이어붙여 보니, 대략 이런 이야기가 되었다.

3시경, 요시오가 학교에서 집에 오자마자 아내가 다니던 산부인과의 주치의로부터 전화가 왔다. 그곳은 버스로 5분밖에 안 걸리는 가까운 종합 병원으로, 그 병원의 원장이 내 친구였다. (그러고 보니 생각나는 것이 있다. 바로 며칠 전, 아내가 그 병원에서 임신 진단을 받고—한번 자궁 외 임신을 경험한 후로 임신에 대해서는 극도로 신경질적인 반응을 한다— 아기를 낳을지 포기할지 의논한 적이 있었다. 하지만 나는 변변한 대답도 제대로 해주지 못했던 것 같다. 그때는 여하튼 예언 기계 문제로 마지막 고비를 넘길 때라 정신이 없었다.) 전화의 내용인즉슨 나한테서 연락이 왔는데 오늘 당장 중절 수술을 받으러 오라고 했다는 것이다. 아내는 망설였다. 반발심도 생겼다고 한다. 곧바로 내 연구실로 전화를 걸었지만, 나는 부재중이었다. (3시쯤이면, 아마 시체 인수에 관한 교섭을 하러 도모야스에게 갔을 무렵이다. 다들 정신이 나가 있었을 때라 전화를 받은 사람도 내게 전달하는 것을 잊어버린 것이 분명했다.) 아내는 결국, 망설이면서도 나갈 수밖에 없었다.

"그래서 중절 수술을 했다는 거야?"

나도 모르게 타박하는 듯한 말투가 튀어나온 것은 마음속의 불안을 모른 척하기 위해서였다.

"했지, 그럼 어떡해? 하는 수밖에 없잖아…."

2층 서재로 올라가는 내 뒤를 따라오며, 아내는 반항하듯 대꾸했다. '다녀오셨어요!'라고 복도 끝에서 요시오의 무덤덤한 목소리가 쫓아온다.

"그래도 일단은 담당 선생님 상담부터 하려고 했어…. 그런데 없는 거야, 자기가 불러놓고, 어디 외출 중이래. 화가 나서 집으로 가겠다고 했지…. 그래서 막 병원 문을 나서는데, 오른쪽 턱에 큰 점이 있는 간호사가 날 따라 나오더라고. 선생님은 곧 오시니까 이 약을 먹고 잠깐 대기실에서 기다려 달라는 거야…. 빨간 포장지에 든 가루약이었는데, 쓴 약이었어…. 빨간 종이면 독한 약이라는 거지? …아무튼, 그런 종류의 센 약이었을 거야…. 잠깐 지나니까 눈, 귀만 빼고 온몸이 꼭 잠든 것처럼 이상한 기분이 들었어…. 그리고… 기억은 나는데, 내 눈으로 본 것 같지가 않아서 확실한 건 아니야…. 그런데 분명히 양쪽에서 누가 날 잡고 자동차에 태워서 다른 병원으로 갔던 것 같아…. 어둡고 긴 복도가 있는 병원이었어…. 선생님은 다른 선생님이었는데 다 알고 있다고 하더라고. 수술은 금방 끝났어. 고민할 틈이 어디 있었겠어…? 거기다가 무슨 의미인지 도통 모르겠는데, 집에 가려고 하니까 거스름돈이라면서 돈까지 주더라고…."

"거스름돈?"

"그렇다니까. 당신이 미리 돈 낸 거 아니야?"

"얼마였는데?"

엉겁결에 나는 자리에서 일어났다.

“7000엔…. 계산이 어떻게 된 건지는 모르겠는데….”

“여보, 임신한 지 3주 안 됐지?”

나는 담배를 집으려고 하다가, 어젯밤부터 마시다 만 채로 두었던 물컵을 건드리고 말았다.

“안 됐지…. 얼추 그 정도 됐을 거야….”

엎질러진 물이 잔뜩 쌓아둔 책 아랫부분으로 흘러 들어갔다.

“얼른 닦아.”

…7000엔, …임신 3주차. …50킬로그램짜리 짐을 메고 등산이라도 한 듯이 목덜미부터 등을 타고 묵직한 응어리 같은 것이 번졌다. 날짜 지난 신문을 엎지른 물에 가져다 대며, 의심어린 아내의 시선을 피했다.

“그런데 그 병원 이름은 뭐였어?”

“모르겠어. 차를 불러줘서 그 차 타고 바로 집으로 왔거든.”

“그래도 대충 어디쯤 있는 병원인지는 기억하지?”

“글쎄…. 꽤 멀었던 것 같아…. 한참 남쪽, 거의 바다 근처였던 것 같아. 중간에 졸기까지 해서….”

그리고 그녀는 마치 비밀을 캐내려는 듯 말을 이었다.

“그런데 당신은 당연히 다 알고 있었던 거지?”

나는 긍정도 부정도 하지 않았다. 아내가 생각하는 것과는 다른 방향이긴 했지만, 내 나름대로 짚이는 데가 있었다. 아무튼, 여기서 말을 더 했다가는 아내의 질문만 늘어나게 될 것이고, 나는 묻는 말에 계속 대답해 주어야 될 것이다. 마음의 동요가 걷히자, 완전히 사태가 파악된 것은 아니었지만… 아니 오히려 더욱 혼미한 상태로 빨려 들어가 하나도 이해가 가지 않았지만… 갑자기 내가 빠진 함정에 아내까지 휘말렸다는 이 용서할 수 없는 모멸감에, 눈앞이 깜깜해질 정도로 화가 치밀어 올랐다.

19

계단을 내려가, 전화를 걸었다. 아내가 요시오에게 텔레비전은 그만 보라고 다그치고 있었지만, 나는 일부러 그냥 지나쳤다. 나에게조차 오리무중인 이번 사건에 아내를 끌어들이다니, 어쩌란 말인가.

나는 우선 친구 병원에 전화를 걸어, 아내가 늘 다니던 산부인과 주치의가 어디에 있는지 알아봐 달라고 부탁했다. 친구는 전화번호를 알려주었다. 의사는 집에 있었다. 내가 따져 묻자 적잖이 당황한 듯했다. 당연히 내 이름으로 들어온 연락은 아예 모르는 얘기고, 또 내 아내를 부른 적도 없다고 했다. 무엇보다 그 시간이면 어제부터 왕진 일정이 잡혀 있어 병원에 없었다고 했다. 혹시 몰라

아내에게 약을 건네주었다는, 턱에 점이 난 간호사에 대해 물어보았다. 역시 그런 간호사는 없다는 대답이 돌아왔다. 아무래도 내심 예상했던 대로 최악의 사태에 발이 빠져버린 듯했다.

이어서 연구소의 전화 다이얼을 돌리는데, 나는 꼭 심장이 위장 속으로 뚝 떨어져 굴러다니는 것같이, 가슴이 거북해지는 것을 느꼈다. 그 이유에 대해 한마디로 표현하자면, 갑자기 내 주변에서 일어난 일련의 사건이 모든 것은 항상 확률이 더 높은 방향으로 전개된다는 일반 법칙을 완전히 무시하는 것처럼 느껴졌기 때문이다.

7000엔… 3주가 안 된 태아… 체외 수정… 아가미가 달린 쥐… 물속에 사는 포유류….

라디오 연속극에서의 엇갈림은 어떨지 모르겠지만, 원래 우연이란 늘 단독으로 나타나기 때문에 우연인 것이다. 남자의 죽음…, 협의…, 여자의 죽음…, 이상한 전화…, 태아 매매…, 아내를 노린 함정…, 완전한 우연에서 출발했을 연쇄 반응이 차례차례 연결되어, 다짜고짜 하나의 쇠사슬로 묶여 내 목을 감는다. 동기도 목적도 안 보이고, 이건 마치 미친 사람에게 쫓기는 기분이다. 내 합리적인 정신세계로는 도저히 견딜 수 없는 일이었다.

당번인 경비가 전화를 받았다. 나는 계산실에 아직 불

이 켜져 있는지 물었다. 경비는 그르렁 소리를 내더니 기침을 한 번 하고, 불은 꺼져 있고 이제 아무도 없는 것 같다고 쉰 목소리로 대답했다. 식빵에 치즈를 넣고 맥주와 함께 삼킨 뒤, 나는 곧바로 외출 준비를 했다.

아내는 주먹 쥔 오른손 등을 왼손 손톱으로 긁으며 턱 아래로 가져다 댔다. 그녀는 당황해하고 있었다. 내가 단순히 병원 쪽에서 저지른 실례 때문에 화가 났다고만 생각할 테니, 처음 말을 꺼냈을 때의 패기에 대한 반동으로, 지금은 괜히 일을 크게 만들었나 하고 소심해져 있는 것이다.

"이럴 거까지 있어? 안 피곤해?"

"그 7000엔은 어디 봉투에라도 넣어줬어?"

"아니, 그냥 돈으로 받았어."

돈을 가져오려는 것을 말리고, 나는 구두를 신었다.

"바쁜 일은 언제쯤 끝나? 요시오 일로 의논할 게 좀 있어. 학교까지 와서는 수업에 안 들어온 적이 있었대. 선생님이 한 소리 하시더라고…."

"뭐 어때, 아직 어린애인데…."

"모레 일요일에 바다 갈 수 있어?"

"내일 위원회에서 얘기가 잘 되면."

"요시오가 가고 싶어 해."

마음속으로 얇은 달걀 껍데기 같은 것을 으스러뜨렸다. 다음 또 다음 계속 으스러뜨리며 말없이 밖으로 나갔다. 어차피 그냥 얇은 껍데기다. 내가 으스러뜨리지 않아도, 누군가가 분명 뭉개버릴 것이다. 몇 개가 뭉개질지 전전긍긍하는 것보다는 차라리 내가 으스러뜨리는 게 마음도 편하다.

밖으로 나오자, 발걸음 소리 하나가 문 앞에서 도로를 가로질러 길 건너 골목길로 도망쳤다. 언제나 지나는 길을 이번에는 전찻길 쪽으로 걸으니, 발걸음도 골목을 나와 시치미를 떼고 나를 쫓아온다. 아까 연구소 앞에서 어슬렁거렸던 놈이 틀림없다. 갑자기 뒤를 돌아, 방금 온 길을 거꾸로 돌아가 미행자에게 성큼 다가갔다. 그는 당황해 골목으로 도망가 버렸다. 내가 소설을 읽으며 상상했던 미행과 비교하면 참담할 정도로 실력이 없는 놈이다. 경험이 아예 없는 초짜거나 아니면 일부러 자기 존재를 드러내려는 놈일 거다. 나는 곧바로 그놈의 뒤를 쫓았다.

내 쪽이 조금 더 빨랐다. 달려본 지도 꽤 되었지만, 학창 시절에 받았던 훈련이 빛을 발하는 것인지도 모른다. 게다가 길이 갈라지는 지점에서 어느 쪽으로 갈지 상대가 순간적으로 머뭇거려 준 덕에 더욱 거리를 좁혔다. 겨우 100미터쯤 달리고, 자갈 위에서 나는 그를 따라잡았다. 나는 오른손을 뻗어 남자의 왼쪽 팔에 찔러 넣은 뒤 잡아당겼다. 남자는 벗어나려고 하다가 발을 헛디뎠고, 그 바람에 한쪽 무릎이 꺾였다. 나도 넘어질 뻔했지만, 손은 놓치지 않고 겨우 버텼다. 둘 다 끊어질 것 같은 숨소리를 내면서, 말없이 서로 유리한 자세를 취하며 몸싸움을 벌였다. 달리기만 했으면 내 쪽이 유리했지만, 몸의 기민함을 겨뤄보니 역시나 승부가 되지 않았다. 남자는 몸을 비틀어 갑자기 힘을 툭 빼더니 그 기름내 나는 머리로 비틀거리던 나의 배를 들이받았다. 숨이 멈췄고, 밑으로 빨려 들어가듯 나는 쓰러졌다.

정신을 차리니 멀리 남자가 도망치는 발소리가 들렸다. 기절했던 것은 아주 잠깐이었던 듯하다. 하지만 그를 쫓아갈 기력은 남아 있지 않았고, 화를 돋우는 포머드 냄새만 내 몸에 달라붙어 있었다. 몸을 일으키자 갈비뼈 아래쪽이 부러진 것처럼 아팠다. 나는 웅크려 앉아 속을 게워냈다. 산미가 섞인 맥주가 뿜어져 나왔다.

진흙을 털고, 전찻길로 나와 차를 골라잡았다. 다카다노바바*에 있는 요리키의 아파트 앞에 차를 세워두고 관리인에게 물어보니, 그는 집에 없었다. 외출이 아니라, 아

---

* 도쿄 신주쿠에 있는 지명.

직 안 들어왔다는 것이다. 나는 택시 기사에게 연구소까지 가달라고 했다.

나를 본 경비는 웃통을 벗은 채 목에 두른 수건을 빙글빙글 돌리며 매우 당황스러운 표정을 지었다.

"어떻게 된 거지? 아직 불이 켜져 있네."

"그러게요…. 아, 잠깐 전화해 볼게요. 아마 제가 조금 전에 안에 들어가 목욕을 하는 사이에…, 아, 잠깐 기다리세요…."

나는 신경 쓰지 않고 건물 안으로 들어갔다. 그을린 은박지처럼, 한 걸음 뗄 때마다 떨리는 다리에 흠뻑 어둠이 감겼다. 고요하고 적막하기는 했지만, 잠시 후, 문밖으로 삐져나오는 빛이 인기척을 느끼게 해주었다. 열쇠를 가지고 있는 사람은 나와 요리키밖에 없었고, 이 두 개 말고는 경비실에 여벌이 한 개 있을 뿐이다. 요리키가 여태 남아 있는 것인지 (그럴 경우, 무언가 사정이 생겨 경비가 내게 거짓말을 했다는 것이 된다.) 아니면 놓고 간 물건이 있어서 다시 온 것인지…. 어느 쪽이든 나는 또다시 하나의 우연을 맞닥뜨리게 된 셈이다. 하지만 무슨 이유에서인지 이곳에 오면 틀림없이 요리키를 붙잡을 수 있을 거라는 확신에 가까운 기대가 있었다. 시원하게 설명할 수는 없지만, 어쨌든 그런 예감이 들었던 것이다. 그리고 나를 맞이한 요리키도 여기로 오면 선생님을 만날 수 있을 거라고 생각… 했다는 식으로 말할 것이 뻔했다. 진심인지 지어낸 이야기인지는 모르겠지만, 어쨌든 그런 식으로 말하고, 반갑다는 미소를 지을 것이다. …하지만 나는 도저히 웃는 얼굴로 그를 마주할 용기가 없었다. 그런 쪽으로 생각하고 싶지는 않지만, 요리키를 지금까지와 똑같이, 순순히 마주할 수는 없을 것 같은 기분이 들었다. 적과 한패까지는 아니더라도… 살해된 남자를 예언 기계의 테스트용 샘플로 해보자고 정한 것은 분명히 완벽한 우연이었다…. 하지만 그렇더라도, 이 작위적인 우연의 연속을 처음부터 너무도 현실처럼 받아들였던 것이 수긍이 안 된다. 적어도 나보다는 그가 필요 이상으로 많은 것을 알고 있었고, 늘 한발 앞을 내다봤던 것 같다. (물속에 사는 포유류 같은 엉뚱한 얘기를 꺼내며, 어수룩한 회계과장의 망상으로밖에 안 들렸던 태아 브로커의 배후를 암시했던 것도 바로 그였다.) 분명 그때, 그는 아직 더 할 말이 있어 보였지만, 그건 너무 황당한 이야기였고, 내 고집이 센 덕에 이야기는 중단된 채 우리는 헤어졌다…. 하지만 고집을 부리고 있을 때가 아니다. 무엇이든 좋으니 단서가 될 만한 것이 필요했다.

20

✶

문은 잠겨 있지 않았다. 갈비뼈의 통증을 꾹 참고, 손잡이를 돌려 한 번에 문을 열었다. 차가운 공기가 뺨을 때렸다. 하지만 그것보다도 기계 앞 의자에 손을 대고, 이쪽을 향해 딱딱한 미소를 짓고 있던 인물이 나를 놀라게 했다. 그건 와다 가쓰코였다. 와다는 웃고 있었다. 하지만 곧 놀란 표정으로 바뀌었다. 아무래도 내가 아닌 다른 누군가를 기다리고 있었던 모양이다.

"뭐야, 와다 씨였어?"

"깜짝이야!"

"놀란 건 나라고. 뭐 하는 거야, 이런 늦은 시간에?"

와다는 어깨가 들썩일 정도로 크게 숨을 뱉으며 발꿈

치로 몸을 핑그르르 돌리더니 가볍게 의자에 걸터앉았다. 본인도 인식하고 있을지 모르겠지만, 은근슬쩍 아무 일 없었다는 듯 시치미를 잘 떼도, 실로 표정이 풍부한 사람이라는 생각이 들었다.

"죄송해요, 요리키 씨를 만나기로 했어요."

"죄송할 건 없지, 그런데 여기서 만나기로 한 거야?"

"이상하게 엇갈려 버렸지 뭐예요."

그녀는 고개를 돌리더니 살짝 머리를 좌우로 흔들었다.

"저희가 원래는 더 빨리 선생님께 말씀드리려고 했었는데요…."

현실적이다. 무섭게 현실적이다. 나도 모르게 쓴웃음이 올라왔다.

"됐어, 됐어, 뭐 그런 거 가지고…. 그럼 요리키는 여기로 오기로 한 거지?"

"아니요, 원래 요리키 씨가 여기서 기다리고 있겠다고 했거든요. 그런데 와봤더니 아무도 없는 거예요. 그래서 일단 집으로 갔다가 다시 요리키 씨 집에 가봤는데, 거기도 없어서…."

갑자기 나는 오싹해졌다.

"그런데 지금 경비실에서 전화 오지 않았어?"

"네, 그런데…."

내 말투가 바뀐 의미를 이해하지 못한 건지, 그녀는 부끄러운 듯 미소를 지었다.

"그냥 선생님이 오셨다고만 해서, 저는 요리키 씨인 줄 알고…."

그렇다, 경비원 입장에서 보면 분명 요리키도 선생님이다.

"…그런데 이 방은 왜 이렇게 냉방을 세게 틀어놨어? 꼭 바로 직전까지 기계 돌린 것 같잖아."

와다는 빛이라도 보듯 눈을 찌푸리더니 목을 움츠렸다.

"그래서 저도 금방 올 줄 알고 기다려 본 거예요."

말은 됐다. 수상쩍은 것은 하나도 없다. 내가 너무 신경이 예민해졌던 것이다. 경비원이 당황했던 것도 두 사람의 밀회를 은밀히 목격했기 때문이라고 생각하면 모두 설명된다. 연애… 탁 하고 마음이 놓일 만큼 평범한 이야기 아닌가. 이만큼 눈부시게 명백한 것도 없다. 현실의 일상적인 연속감만큼 확실한 것은 없다….

"그런데 두 사람 사이가 그렇게 된 줄은 전혀 눈치 못 챘어."

"저, 여기 그만두고 싶지 않았거든요."

"왜 그만둬, 같이 근무하면…."

"그래도 복잡하잖아요, 여러 가지로…."

"그럴 수도 있겠네…."

뭐가 그럴 수도 있다는 것인지 모르고 한 말이었지만, 어쨌든 나는 긴장이 풀려 웃음이 터질 것 같은 기분이었다.

"이렇게 된 거 저를 샘플로 해서 미래 예언 좀 받아볼까요?"

"재미있겠네."

정말이지, 그렇게라도 해주면 이런 골치 아픈 일은 겪지 않아도 됐을 텐데….

"진심으로 한 말이에요."

쭉 뻗은 손끝을 기계 테두리에 얹으며, 그녀는 천천히 손가락을 미끄러뜨렸다.

"저는 인간이 꼭 살아야만 하는 이유를 잘 모르겠거든요."

"무슨 소리야, 이제 합쳐보면 다 거기서 거기라는 걸 알게 될 거야."

"합치다뇨? 결혼 말씀이세요?"

"꼭 결혼이 아니더라도 뭐. 살아야 할 이유를 알기 때문에 사는 게 아니야, 살아 있으니까 그런 생각도 하게 되는 거야."

"다들 그런 식으로 말하더라고요. 그런데 정말 내 미래를 알고 나서도 여전히 살고 싶다는 생각이 들까요…?"

"그걸 실험해 보고 싶어서 몸소 예언을 받아보겠다는 거야? 너무 위험한 얘긴데."

"그럼 선생님은 어떠세요?"

"뭐가?"

"모르니까 참고 견딜 수 있는 거 아니에요? 산다는 게 그렇게 중요한 거라면, 태어나야 할 아이를 없애는 행위가 어떻게 가능한 거죠?"

나는 숨을 들이마시고 몸을 움츠렸다. 귓가에서 무언가가 끊어지는 듯한 소리가 들렸다. 하지만 와다는 그런 얘기를 지독히도 천진한 말투로 주저 없이 꺼냈다. 물론, 이것은 분명 우연의 일치였다.

"아직 의식이 없는 존재잖아. 인간과 동격으로 생각할 수는 없지."

"법률적으로는요."

분별없는 밝은 어조로 그녀는 말을 이어갔다.

"그런데 임신 9개월째에 배 속에 있는 아이는 없애도 되고, 조산으로 태어난 아이는 죽이면 안 된다는 건, 너무 편의적이잖아요. 그런 설명을 참아낸다는 건 상상력이 많이 부족해서가 아닐까요?"

"그런 식으로 생각하다 보면 끝이 없어…. 그런 논리면 임신할 기회가 있었는데 받아들이지 않은 여성, 아니면 임신 기회가 있었음에도 실행하지 않은 남성도 역시 간접적인 살인을 범한 거라고 확대 해석할 수 있으니까…."

난 억지로 소리를 쥐어 짜내며 웃었다.

"지금도 우리 둘 다 이런 쓸데없는 대화를 하면서 살인을 저지르고 있는 건지도 모르지."

"그럴지도 모르겠네요."

와다는 고쳐 앉으며, 나를 똑바로 올려다봤다.

"우리한테는 그 아이를 구해낼 의무가 있는지도 몰라."

"네, 그럴 수도 있겠네요."

이번에도 역시 그녀는 웃으려고도 하지 않았다.

나는 당황스러워 담배를 입에 쑤셔 넣으며 창문 쪽으로 걸어갔다. 열이 나는 것 같기도 하고, 관절에 기름칠을 해야 할 것 같은 묘한 기분이었다.

"와다 씨는 아무래도 위험한 여성 같아…."

와다가 일어서는 기척이 났다. 나는 무언가를 가만히 기다리고 있었다. 더는 침묵을 견디지 못하고 뒤돌아보니, 그녀가 여태 본 적도 없는 굳은 얼굴로 우두커니 서 있었다. 뭐든 좋으니 아무 말이나 하려고 화제를 찾으려는데, 그녀 쪽에서 먼저 입을 뗐다.

"제대로 대답해 주세요. 저 선생님을 심판해 보려고 하거든요."

나는 웃었다. 의미도 없이 웃음이 나왔다. 그러자 그녀도 희미하게 미소를 지어 보였다.

"정말 묘한 사람이라니까."

"이건 재판이에요."

그녀는 진지한 얼굴로 돌아왔다.

"그럼, 선생님은 태아 살인은 죄가 되지 않는다고 생각하신다는 거죠?"

"그런 거 생각하다 보면 끝이 없다니까."

"그럼, 선생님한테는 본인의 미래를 예언 기계로 들여다볼 용기는 없겠죠?"

"그게 무슨 말이야?"

"아니에요, 이제 됐어요."

그녀의 급 브레이크에 마음이 몸 밖으로 튀어나올 것만 같았다. 와다는 살짝 튀어나온 눈으로 천장을 바라보더니, 그럴듯하게 고개를 끄덕여 보였다. 그녀의 표정이 그보다 조금만 덜 천진했더라면, 아마 나는 크게 화를 냈을 것이다.

하지만 그녀는 아무 일도 없었다는 듯, 시계를 보고 한숨을 쉬었다. 나도 덩달아 시계를 보니 9시 5분이 지나있었다.

"늦었네요…. 저는 아무래도 가봐야겠어요."

그녀는 웃음 띤 얼굴로 위를 올려다보더니, 누가 공중에서 그녀를 건져 올리기라도 한 것처럼 탄력 있는 몸놀림으로 홀연히 방을 나갔다. 나는 허를 찔린 채 어쩔 도리도 없이, 와다가 경비실에 가서 무언가 말을 하고 문밖으로 나가는 모습을 창가에서 바라볼 뿐이었다.

양쪽 발에 강하게 힘을 주고 힘껏 버텨 보았다. 여기서 더 농락당하지 않겠다는 마음의 표현이었다. 와다가 무슨 앙심을 품고 그런 기묘한 말을 한 거라고는 생각하지 않는다. 있는 그대로 받아들이면, 아마도 아무 일도 아니다. 그것을 묘하게 여기고, 괜히 이상하게 휘둘리는 것은 오히려 내 쪽에 문제가 있는 것 아니겠는가. 마음을 가라앉히고, 있는 그대로를 보는 거다. 중요한 것과 중요하지 않은 것을 정확하게 잘 판별하고, 당장 무얼 해야 할지 계획을 짜보는 거다….

책상에 종이를 펼치고, 큰 원을 그려봤다. 그 안에 또 하나 작은 원을 더 그리려고 하는데, 중간에 연필심이 부러져, 원은 닫히지 못하고 곡선이 되어버렸다.

21

몇 번이고 그만 돌아가려고 했지만, 그때마다 마음을 바꿔 꾹 참고 기다렸다. 내가 여기 있다는 걸 알면, 분명히 요리키도 여기로 올 것이다. 당연히 이제 슬슬 와야 할 시간이다. 아니면 이것도 다 알고 나를 애태우는 것일까? 아니다, 불필요한 억측으로 신경을 지치게 만들 필요는 없다.

20분… 45분… 50분…. 10시 10분이 되자 드디어 전화가 왔다.

"선생님이세요? 지금 와다를 만나서요…."

그 목소리에는 조금도 주눅 든 흔적이 없고, 오히려 밝고 신난 것처럼 느껴졌다.

"…저, 선생님께 꼭 보여드리고 싶은 게 있어요. 그런데 좀 그러시면 제가 댁으로…? 아, 그러세요? 그럼 바로, 5분 내로 가겠습니다…."

나는 창밖을 바라보고 마음의 준비를 하며 그를 기다렸다. 요리키를 만나면 맨 처음 무슨 말을 할지 그 단어를 되풀이해서 반추하며, 멀리 펼쳐진 야경을 진득하게 바라보고 있었다. 하늘과 지붕들 사이로, 얇고 하얀 막이 붙어 있는 것처럼 보였다. 그 바로 아래에 국철이 지나는 역이 있을 것이다. 그곳에는 무수히 많은 경험들과 삶이 서로 부딪히며 물결치고 있었다. 바다도 산 위에서 보면 평지로 보이는 것과 같다. 멀리서 본 경치는 언제나 질서가 있다. 어떤 기묘한 사건이라도, 원경이 지니는 질서와 틀을 벗어나는 일은 결코 없다….

택시가 멈추고, 요리키가 내렸다. 그는 창문을 올려다보더니 손을 흔들었다. 딱 5분이 지나 있었다.

"완전히 엇갈렸지 뭐예요…."

"일단 앉아."

와다가 앉았던 의자에 그를 앉히고, 나는 조명을 등진 위치에 섰다.

"한참 기다렸어. 지금 와다 씨 만나고 오는 길이야?"

"아니요. 실은 쭉 밖에 있었어요. 밖에서 계속 기다렸거든요….”

“그건 됐고….”

흥분되는 마음이 목소리에 묻어 나오지 않게 최대한 자제했다.

“그건 그렇고, 어때? 지금부터 우리 둘의 대화를 기계에 기록해 두고 싶은데….”

“그게 무슨 말씀인지…?”

요리키는 이해가 되지 않는 듯 고개를 갸웃거렸지만, 그렇다고 당황한 것 같지는 않았다.

“오늘 아침부터 있었던 일을 한 번 더 자세히 검토해 보고 싶어.”

“그거 좋은 생각인데요….”

찔끔찔끔 고개를 끄덕이며, 그는 정성스레 고쳐앉았다.

“마침 저도 어떻게든 정리를 해보려고 고민하던 참이었거든요. 저는 오히려 선생님이 별로 안 내켜 하실 줄 알고 걱정했었어요. 아까 들어가실 때 화를 많이 내셨었잖아요.”

“그랬지…. 그때 무슨 얘기 했었지?”

“탐정 놀이는 그만하겠다고요….”

“맞아, 그랬지…. 그럼 바로 해볼까? 입력 스위치 좀 부탁해.”

요리키는 입력장치 쪽으로 상반신을 비틀더니 곧 놀란 목소리로 말했다.

"켜져 있어요! 아, 입력 램프가 꺼져버렸네. 그래서 이게 켜져 있는 줄 몰랐나 봐요. 참나, 어이가 없네…."

"어디에 연결됐어?"

"정밀 마이크요."

"그럼, 여태 쭉 기록되었다는 거야?"

"그런 것 같아요…."

그는 드라이버로 솜씨 좋게 기계의 배를 연 다음, 힘있게 뒤엉킨 구리 신경섬유의 매듭과 이음새를 더듬어 찾았다.

"이제야 알겠네…, 아니, 와다가요, 조금 전까지 제가 여기에 분명히 있었다고 단언을 하면서 제 말을 안 믿는 거예요. 증거가 있다고, 에어컨이 켜져 있었다고 하더라고요. 어쩐지 이상하다 싶었는데, 이러면 그렇게 생각한 것도 무리는 아니네요."

나는 맥이 빠졌다. 이것도 계획의 일부일지도 모른다는 의심보다도, 감쪽같이 골탕을 먹었다는 낙담이 역시 더 컸던 것 같다. 그가 여태 쭉 바깥에 있었다고 했을 때, 나는 그 모순—냉방이라는 사실—을 공격해 주려고 내심 흥이 나 있었다. 하지만 이렇게 선수를 쳐버리면, 할 수 있는 게 없다. 세상이 내 마음 같지 않다고 해서 누굴 탓하겠는가.

"그럼 먼저 사건의 윤곽부터 되짚어 볼까?"

"네, 시작하시죠…."

"먼저 우리는 프로그램 위원회에 제출할 샘플로 한 남자를 선택했어. 이건 완벽하게 무작위로, 우연에 의한 선택이었어…. 그런데 이 남자가 갑자기 누군가에 의해 살해당했지…. 당시 그의 근처에 있었던 우리는 당연히 용의 선상에 오를 가능성이 생겼어…."

"직접적으로는, 특히 저요."

"일단 남자의 내연녀가 범인으로 몰렸어. 하지만 경찰은 순순히 넘어갈 것 같지 않았어. 여기서 나는 정말로 경찰이 그 여자가 범인이 아니라고 믿었는지, 아니면 누군가가―즉, 범인의 한패가― 우리를 불안하게 만들려는 목적으로 경찰을 슬쩍 부추긴 건지, 그 점이 꽤 수상하다는 생각이 들어…."

"동감입니다."

"어쨌든 우리는 궁지에 몰렸어. 가만히 내버려 두면, 언젠가는 우리를 옥죄어 올 거야. 작정하고 진범에게 도전장을 내밀기 위해, 우리는 남자의 시체를 분석하기로 했어. 성공하면 첫 실험으로 훌륭한 성과를 낼 수 있었지.

하지만 분석 결과는 그저 여자가 범인이 아니고, 태아 브로커라는 기묘한 괴담을 들려줄 뿐이었어. 거기다가 협박 전화라는 부록까지 딸려서…."

"그 협박 전화를 건 사람은 정보력이 아주 뛰어난 사람이라는 걸 특히 주의해서 봐야 할 거 같아요."

"그래, 그리고 그 목소리는 어쩐지 어디서 들어본 적이 있는 것 같단 말이야…."

"누군지 안 떠오르세요?"

"전혀. 금방 떠오를 것도 같은데…. 어쨌든 우리와 어떻게든 관련이 있는 인물인 건 틀림없어."

"제 생각에는 아마 이 예언 기계를 어느 정도 알고 있는 인물인 것 같아요. 그러니까 다음에 용의자인 여자를 분석하려고 했을 때, 위험을 느꼈고 저희 손이 닿기 전에 그 여자를 죽여야 했던 거죠. …그런데 아직도 모르겠는 건, 임의로 고른 한 남자의 죽음이 저희 내부와 연결된 사건으로 발전했다는 거예요."

"물론 절대로 우연일 리가 없다는 건 아니야. 우연이라면, 우리를 발목 잡은 함정은 결국 범인이 오로지 자기방어를 위해 파놓은 거라는 거잖아. 그런데 아직 우리가 눈치채지 못한, 생각지도 못한 연결 고리가 어딘가 숨겨져 있다면? 그럴 경우 함정이 가진 의미는 더 중대한 것일 수도 있어."

"그게 무슨 말이에요?"

"예언 기계가 없어지기를 바란 걸 수도 있다는 말이야."

"잘 이해는 안 되지만…."

"뭐 됐어, 계속 가보자…. 아무튼 이렇게 해서 우리는 모든 단서를 잃었어."

"표면적으로는 그렇죠."

"그런데 그들은 그래도 아직 분이 안 풀렸어. …협박 전화는 계속 왔고, 감시까지 붙였어. 그때 네 머릿속에는 물속에 사는 포유류라는 신기한 이야기가 떠오른 모양인데, 솔직히 나는 거의 포기하고 싶은 기분이었어."

"실은 그게요…."

"응, 일단은 내 얘기를 들어줘…. 나는 그렇게 집에 갔고, 기가 막힌 사태가 벌어졌다는 것을 알게 됐어. 내가 없는 동안, 아내가 어느 산부인과에 끌려가다시피 해서, 보호자 동의도 없이 강제로 중절 수술을 받았어."

"그게 정말이에요?!"

"아내는 임신 3주째였어. 게다가 수술이 끝나니까 그쪽에서 7000엔을 줬대…. 아직, 잠깐만…. 물론 그렇다고 해서 당장 태아 매매설을 인정하자고 하려는 게 아니야. 어쩌면 전화로 협박하는 것만으로는 안심이 안 되니까 더 효과적인 위협 수단으로 누가 머리를 굴린 건지도 몰라. 영리한 악당은 단 하나의 커다란 거짓말을 감추기 위해, 작은 거짓말들을 무수히 흩뿌리게 마련이야. 내 억측이기는 하지만 그 7000엔도, 그 죽은 남자의 분석 결과에 나왔던 얘기 중에 제일 의미 없는 부분으로 내 관심을 돌리고 싶어서… 조금만 더, 끝까지 내 말을 먼저 들어줘…. 결국에는 말이야, 나를 심리적으로 위축시키려는 목적으로… 아니, 목적은 아무 상관 없어. 여기서 중요한 건 이런 찜찜한 일을 벌인 놈이 그 죽은 남자의 분석 내용을 알고 있었다는 거야. 그렇지 않아? … 시체가 말해준 태아 브로커 이야기를 몰랐다면, 7000엔이 어쩌고, 3주 이내가 어쩌고 하는 얘기는 아무런 협박이 안 될 테니까. 놈들은 그걸 알고 있었어. 내 말이 맞지? …그런데 시체의 분석 내용을 아는 사람은 이 세상에 단 두 명밖에 없어…. 우리 둘뿐이야…. 이 점만큼은 부정할 수 없지?"

"네, 인정해요."

요리키는 안색이 약간 파래지더니, 눈을 내리깐 채로 잠시 가만히 꿈쩍도 하지 않았다.

"물론 인정하지 않을 수는 없을 거야. 어쨌든 이건 사실이니까."

"뭐가 사실이라는 거예요?"

나는 천천히 요리키 쪽을 보고, 손끝을 펴 그의 이마를 찌를 기세로 한 마디 한 마디 꾸역꾸역 짧고 날카롭게 뱉어냈다.

"네가… 범인이라는… 뜻이야!"

하지만 예상과 다르게 상대는 무너지지도 않았고, 갑자기 일어서지도 않았다. 긴장은 감추지 못했지만 의외로 냉정하게 똑바로 내 눈을 바라보며 되물었다.

"그런데 동기가 있나요?"

"네가 범인이었다고 가정하면, 동기쯤이야 쉽게 설명이 돼. 그게 뭐냐면, 그 죽은 남자가 나한테나 우연이었지, 너는 처음부터 점찍어 놓은 인물이었던 거야. 그날, 우리는 구체적인 목적까지는 두지 않았고, 무엇보다 너무 지쳐 있었어. 나를 그 커피숍으로 데리고 가서, 곤도라는 여자를 통해 미리 만나기로 약속을 잡아놓은 그 남자에게 눈이 가도록 유도하는 건 그렇게 어려운 일은 아니었을 거야. 너는 꽤 능숙했어. 나중에는 감쪽같이 덫을 걸어 내가 경찰을 겁내게 만들어 놓고, 범인을 잡는 일에 협력할 것처럼 위장해서, 너 자신이 의심받는 일이 없도록 판을 짰지. 소품들도 탁월했어. 그런데 분명히 분했을 거야, 생각지도 못했던 곳에서 허점이 드러났으니까…. 동기를 못 찾을 거란 안이한 생각에 너무 태평했어…."

"만약에 그 허점이라는 게 드러나지 않았다면, 어떻게 됐을 것 같으세요?"

"말해 뭐해. 궁지에 몰린 내 입에서 범인은 역시 그 자살한 여자라고, 거짓 예언을 발표하게 만들었겠지."

"재미있는 추리네요…. 그래서 그 추리를 바탕으로 선생님은 이제 어떻게 하실 생각이세요?"

"나올 것들은 다 나왔으니 그냥 넘어갈 순 없지."

"동기에 대한 설명은 넘어가도 괜찮으시겠어요?"

"동기?"

"동기에 대해서는 아직 설명이 부족한 것 같은데요."

"그건 좋을 대로, 변호사 불러 의논이라도 해봐. 어차피 법적 절차를 밟아서 이 기계를 작동시키게 되겠지만…. 그런데 아무리 그래도, 너무 기가 막히는 일을 벌였어…."

갑자기 힘이 빠지더니, 코로 차가운 증기가 나오는 것 같았다. 돌연 허탈감이 덮쳐왔다.

"어떻게 이런 일을 저질러…. 네가 말이야…. 예전부터 내가 너한테 얼마나 기대를 많이 했는데…. 모르겠어…. 어떻게 이런 일을…."

"여기서 와다는 무슨 얘기를 하고 갔어요?"

"와다 씨? 아니, 별로 별말 안 했어…. 너와… 너를… 굉장히 신경 쓰는 것 같았어…. 그래, 너는 와다 씨까지 불행에 빠뜨린 거야…. 이제 돌이킬 수 없게 됐어….”

요리키는 한숨을 쉬고, 고개를 크게 좌우로 흔들었다.

“너무나 선생님다운 논리정연하고 흥미진진한 추리였어요. 그런데 한 가지, 이것도 너무나 선생님다운 결함인데요….”

“결함?”

“결함이라는 말이 언짢으시면 맹점이라고 할까요?”

“발뺌해 봤자 소용없어. 기계가 조목조목 기록해 주고 있으니까.”

“그러니까요. 그럼 어디 기계에 판정해 달라고 해볼까요?”

요리키는 기계를 향해 고쳐 앉더니, 버튼을 누르며 마이크에 대고 말했다.

“판정 준비.”

파란색 램프가 들어왔다. 준비가 완료되었다는 신호다.

“지금 현재 추리에 있어서 결함의 유무는?”

빨간 램프가 들어왔다. 결함이 있다는 신호다.

요리키는 출력 장치를 스피커로 연결하고, 또 다른 질문을 추가했다.

“결함을 지적해 주세요.”

곧바로 스피커를 통해 기계의 답변이 흘러나왔다.

"처음 가설을 세우는 데에 있어서 비약이 있음. 태아 매매에 대한 지식을 소유한 자라면, 시체 분석 결과에 그 문제가 포함되어 있다는 것을 미리 알 수 있었을 것…."

"이거야, 그 전화 목소리야!"

나도 모르게, 요리키의 팔을 덥석 잡으며 소리를 질렀다.

"그런데 이건 선생님 목소리예요."

그랬던가? 그랬다…. 기계에 음성을 부여할 때 내 목소리를 그대로 이용했다. 그때 그 전화 목소리는 틀림없이 이 목소리다. 내 목소리를 듣고, 들어본 적이 있는 목소리라고 느낀 건 당연한 일이었다. 누군가가 이걸 빼내서 녹음해 두었던 것이 분명하다. 나는 성취감에 붙잡고 있던 요리키의 팔을 휘두르며 마구 떠들었다. 드디어 정체를 드러낸 것 아닌가! 너는 교활한 인간이다. 정말 교활하다. 재주를 부려 성공한 게 아니다. 죄를 지었으면 반드시, 자신이 저지른 죄로 똑같이 벌을 받아야 한다!

요리키는 저항하려고도 하지 않고 시선을 피한 채 꿈쩍도 안 했다. 숨을 죽이고 내가 입을 다물길 기다렸다가 사죄라도 하듯 작은 목소리로 입을 빼금거렸다.

"그래도 그게 증거는 안 되죠. 목소리에는 얼굴 같은 개성도 없고…."

숨이 막히더니 눈물이 나왔다. 그걸 훔치려 손을 떼자, 요리키는 의자 쪽으로 두세 걸음 돌아가더니 나를 피하며 말했다.

"그러니까 지금 기계도 말한 것처럼, 선생님은 모든 생각을 하나의 맹점 위에 쌓아 올렸어요. 태아 매매가 그 죽은 남자의 망상에 지나지 않는다는 고정 관념 위에다가요. 애써 펼쳐주신 선생님의 선명한 추론도 이 맹점에 물음표를 끼워 넣으면, 곧바로 흔적도 없이 무너져 내리겠죠…. 물론 저도 그 내용이 어떤 것인지 정말로 알고 있는 건 아니에요. 하지만 경찰들 눈앞에서, 그러니까 사건의 중심부에서 단서를 찾을 수 없는 이상, 조금 돌아가더라도 이 힌트를 단서로 파헤쳐 보는 수밖에 없잖아요? …물론 가설에 지나지 않아요. 그런데 만약에 태아 매매가 실제로 행해지고 있는 일이라면, 저를 범인이라고 가정하셨을 때와 똑같이, 재미있는 결과가 여러 개 나오지 않겠어요? …예를 들어, 최근 후생성 발표에 따르면 중절된 태아의 수가 출생아의 수와 거의 비슷해서 200만 명이 넘는대요. 이 말은 태아 매매가 있을 수도 있다는 거고, 그게 상당히 대규모 조직에 의해 이루어지고 있을 가능성도 있다는 소리예요. 그렇게 되면, 저희가 고른 샘플이 저희 입장에서는 단순한 우연이어도, 꽤 높은 확률로 그 조직과 깊은 관련이 있을 수 있는 거죠."

"말도 안 돼. 할 일 없는 사람한테는 구미가 당기는 얘기일지도 모르겠네."

요리키는 입술을 깨물고, 속으로 무언가를 다짐하듯 턱을 당기더니, 주머니에서 명함 사이즈의 사진을 한 장 꺼내 조용히 의자 위에 놓았다.

"이거 보세요. 물속에 사는 개 사진이에요…. 실은 조금 전까지 야마모토 선생님 형님이 계시는 연구소에 갔었어요. 견학 허가를 요청하러 간 거였는데, 간 김에 참고 자료로 받아왔어요."

정말로 물속을 헤엄치고 있는 개의 사진이었다. 앞다리를 구부리고, 뒷다리를 쭉 뻗으며 머리는 아래를 향해 잠수하려는 자세였다. 목부터 등줄기까지 작은 기포들이 줄을 지어 흐르고 있었다.

"잡종이겠죠…. 여기, 턱이 두꺼워지는 부분, 검게 갈라진 틈이 보이죠? 이게 아가미인가 봐요…. 귀가 이상하게 생긴 건 사진이 그렇게 찍힌 거예요. 태어날 때부터 약간 공을 들여야 한다고 하는데, 외형 자체는 평범한 개와 특별히 다를 건 없는 듯해요. 눈은 확실히 변형된 모양이죠. 폐도 마찬가지고, 몸의 각종 분비선에도 변화가 생기는데, 아무래도 눈물샘은 퇴화가 된대요, 그래서 눈이 변형되는 건 어쩔 수가 없다고 하더라고요."

"수술이든 뭐든 해서 합성시킨 괴물이겠지."

"그럴 리가요. 실제로 이런 모양의 아가미가 있는 건 상어밖에 없을 거예요. 상어와 개의 접목이라니, 가능할 거 같으세요? 이건 인공수정을 통해 계획적으로 진화시키는 최신 기술로 만들어진 거예요. 한번 직접 보러 가시면 어떨지…."

"알았어. 너는 태아 매매가 수중 인간의 사육을 위한 거라고 말하고 싶은 거야?"

"임신 3주차 태아는 신장이 3센티미터도 채 안 돼요. 그런 작은 아이를 7000엔 주고 잡아먹기라도 하겠어요? 달리 사들일 이유가 없잖아요."

나는 그 악몽 같은 사진을 집어 들었다. 빤히 사진을 보는 동안 이 현실이 꼭 현실이 아닌 것처럼 느껴졌다. 이 건물 밖에는 거리가 있고, 그 거리에는 사람들이 살고 있다는 사실이 마치 거짓 같다는 기분이 들었다.

"…그래서 견학 허락은 받았어?"

"네, 고생 좀 했어요."

그는 상체를 쑥 내밀더니 말을 이었다.

"단, 절대로 외부에 발설하면 안 된다는 조건이 있었어요."

"그런데 역시 말이 안 돼…. 만약에 태아 매매가 사실이라고 쳐, 그 회계과장이 살해당한 건 그 비밀을 캐려고 해서잖아. 그런 무시무시한 비밀 결사 조직이 이렇게 쉽게 우리가 접근하는 걸 허락한다고?"

"저희도 모르는, 그럴 만한 이유가 있는 건지도 모르죠."

"이유? …뭐, 그럴듯한 이유가 있겠지. 그래도 툭 까놓고, 만약 거기에 뭐라도 힌트가 될 만한 게 있었다면 애초부터 허가도 안 해줬을 거야. 허락이 떨어졌다는 건 결국 우리가 가봤자 아무 소득이 없을 거라는 의미 아니겠어?"

"선생님…."

그는 침을 삼키고, 약한 소리를 냈다.

"이게 아마 마지막 기회일 거예요."

"폐쇄라도 된대?"

"견학 얘기가 아니라요. 선생님한테 마지막 기회일 거라고요."

"뭐라고?"

"아니, 정 안 내키시면 가지 않아도 되는데요…."

뭐지? 방금 이것과 똑같은 대화를 전에 어디선가 들은 기억이 있다. 그렇다, 바로 방금 전에 와다 가쓰코가 했던 말인 것 같은데….

"이 개… 물고기를 잡아먹을 줄은 알까?"

요리키의 눈이 반짝였다.

"네, 여러 가지 훈련도 시키나 봐요. 거기 가면 그런 훈련 같은 것도 견학이 가능한 모양이에요."

"이상하네. 적의 소굴로 잠입하는 건데 왜 그렇게 신이 났어?"

"저요? …그야, 잘만 되면 이걸로 혐의를 벗을 수 있는 거잖아요."

"우리가 그 안으로 들어갔다가 두 번 다시 돌아오지 못할 수도 있다는 생각은 안 해봤어?"

요리키는 웃었다.

"그렇군요, 그럼 유서라도 한 장 남겨놓고 가죠."

22

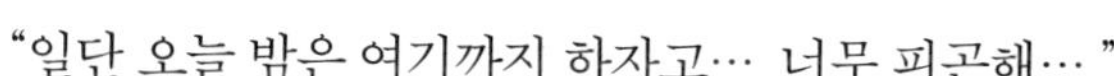

"일단 오늘 밤은 여기까지 하자고…. 너무 피곤해…."

나는 기운 없는 목소리를 냈다. 책상에 체중을 싣고 있었던 두 손가락을 떼자 하얘진 손가락 안쪽은 한동안 원래대로 돌아오지 않았다.

"그런데…."

요리키가 특유의 말투에 끈기를 더했다.

"집요해 보이겠지만, 이렇게 된 거 오늘 밤 안에 끝내 버리는 게 좋지 않을까요?"

"뭘?"

"당연히, 수중 동물 견학이요."

"무슨 소리야, 벌써 11시가 다 돼가."

"알아요. 그런데 이 상황에 시간 따지고 있을 때가 아니잖아요? 프로그램 위원회 열릴 때까지 이제 사흘밖에 안 남았어요. 미리 도모야스 씨한테 의제를 넘겨야 하니까, 움직일 수 있는 건 기껏해야 내일 하루랑…."

"아무리 그래도 그렇지, 이런 시간에 가면 민폐지. 아니, 이 시간이면 아무도 없겠네."

"있어요. 야마모토 소장님이 특별히 오늘 밤에 숙직을 당겨서…."

"소장이 숙직을 한다고?"

"병원이랑 똑같아요. 살아 있는 생명을 다루는 곳이니까요…. 거기다, 가보시면 알겠지만, 오히려 밤에 일이 더 많대요."

"저기, 잠깐만…."

나는 피우고 싶지도 않은 담배에 불을 붙이고, 회전의자에 한쪽 무릎을 올려놓았다. 그런 식으로 자세를 흐트러뜨려, 요리키에게도 또 나 자신에게도 마음의 여유를 보여주고 싶었던 것인지도 모른다.

"터놓고 말하면 넌 솔직함이 부족해."

요리키는 윗입술을 쑥 내밀 것처럼 하더니 턱을 당겼다. 무언가 할 말이 있는 게 분명했지만, 그의 입에서는 아무 말도 나오지 않았다. 내가 말을 이었다.

"하고 싶은 말이 많아. 이론상 석연치 않은 것 말고도 기분상 풀리지 않는 게 있거든. 솔직히 불쾌해."

"네, 알 것 같아요."

"알 거 같으면, 사람 떠보려는 말은 그만하고 아는 건 다 털어놔 봐. 우리는 지금 궁지에 몰렸어. 뭔지도 모르겠는 상대 때문에 꼼짝달싹 못 하고 있어. 상대가 뭘 노리는지 모르니까 반격할 방법도 없어. 나를 이런 코너로 내몰아서 득을 볼 사람이 도대체 누구야?"

"당연히 예언 기계를 두려워하는 놈들이겠죠."

"설마…. 실제로 아무것도 알아낸 게 없잖아. 놈들은 여자를 죽였어, 이제 아무 단서도 안 남았어. 그런데 뭘 더 두려워하겠어?"

"그렇다고 숨어 있을 수는 없잖아요. 무엇보다 위원회가 진범 잡아내기만 목을 빼고 기다리고 있고요."

"그게 문제면, 그 죽은 남자의 인격 계수 분석을 보여주는 거로 어떻게든 넘어갈 거야."

"글쎄요…. 경찰도 윗선에서는 저희가 움직이고 있는 걸 알아요. 기대를 거는 만큼 우선은 조용히 지켜보고 있을 거고, 실제로 파격적인 협조도 해주고 있어요. 그런데 진범을 못 잡으면, 또 만에 하나 저희가 용의 선상에 오르면 입장이 아주 난처해질 거예요…. 그러면 안 돼요, 절대로. 안 될 일이에요….”

“알았어, 네 말이 맞다 치자고. 그런데 동시에 이렇게도 생각해 볼 수 있지 않을까? 그놈들이—뭐 그런 놈들이 있다고 가정했을 때— 앞으로 우리를 공갈 협박할 때는, 목격자를 내세워서 경찰들 시선이 우리한테 가도록 할 거 같거든. 그러면 협박을 하기 위해서라도, 경찰에 붙들려갈 걱정은 없는….”

“말도 안 돼요. 그런 식으로 생각하는 거야말로 놈들이 원하는 거예요. 겁쟁이는 늘 그런 수법에 속아 넘어간다니까요. 밖에 늑대가 있다는 말을 들었다고 뻔히 굶어 죽는 줄 알면서 끝내 동굴 안에서 객사하고 마는 거예요…. 아니, 죄송해요, 이 상황이 너무 화가 나서 못 참겠어요.”

“죄송할 거 없어. 내가 겁쟁이라는 건 나도 잘 알아. 그런데 그렇게 말해준 덕분에 조금 떠오른 게 있어…. 역시 우리가 직접 경찰서로 가서 다 털어놓는 게 훨씬 깔끔할 것 같지 않아?”

요리키는 치켜뜬 눈으로 나를 응시하더니, 어이가 없는 것인지 나를 비난하려는 것인지, 순간 멈칫한 뒤 입을 열었다.

“그러면 분명 누군가는 좋아 죽겠죠. 우리를 여기서 내

쫓고, 이곳을 전문 전자두뇌의 단순한 하청 센터로 만들고 싶어 하는 놈들이 있으니까요. 게다가, 그래요, 선생님은 태아 매매가 존재한다는 사실을 인정하기 싫어하시니까, 사모님이 함정에 빠지신 것도 황당한 얘기로 눈을 돌리기 위한 연막작전이었을 거라고 하셨죠? 그런데 실상은 그놈들이 자기들 정체를 숨기기는커녕 선생님 앞에서 과시하고 있다는 거예요."

손끝으로 기계 끝을 톡톡 치며, 그는 갑자기 목소리를 낮췄다.

"이 말은 언제든지 선생님을 상대로 실력을 보여줄 준비가 되어 있다는 경고로도 볼 수 있어요…. 실제로 한 남자가 살해당했고, 여자도 죽었어요…."

"그래서 나더러 어쩌라는 거야?"

언제부터인지 모르겠는데, 나는 좁은 기계 사이를 걸어 다니고 있었다.

"결국은 함정의 정체를 밝혀내는 것밖에 답이 없어요."

내가 대꾸도 안 하자, 그는 더욱 나를 다그쳤다.

"정 그러시면 기계한테 이번 사태 정리를 시켜보실래요?"

"그만 좀 해!"

나도 모르게 움찔했다. 그 움찔했다는 사실에 화가 치

치밀어 올랐다. 생각해 보면 나는 한참 전부터 그 말이 나올 것을 예상했던 것 같다. 예상하면서 동시에 두려워했던 것 같다.

“왜요? 설마 기계를 못 믿겠다는 건 아니시죠?”

“기계는 논리야, 믿고 말고 할 것도 없어….”

“그럼…?”

“굳이 기계를 돌릴 것 없다는 말이야.”

“이상하네요…. 그럼 그 말씀은 의견을 인정하신다는 거예요?”

“아무것도 이상할 건 없잖아?”

“그런데 선생님은 망설이고 계세요. 기계는 믿어도 논리는 못 믿으시는 거예요?”

“마음대로 생각해.”

“그건 안 되죠. 선생님은 단지 기계의 성능에 집착했을 뿐이고, 예언 내용에는 관심이 없다는 걸 공공연하게 인정하신 셈이 돼요.”

“내가 언제!”

“아니에요? 선생님이 결심하지 못하는 이유는 못 믿어서가 아니라, 믿기 싫어서예요. 결국은 예언 기계의 반대파 의견을 인정해 버린 꼴이죠. 그러면 선생님은 미래 예지를 감당하지 못하는 타입이신 거고, 이곳 책임자로서도 부적격한 인물이 되고 말아요…."

갑자기 나는 온몸에 힘이 쭉 빠지며 짜증이 후회로 바뀌었고, 피로가 몰려와 얼굴 한쪽이 빨갛게 달아올랐다.

"그래…. 그럴지도 몰라…. 그런데 요즘 젊은 사람들은 그런 잔인한 말을 어쩌면 그렇게 아무렇지도 않게 하는 거야?"

"알 수 없는 말 좀 하지 마세요."

손바닥 뒤집듯, 어느 틈에 요리키는 나긋나긋한 모드로 바뀌었다.

"원래 제 말투에 문제 있는 건 선생님도 잘 아시잖아요. 참나, 그렇죠?"

"나는 이곳을 떠나고 싶지 않아. 나 같은 인간은 자기가 쌓아 올린 일을 못 하게 되면 어쩔 줄 모르게 되거든. 그러면서도 슬슬 벅차다 싶으면 다 버리고 어딘가로 숨어 들어가 버리겠지…. 그렇게라도 하지 않고서야 방법이 없으니까…. 웃기지? 예언 기술자가 자기 예언은 듣기 싫어한다니 우스꽝스러운 얘기야. 그런데 나는 내 처신에 대해 기계와 의논하고 싶지는 않아…."

"피곤하셔서 그래요."

"참나, 너는 참 못됐어."

"왜요?"

"솔직하지 않으니까."

요리키는 불만이 있어 보였다.

"그런 건 구체적으로 어떤 점이 그런지 말씀해 주셔야죠…."

"함정의 정체를 밝히기 위해 온 힘을 쏟아부어야 한다는 건, 일단 맞는 말일 수 있어. 그런데 물속에 사는 포유동물을 견학하는 일이 그렇게까지 절박해? 아니, 네 생각이 그렇다는 건 묻지 않아도 알겠어…. 그것 때문에 오늘 반나절을 허비했고, 이 늦은 시간에 어떻게든 나를 설득하려고 애쓰고 있어…. 그것도 알아…. 그런데 너는 그 이유에 관해서는 설명해 줄 생각조차 안 하고 있어. 태아 매매가 사실이라면, 체외 수정 연구소가 뭐라도 힌트를 줄 거라고 하는데, 그런 막연한 이유만으로 이렇게까지 안달복달하는 건 말이 안 돼. 네 말대로 위원회까지는 이제 사흘밖에 안 남았으니까. 어지간한 확신이 없다면, 이 귀중한 시간을 물속에 사는 개나 쥐를 보는 데에 낭비한다는 발상 자체가 불가능해. 분명 너는 틀림없이 아직 무언가를 숨기고 있어."

"생각이 너무 많으세요."

내 말투가 평온했기 때문일까, 요리키도 수줍은 듯한

미소를 지었다.

"확실한 작전을 세우기 위해서는 반드시 태아 매매가 실재한다고 인정하고, 거기서 출발해야 한다는 게 제 생각이에요. 그런데 그걸 선생님께 강요할 용기는 저한테도 없어요. 얼마나 엉뚱한 이야기인지는 잘 알아요. 상상을 뛰어넘는 것을 억지로 공상하는 건 누구라도 싫어하니까요. 그런데 물속에 사는 포유 동물의 생태를 실제로 보시면, 적어도 태아 매매의 가능성만큼은 믿어 주실 거라고 믿어요. 지금 저는 그 사실을 아니까, 태아 매매도 거의 사실로 받아들일 수 있거든요."

"그런데 그게 목적이라면 뭐하러 보러 가? 그 가설을 써서 실질적인 작전을 세울 수 있으면 그냥 해보는 건 어때?"

"그런데요, 믿지도 않는 거에 진심이 되기도 하나요?"

"믿었다 치는 거지."

"아니, 선생님은 아직 안 믿으시잖아요. 그렇게 간단히 믿게 되셨을 리 없어요."

나도 모르게 쓴웃음이 나왔다.

"이것 봐요, 웃었어요, 안 믿는다는 증거예요."

"말도 안 돼…."

"조금이라도 믿는다면, 도저히 웃고 있을 수 없을 거예요. 생각해 보세요, 해마다 수백만 명이 수중 인간으로 만들어져서…."

"그건 너무 비약이 크잖아."

"선생님은 안 믿으시니까 어떤 가능성도 비약으로밖에 못 느끼시는 거예요. 그러면 어떻게 작전을 짜겠어요?"

"알았어, 알았어. 그럼 그렇다고 치자고…. 해마다 수중 인간 수백만 명이 만들어진다고…."

"그리고 그중에는 선생님의 아이도 섞여 있어요…."

나는 웃음이 나왔다. 지독히도 메마른 목소리였지만 어쨌든 웃음소리였다. 도저히 웃음 말고는 어떤 대꾸도 할 수 없었다…. 거의 걱정하지도 않았던 며칠 전 아내와의 대화가 떠오르려 한 탓에, 마음 깊은 곳에서 손발을 파닥거리고 있다. 분명 요전번 위원회가 있던 날 밤이었던 것 같다. 나는 베개 맡에서 책상다리를 하고 앉아 위스키에 물을 섞고 있었고, 바로 그 옆에서 아내가 자꾸만 무슨 말인가를 하려는 듯이 눈치를 보고 있었다. 나는 이유도 없이 불쾌했다. 위원회 일이 난항이기도 했고, 아내가 그런 식으로 주의를 끌지 않으면 볼 생각도 안 할 만큼 피로에 찌든 자신의 상태에 짜증이 났기 때문이다. 아내의 존재 자체가 마치 나를 몰아세우는 것 같아 괴로웠다.

"사면 되잖아…."

아내가 손끝으로 접어놓은 가전제품 카탈로그를 옆눈으로 보면서 서둘러 컵에 입술을 댔다.

"뭘 사?"

"그거, 에어컨 아니야?"

"참나, 기가 막혀…."

나는 아내의 말을 제대로 안 들었던 것이다. 아내의 이마에 난 솜털이 불빛에 따라 눈에 띄게 하얗게, 그리고 지독히도 암시적으로 보였다. 아까부터 그녀는 아이 이야기를 하고 있었다.

그것은 어젯밤 일과도 이어지는 주제였다. 아내가 임신 진단을 받고, 아이를 낳을지 말지 그 의논을 한 것이었다. 아무래도 여자란 이런 주제를 좋아하는 것 같다. 바로 조금 전에도 와다 가쓰코와 우연히 똑같은 이야기를 나눈 참이었다. 이제 와 생각해 보면, 과연 단순한 우연이었을지 대단히 의심쩍기는 하지만…. 어쨌든 내 답변이 달라질 리는 없었다. 문제는 아내가 자궁 외 임신을 할 수도 있는 몸인데, 그건 의사에게 맡기는 수밖에 없는 문제라 여기서 우리끼리 의논해 봤자 소용이 없었다. 하지만 소용없다는 것을 알면서도, 그녀는 같이 이야기가 하고 싶었던 것이다. 그 마음을 나 역시 모르지는 않았지만,

그렇다고 같이 신나게 떠드는 것도 바보 같은 일이다. 내게는 아이를 원한다는 마음도, 원하지 않는다는 마음도 없다. 아이는 낳는 존재가 아니라, 결과적으로 태어나는 존재일 뿐이다.

…의사 말로는, 이번에는 정상 임신일 가능성도 있지만, 만약에 중절 결심이 섰다면 그쪽이 안전하다는 내용이었다. 결심할 것도 없다. 이런 문제에 도덕적 판단을 끌어오는 건 과대망상이라 할 수 있다. 중절과 태아 살인을 구분 짓기 어렵다고 하는데, 그러면 중절과 피임은 구분하기가 쉬운가? 인간이 미래적인 존재일 때 살인이 악이라는 이유는 그 미래를 빼앗기 때문이다. 이것은 틀림없다. 하지만 미래는 어디까지나 현재의 시간적 투영이다. 그 현재조차 갖지 못한 존재의 미래는 누가 책임을 질 수 있을까? 그것은 마치 책임에 이름을 빌려 현실에서 도피하려는 것 아닌가?

"그럼, 낳지 말라는 거지?"

"누가 낳지 말래. 당신 판단에 맡기겠다니까."

"당신 의견을 물었잖아."

"딱히 없어, 난 어느 쪽도 괜찮아."

말다툼이 못난 짓이라면, 이렇게 피하기만 하는 것도 똑같이 천박한 기만이었다. 가까운 사이일수록 왜 이렇게 무의미한 상처를 주고 마는 걸까? 단지 나는 내 논리를 믿었고, 어느 쪽으로 넘어져도 허를 찔리는 일은 없을 거라며 잘난 척을 하고 있었기 때문에, 아내처럼 느닷없이 카탈로그를 구겨 들고 자리를 뜨지는 않았다. 그리고 천천히 두 잔째 위스키를 비운 다음에는 이 일을 깨끗하게 잊어버릴 수도 있었다.

하지만 나의 아이가 수중 인간이 되어 있을지도 모른다는, 요리키의 그 한마디는 나의 확신을 송두리째 뒤집어엎어 버렸다. 어두운 물속에서 멀뚱히 이쪽을 바라보는, 본래라면 태어나지 않았을 나의 아이…. 턱이 두꺼워지는 곳에 검게 갈라진 곳, 이게 바로 아가미예요…. 귓바퀴는 평범하게 생겼는데, 눈꺼풀에는 아무래도 변형이 생겨요…. 검은 물속에서 춤추고 있는 하얀 손과 발…. 태어날 리가 없던 나의 아이… 베개 맡에 책상다리를 하고 앉아 아내와 쓸데없이 상처를 주고받는 데에서 심리적 만족을 느끼며 낳아버린 나의 아이…. 그날 밤의 나태한 자기기만과 우둔한 자만심이 이제 곧 복수로 되돌아온다…. 이걸로 상처 주고받기는 완전히 일방통행으로 바뀌어 버릴 것이다. 아내는 의도치 않게 태어난 그 아이가 괴생명체로 변이되었다는 사실을 알면 나를 호되게 공격할 터였고, 거기에 방어하려 하면 할수록 나는 상처받을 것이고, 도망치려고 하면 그 너머에는 빤히 열려 있는 물속의 두 눈이 나를 기다리고 있을 것이다.

나는 서투르게 웃음을 멈췄다.

"안 되겠네요…."

내 표정을 살피며, 요리키가 결론을 내리듯 말했다.

"역시 실물을 한 번 보셔야…."

"알았어. 덕분에 이제 뭘 해야 하는지 대충 알 것 같아…."

"뭘 하실 건데요?"

"뭐, 일단 가서 본 다음에 얘기하자고…."

요리키는 안심이 된 듯 셔츠 가슴팍에 꽂아둔 연필을 만지작거리며, 재빠르게 기계 뒷정리를 시작했다.

"뭐야, 아직도 녹음하고 있었어?"

"선생님이 끄라고 안 하셨잖아요."

…그는 짓궂은 말투로 총 가동 시간을 보여주는 미터기 창을 열어 보여주었다.

"그리고 만에 하나 무슨 일이 생기면, 이게 좋은 유언장이 되어주겠네요."

방 안에 희미한 정적의 속삭임이 피어올라 자욱이 낀다. 잠잠히 언제나처럼 그곳에 있는 기계가 평소와는 다른 얼굴을 한다. 미래를 향한 통로가 바로 저 앞에 입을 떡 벌리고 기다리는 것처럼 보였다. 문득 미래란 여태 생각했던 것처럼 단순한 청사진이 아니라, 현재로부터 독립된, 의지를 가진, 광폭한 생명체처럼 느껴졌다.

프로그램 카드 No. 2

✶

프로그래밍이란 요컨대 질적인 현실을 양적인 현실로 환원시키는 조작을 말한다.

23

밖은 고요하게 무더웠다. 햇볕에 막 말린 장갑을 낀 것처럼 손가락에 땀이 뱄다. 별은 없고, 붉은 기운을 띤 달이 벌어진 구름 사이로 몸을 드러냈다. 중간에 경비실에 들러 요리키가 어딘가로 전화를 걸었다. 마치 기다렸다는 듯 경비가 부리나케 주스 캔을 가지고 왔다. 지나치게 겉치레인 것 같아서 재미가 없었다.

“연락은 된 거야?”

아무 말이나 할 심산으로 물어봤다.

“네, 됐어요.”

작게 웃어 보이더니, 그는 곧바로 걷기 시작했다.

그 후로 우리는 입을 다물었다. 미행하는 사람도 없었

다. 노면 전차 길까지 나와서, 겨우 차를 잡아탔다. 손수건을 꺼냈지만, 얼굴에 가져다 대기도 전에 코끝에서 땀방울이 떨어졌다.

"쓰키지에서 하루미를 빠져나가면 12호 매립지로 들어가는 다리… 아시죠? 요로이 다리였나… 거기 넘어가면 바로 나오는 데인데…."

모자 아래로 땀이 흐르지 않게 수건을 두른 중년의 택시 기사는 어쩐지 수상한 듯 힐끗 뒤를 돌아보고는, 아무런 말도 없이 액셀러레이터를 밟았다. 더위에 지쳐 어깨가 푹 꺼진 목조 주택들이 태연하게 창밖을 지나간다. 거리는 점점 딱딱한 열기로 차올랐고, 한 시간 정도 달려 하루미를 지나자 이번에는 휑한 길과 콘크리트 담장만 나와, 잔혹할 만큼 황량한 풍경으로 바뀌었다. 그러는 사이 우리는 몇 번이나 반복된 최근 몇 년간의 기후 변화와 원인 불명의 해일, 지반 침하, 빈번한 소규모 지진 등에 대해 건잡을 수 없는 의견을 주고받았다. 10분인가 15분쯤 졸았던 것 같기도 하다.

잠시 후 끈적거리는 바닷바람 사이로, 요로이 다리가 초록빛을 내며 빛나는 것이 보였다. 뭉개진 풍경 속에서 이렇게 눈에 띄는 조명은 지독히 불안을 자아내는 힘 같은 게 있다. 다리를 완전히 건넌 순간, 어딘가에서 낮고 짧은 기적 소리가 들렸다. 오전 0시를 알리는 신호 같은 것이었다.

길가에 상자 모양을 한 차가 한 대 서 있었다. 손전등을 든 남자가 고장 난 엔진을 들여다보는 듯 몸을 구부리고 있었다. 요리키가 택시를 세우더니 돈을 냈다.

"저 차예요."

요리키가 자동차 쪽으로 가서 말을 걸자, 손전등을 든 남자는 반듯하게 몸을 일으키더니 공손히 머리를 숙였다.

우리를 마중 나온 그 차로 갈아타고 20분을 더 달렸다. 어느 길이나 그저 넓기만 할 뿐 매우 단조로웠지만, 차가 달리는 방식만큼은 그리 단순하지 않았다. 방향 감각이 사라지고, 큰 다리도 세 개 정도 건넜으니, 어쩌면 이미 12호 매립지를 벗어난 것인지도 몰랐다. 이렇게 품을 들여서 가는데 여기가 어딘지 물어봐 봤자 쉽게 답해줄 리가 없었고, 만약에 그쪽에서 알려줄 생각이 있다면 나중에 지도로 설명을 들어도 상관없으니 굳이 억지를 써 어디인지 물어볼 필요는 없었다.

목적지에는 갑자기 도착했다. 주변에 큰 창고만 덩그러니 있는 곳이었다. 육지가 바다를 만나 길이 뚝 끊어지는 위치에, 흔하디흔한 콘크리트 벽으로 둘러싸인 1층짜리 작은 목조 건물이 있었다. '야마모토 연구소'라는 나무 간판이 현관 옆에, 마치 숨어 있기라도 하는 듯 내려와 있었다. 정원에는 빈 드럼통 몇 개가 빗물에 젖어 있었다. 서둘러 하늘을 올려다봤지만, 공교롭게도 달은 구름 뒤에 가려져 안 보였다. 설사 보였다 해도, 장소를 파악하는 데에는 그다지 도움이 되지 않았을 것이다. 이 근처 바닷가는 북쪽을 제외하고 모든 방향으로 뻥 뚫려 있기 때문이다.

야마모토 씨는 직접 마중을 나와 있었다. 창백하고 거친 얼굴을 한 거구의 남자였다.

"동생이 신세를 많이 지고 있죠."

딱 부러지는 호기로운 음성으로 인사를 건네며, 그는 명함을 내밀었다. 손톱이 깊게 박힌 투박한 손가락 사이로 어쩐지 작아 보이는 명함이 들려 있었다. 그러고 보니 그의 동생이 중앙보험병원 전자 진단실 책임자라는 사실이 떠올랐다. 이렇게 연결되는 것도 또 협박 같은, 묘한 우연의 일치처럼 보였다. 기억 상실증에 걸려, 남들에게는 당연한 세상에서 튕겨 나오면 아마 이런 식으로 하나부터 열까지 의심스러워 보일 것이다. 마음을 다잡고, 나도 무미건조한 인삿말을 건넸다.

"이렇게 뵈니 많이 닮으셨네요."

"아, 그게 형제이긴 한데 의붓동생이에요…."

야마모토 씨가 호탕하게 웃으며 앞장서 걷기 시작했다. 여기에서도 똑같은 흰 가운과 샌들들이 보였지만, 생물을 상대로 하는 연구소라 그런지 이곳의 흰 가운은 기름때가 짙게 배어 있었다. 야마모토 씨의 축 늘어진 큰 손이 무척이나 무거워 보였다. 우리처럼 추상적이고 눈에 안 보이는 것을 다루는 것이 아니라, 섬세한 생물을 다루기 위해서는 이런 손가락이 더 적합한 것일까? 의외로 이렇게 생긴 손끝이 실제로는 더 야무질지도 몰랐다.

건물 내부는 오싹할 만큼 살풍경으로, 수명을 다한 초등학교 교정처럼 곳곳이 상해 있었다. 그런 와중에도 복도 막다른 곳에서 왼쪽으로 꺾으니, 움푹 들어간 공간에 엘리베이터가 있었다. 우리가 올라타고 야마모토 씨가 버튼을 누르자, 엘리베이터는 급하게 아래로 내려갔다. 생각해 보면 1층짜리 건물이니 엘리베이터가 있다고 하면 아래로 내려가는 것이 당연했지만, 평소 습관상 상승하는 가속도를 예상했던 나는 무의식에 소리를 낼 정도로 놀라고 말았다. 야마모토 씨가 예상하기라도 했다는 듯 큰 소리로 웃었다. 지금이 새벽 1시라는 사실과 우리가 처한 특수한 사정을 순간 잊어버리게 할 만큼 천진한 웃음이었다. 음모 같은 것과는 거리가 멀어 보이는 인품이다. 정체를 파헤쳐 주리라 마음먹었던 처음의 악의적

다짐은 꼬리를 내리고 어느새 무언가를 기대하는 마음으로 바뀌어 있었다.

엘리베이터는 느린 속도로 움직였지만, 그래도 보통 건물 3층쯤 가는 시간이 걸렸던 것 같다. 옆으로 긴 복도가 있고, 문이 여러 개 줄지어 있었다. 그곳 특유의 척척 지근함만 빼면, 일반적인 연구소 풍경과 크게 다를 것이 없었다. 우리는 오른쪽으로 꺾어져 끝에 보이는 문으로 안내되었다.

놀라운 광경이 눈앞에 펼쳐졌다. 마치 입체적인 수족관 내지는 더러운 얼음 덩어리를 조립해 만들어 놓은 것 같았다. 크고 작은 수조가 복잡하게 쌓여 있었고, 그 사이사이에는 파이프와 밸브, 각종 계량기가 끼워져 있었다. 사람이 지나다니거나 일을 할 수 있도록 철로 만든 다리가 많은 곳은 3중으로 둘러져 있어, 큰 배의 엔진룸을 연상시켰다. 습기가 찬 초록색 벽, 파닥파닥 찰지게 튀는 수상한 소음, 반건조된 얕은 바닷가 언저리의 냄새…. 감기에 걸리기 전에 곧잘 이런 꿈을 꾼다.

바로 위에 있는 다리를 타고, 흰 가운을 입은 남자가 차례차례 계량기 앞을 지났다. 그는 계량기의 숫자들을 메모하고, 샌들 소리를 내며 걷고 있었다. 우리가 들어왔는데도 돌아볼 생각도 않더니, 야마모토 씨가 '하라다 씨'라고 부르자, 그 깊이 번지는 듯한 목소리의 울림 속에서 깜짝 놀랄 만큼 온화한 미소를 지어 보였다.

"하라다 씨, 이따가 3번 발생실 문을 좀 열어주겠어?"

"벌써 준비해 놓았습니다."

"그럼 가봅시다. 먼저 제 방으로…."

야마모토 씨는 끄덕이더니 뒤돌아서 말하고는 가운데 다리로 걸음을 옮겼다.

"보세요."

요리키가 내 팔꿈치를 툭 치며, 양쪽의 수조를 보라고 재촉했다. 말하지 않아도 이미 나는 아까부터 넋을 잃고 보고 있었다.

맨 처음 수조 안에는 커다란 쥐 부부가 있었다. 목에 나 있는 거친 털 사이로, 옅은 복숭아색 상처 같은 것이 열렸다 닫히고 있었고, 가슴이 작고, 약간 두꺼운 나무통 같은 체형이라는 점 말고는 평범한 들쥐와 거의 다를 바 없었다. 물속에서의 움직임은 놀라울 만큼 탄력이 좋았고, 육지 동물이 흔히 할 것 같은 개헤엄 말고도, 전신을 써서 용수철처럼 몸을 오므렸다가 펴고, 새우처럼 격하고 민첩하게 속력을 내기도 했다. 하지만 설치류의 성질이 완전히 사라지지는 않았는지, 한 마리가 수면 위로 펄쩍 올라 나뭇조각을 부둥켜안더니, 그것을 잘근잘근 깨물며 배를 위로 향하게 누워 천천히 아래로 가라앉았다. 다른 한 마리는 갑자기 나를 향해 돌진하려고 했지만, 수조 유리에 부딪히기 직전에 능숙하게 몸을 뒤집었다. 나를 바라보며 크고 동그란 눈을 깜빡이지도 않는 그 녀석의 반쯤 열린 입에서 뾰족한 빨간 혀가 언뜻 보였다.

다음 수조에도, 또 다음 수조에도 쥐가 있었다. 그다음 네 번째 수조에는 토끼가 있었다. 토끼는 쥐와 달리, 기운이 하나도 없고, 털들이 척 달라붙은 불쌍한 모습으로, 수조 바닥 근처에 몸을 둥글게 웅크린 채 봉지처럼 떠 있었다. 손끝으로 그 수면 위를 튕기며 야마모토 씨가 말했다.

"순수한 초식 동물은 아무래도 잘 안되더라고요. 에너지 동화 방법이 너무 특수해서 그런 거겠죠…. 첫 번째 그룹은 어떻게든 키워냈는데, 두 번째 그룹부터는 영 안되네요…."

우리는 오른쪽 철계단을 올라, 천장에 매달린 상자처럼 생긴 방을 지났다. 방에 들어가기 직전에 무심코 뒤를 돌아봤는데, 건너편 끝에 화물 열차만 한 수조에서 검은 빛을 내는 거대한 짐승이 물엿 같은 물살을 만들며 수면 위로 올라와 쉰 목소리로 서글프게 외쳐댔다. 그것은 소였다.

"굉장하죠?"

야마모토 씨는 웃는 얼굴로 문을 닫았다.

“초식 동물이라도 인공 사료를 아낌없이 주면 그런대로 자라주더라고요. 소한테서는 고기나 우유도 얻을 수 있으니까, 사료를 대량 생산할 수만 있으면 손해는 안 보겠죠. 그런데 물속이다 보니까, 우유를 짜는 장치를 만들기가 어려워요. 일단 소형으로 된 진공 펌프를 써보고 있는데, 아직 성공했다고는 말씀드릴 수 없는 수준이에요.”

붙박이 냉장고에서 도자기 주전자를 꺼내 컵에 따라주길래 뭔가 봤더니, 우유였다.

“한번 드셔보세요. 막 짜서 신선한 거예요. 육지에서 짠 것과 거의 차이가 없지요. 단, 분석을 해보면 소금기가 약간 더 센데, 우유 자체에 소금기가 많다기보다는, 아무래도 우유를 짜는 과정에서 해수가 섞여 들어가는 거 같아요…. 뭐 그래도 무엇보다 신선하다는 게 장점이죠.”

나는 상대방의 기분이 상할 것을 염려해 서둘러 우유를 들이켰다. 사료를 아낌없이 먹였기 때문인지, 집에서 마시는 우유보다 맛이 있다고 느껴졌다. 나는 그가 권해준 자리에 앉았다. 의자에 앉기도 전에 우유를 권한 것은 상대의 마음을 터놓게 만드는 꽤 효과적인 방법이었다. 이것이 연출이라면 그는 정말이지 보통내기가 아니다.

“이런 늦은 시간에 많이 피곤하시죠…. 저희는 이미 익숙하지만요….”

현미경이나 그 밖에 여러 화학 실험용 기구를 늘어놓은 한쪽 벽을 등지고, 야마모토 박사는 가슴 앞으로 두 손을 모아 그 두꺼운 손가락으로 깍지를 꼈다. 손가락에는 가축용 빗 같은 거친 털이 열 개 정도 꼿꼿이 서 있다. 우리 뒤에는 키가 큰 책장과 칸막이로 가려놓은 침대 일부가 보였다.

“저희도 밤샘 작업을 많이 합니다.”

“그러시겠죠, 바쁘실 테니까요…. 그런데 저희 일은 바쁘다기보다는 오히려 업무 성격상, 거의 밤낮을 구별할 수가 없어요. 숙명 같은 거죠. 육식 동물은 아무래도 야행성이 많기도 하고, 그런 건 뭐 인공조명으로 조절을 한다 쳐도, 개 훈련 같은 건 그래도 야외에서 해야 하니까, 그걸 대낮에 할 수는 없는 노릇이잖아요. 사람들이 볼 수도 있으니까요….”

“사람들이 보면 좀 그런가요?”

“아무래도 좀 그렇죠.”

그는 따뜻하게 미소를 지었다.

“시간이 있으면 나중에 보시기로 하고… 우유 한 잔 더 어떠세요? 요리키 씨도 어때?”

나는 놀라서 요리키를 봤다. 방금 그의 말투는, 아무리

야마모토 씨가 붙임성 좋은 성격이라고 해도, 겨우 얼굴 몇 번 본 정도로는 나올 수 없는 것이었다. 여기에 요리키는 익숙한 태도를 감출 생각도 안 하고, 도리어 야마모토 씨의 말을 받아치듯, 나를 재촉했다.

"선생님, 소독이 신경 쓰이시는 거면 걱정 마세요. 도쿄만灣 중에서도 여기 해수는 깨끗하거든요. 완벽하게 여과해서 그걸 다시 인공적으로 살려낸 거니까요…."

"그래요, 잠깐 건물 모형을 보여드려야겠네요."

야마모토 씨는 일어나서 책장 옆에 있는 받침대의 덮개를 열었다. 순간 먼지가 날아올랐다.

"아무래도 여긴 별로 깨끗하지 않네요…. 아무튼 보시죠. 이건 연구소 일부를 둥글게 잘라놓은 거예요. 이 위가 여기까지 쭉 바다고, 수면까지는 약 10미터가 될까요? 이 파이프로 급수되는 거지요. 자연의 수압을 이용한 가압 여과 장치예요. 효율은 1분에 8000킬로리터, 이것 말고도 여비로 2000킬로리터짜리가 두 대 있으니까 충분해요. 하지만 여과도 너무 완벽하면, 소위 자연의 균형이 깨지기 때문인지 오히려 방해가 되거든요. 특히 소화 능력이 저하되고, 알레르기성 질환이 두드러지게 되는 것 같아요. 그래서 이 탱크로 적당하게 유기물이나 무기물을 섞어 넣어서 자연 해수에 가깝게 만들어요. 홍해의 물로도, 남극해의 물로도, 일본 앞바다의 물로도 원하는 걸 만들 수 있게 되는 거죠. 양돈을 위해서는 어느 바다가 좋을지, 뭐 그런 연구도 진행 중입니다."

"그래서 여기에서는 돼지고기 회도 아무렇지 않게 먹을 수 있어요."

"맞아요, 우리 연구소 최고 진미인데, 익숙하지 않은 사람은 아무래도 싫어하더라고요… 소고기보다는 훨씬 맛있는데. 익숙해지기만 하면 못 끊어요. 어때요? 한번 드셔보실래요?"

"아뇨, 지금은 괜찮습니다."

두 사람이 마치 한 패거리가 된 것 같은 태도를 보이자 나는 짜증이 올라왔다.

"그것보다, 괜찮으시면 이제 본론으로 들어가고 싶은데요…."

말이 튀어나온 뒤에서야 단어를 잘못 골랐다는 사실을 깨달았지만, 뱉은 말을 도로 담을 수는 없고, 어떤 대답이 나올지 상상도 안 갔다.

"아니, 이런 늦은 시간에 불쑥 들이닥쳐서 정말 죄송하지만, 저희가 찾아뵙게 된 이유에 대해서는 물론 어느 정도 요리키가 말씀드렸겠죠?"

"음, 그냥 연구 때문이라고만 들었는데요…, 그런데 신경 쓰지 마세요. 이렇게 외부와 격리된 삶을 살다 보면, 선생님 같은 분과 이야기를 나눌 수 있는 건 정말 즐거운 일이거든요…. 하여튼 허가가 까다로워서, 도쿄 한가운데에 살면서도 거의 사람 만날 기회가 없어요."

"허가라고 말씀하신 건, 외출 허가 말씀하신 건가요?"

"아뇨, 외부 방문자를 받을 허가죠."

"그러면 이 연구소도 어디 관공서 소속이라는 말씀이네요?"

"말도 안 돼요. 관공서면 선생님 연구소 같게요? 그랬으면 도저히 이만큼 비밀을 유지할 수 없을뿐더러, 이만큼 시끄럽지도 않겠죠."

그는 그렇게 말하더니, 질문만 해대는 내 앞으로 커다란 손을 가로막듯 올리며 자리에서 일어섰다.

"이거 참, 그 질문만큼은 답을 못 하겠네요. 실은 저도 여기 상부 기관이 뭔지 정확한 정체는 모르고 있어서요…. 아무튼 막강한 곳이에요, 느낌상으로는 일본 전체를 손안에 넣고 있는 것도 같아요. 저는 마음 깊이 신뢰하고 있어서 별로 알아봐야겠다는 생각은 안 들거든요."

"그럼 너는? 아는 거 있어?"

나는 백 마디 말을 쥐어짜는 중압감으로 요리키에게 질문을 던졌다.

"저요? 말도 안 돼요!"

요리키는 과장된 몸짓으로 눈썹을 치켜올리며 고개를 저었지만, 그 표정에는 조금의 동요도 섞여 있지 않았다.

"이상하잖아, 그럼 어떻게 내가 여기 들어올 수 있었던 거야?"

"당연히 제가 힘을 썼죠."

야마모토 씨는 탄력이 붙은 대화를 즐기기라도 하듯, 갈라진 틈이 많은 기다란 앞니를 내밀며 웃었다.

"책임자인 저도 모르니까, 외부 사람이 이곳 상부가 어딘지 알 리가 없어요. 단, 유일하게 저는 연락할 방법을 알고 있어서 대신 신청을 올릴 수 있는 거죠."

"그렇군요…."

내가 가진 패를 만지작거리자 분명 이것이 비장의 카드겠다는 느낌이 들었다. 나는 천천히 흥분을 곱씹으며 말했다.

"그러면 결국 요리키 너도 이 연구소의 존재를 처음 알게 됐을 때는, 누구 다른 사람이 신청해 준 덕에 견학 허가를 받았겠네…. 안 그러면 앞뒤가 안 맞으니까…."

"그렇죠."

야마모토 씨는 뭔가 말하려던 요리키를 저지시켰다.

"그 점에 대해서는 제가 잠깐 간단하게 설명해 드리죠.

소위 입소자들만 아는 거거든요. 이 연구소의 일이 비밀 엄수를 요한다는 말씀은 이미 드렸는데요, 이것만큼은 견학을 왔든 여기서 일을 하고 있든 상관 없이 반드시 지켜주셔야 하는 겁니다. 물론 관련 법률이 있는 것도 아니고, 특히 서약서에 도장을 찍은 것도 아니니 형식상 그런 구속력은 없지만, 대신 그만큼 심사가 엄격하게 이루어집니다. 반드시 지켜주실 분께만 보여드리는 거죠. 덕분에 이 약속이 깨진 적은 거의 없습니다."

"거의라는 말씀은, 깨진 사례도 있다는 건가요?"

"글쎄요…. 아직 한 번도 이곳 일이 사회에 소문난 적이 없는 것을 보면, 없다고 봐도 되지 않을까요? 단, 제일 교양이 낮은 현장직 사람들이 술김에 말실수를 했다가 상당히 엄중한 처분을 받았다는 얘기는 들은 적이 있지만요…."

"죽이기라도 하신 거에요?"

"설마요…. 여러 방면으로 과학은 발전하고 있으니까요, 죽이지 않아도 기억을 없애든 뭐든 방법은 얼마든지 있지요."

아무래도 비장의 카드가 제대로 효력을 발휘한 모양이다. 야마모토 씨는 여전히 그 온화한 표정을 바꾸지 않았고 딱딱한 사무직 말투를 쓰지도 않았지만, 요리키가 자기도 모르게 손끝으로 테이블 가장자리를 초조하다는 듯 두드리고 있었다. 그 작은 리듬은 내가 이미 사태의 핵심에 다가가고 있다는 사실을 알려주었다. 나는 보란 듯이 말했다.

"그런데 시체가 말을 하는 세상이 온다면 입을 막기 위해 잘근잘근 썰어놓기라도 해야겠네요…."

그러자 야마모토 씨는 참으로 괴상할 정도로 어깨를 들썩이며 웃음을 터뜨렸다.

"그거 말 되네요. 나 참, 정말 그렇게 되면 성가시겠어요."

"그런데 이해가 안 가요…. 그 정도로 세상에 알려지는 게 두렵다면, 처음부터 견학 허가는 내주지 않으면 되잖아요. 심지어 당사자가 간절하게 원했다면 모를까, 멋대로 허가를 받아와서 들이밀어 놓고, 말하면 죽여버린다는 건 꼭 함정에 빠뜨리는 거나 마찬가지 아닌가요? 게다가 남한테 말 못 하는 지식은 아무 데도 도움이 안 돼요. 오로지 괴롭힐 목적만 있어 보이는데요?"

"선생님, 그건 아니죠, 아는 사람들끼리는 얼마든지 토론하실 수도 있으니까요…."

요리키가 입을 열자 야마모토 씨가 이어받았다.

"맞아요, 허가 신청은 원칙적으로 제3자가 맡아 처리하는데, 이 견학이라는 건 많은 분들이 이 연구를 이해하실 수 있게 돕는 수단인 셈이고, 여기서 비밀 유지를 부탁드리는 건 조금도 모순되는 게 없어요. 소위 소문이나 여론처럼 주체 없는 다수의 목소리와 이 연구를 이해해 주시는 개인의 책임 있는 판단은 전혀 다르니까요."

"이해라고 말씀하셨는데, 도대체 뭘 이해하는 거죠?"

"그러니까 그걸 이제부터 말씀드리겠다는 거예요."

야마모토 씨는 호기롭게 일어서더니, 통통한 홑꺼풀 눈을 가늘게 만들며 미소 지었다. 그러고는 흰 가운 깃으로 손바닥을 닦는 듯한 동작을 되풀이했다.

"사실에 대한 이해를 떠나 오히려 이상적인 흥미를 느껴주실 거라 믿어요. 우선 발생실부터 보시게 될 텐데요, 그 전에 아주 간단하게 저희 연구가 어디서부터 시작했는지 그 연혁을…."

"잠깐만요. 그 전에 한 가지 더 짚고 넘어가고 싶은 게 있어요!"

나도 자리에서 일어나 한 발 뒤로 물러선 뒤, 번쩍 든 손을 천천히 테이블 위에 올렸다.

"요리키…. 네가 내 견학을 신청해 준 이유는 알겠어. 그런데 너를 신청해 준 사람이 누군지는 아직 모르겠어. 견학 허가를 받은 사람끼리 일종의 동지가 된다면, 나도 알 권리가 있는 거 아니야? 그 사람이 누구고, 또 어떤 이유로 너를 선택했는지….”

“네, 말씀드릴게요.”

요리키도 가냘픈 미소를 지으며 일어섰다.

“이제 말을 해야 하는 상황이라 말씀드리는 건데요, 여태 왜 말 안 했냐고 화내시면 좀….”

“누가 화를 낸다 그래? 진실을 알고 싶은 것뿐이야.”

야마모토 씨는 시치미를 떼며 끼어들었다.

“그래요, 진실이라는 말은 참 매력적이죠. 이걸로 요리키 씨도 이제 겨우 어깨의 짐을 내려놓겠네.”

“실은, 와다예요.”

요리키는 입술을 핥으며 부끄러운 듯 말했다.

“와다 씨…?”

“네, 와다 씨가 그쪽 연구소로 가기 전에 잠깐 여기서 근무했었거든요….”

야마모토 씨가 중재라도 하듯 손을 저으며 거들었다.

“참 유능한 조수였죠, 여성치고는 드물게 똑부러진 의견도 내놨고요…. 그런데 피를 잘 못 보더라고요, 아무래도 이런 연구소에서 그건 큰 결점이라. 그래서 여기를 그만두고 선생님 연구소로 간 거 같아요. 그때 분명히 보증인이 중앙보험병원에 있는 제 동생이었을 텐데요….”

“네, 그랬어요, 이제 생각났어요….”

흩어져 있던 쇠사슬이 싱거울 정도로 갑자기 딸깍 소리를 내며 하나로 연결됐다. 하지만 이걸로 의심이 풀린 것도 아니고, 문제가 사라진 것도 아니다. 쇠사슬은 공중에서 선명하게 뚝 떨어졌지만, 그것이 또 너무 선명하다 보니 수상한 냄새가 났다. 더 최악인 것은, 이 마술을 보여준 핵심 마술사가 정체를 아직 드러내지 않고 있었다. 그런 식으로 의심하면서도, 나는 역시 반듯한 쇠사슬의 연결 고리에 홀린 듯 넋을 잃었던 것 같다. 우연이라고밖에 볼 수 없는 주요 인물들 사이에 느닷없이 새로운 배선도가 펼쳐졌고, 그건 보기만 해도 명쾌하고 견고했다. 이렇게 되면 어느 정도 요리키가 나를 이곳으로 데려온 이유도 수긍이 갔다. 적어도, 그 설명은 가능하다. 자연히 요리키에 대한 신뢰…까지는 아니어도, 신뢰를 되돌릴 가능성이 있어 보이기 시작해, 나는 어깨까지 차오르는 숨을 아무도 모르게 천천히 내쉬었다.

24

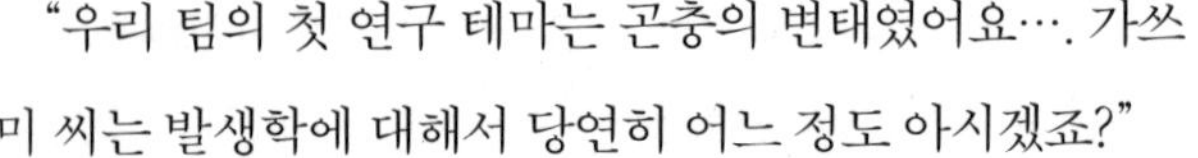

“우리 팀의 첫 연구 테마는 곤충의 변태였어요…. 가쓰미 씨는 발생학에 대해서 당연히 어느 정도 아시겠죠?”

“아뇨, 전혀 모른다고 보시면 됩니다. 내배엽과 외배엽 중에 뭐가 더 먼저 만들어지는지도 잊어버렸을 정도예요.”

“그럼 어떻습니까. 오히려 쉬운 말로 설명할 수 있으니까 좋죠.”

야마모토 씨는 불을 안 붙인 담배의 양 끝을 번갈아 가며 테이블 위에 툭툭 쳤다. 그러면서 한 마디 한 마디 확인하듯, 나긋나긋 말했다.

“물론, 저희의 목적은 곤충의 변태가 아닙니다. 저희

목표는 크게 말하면 생물들을 계획적으로 개조하는 일이었습니다. 약간 개량하는 정도면 지금도 가능합니다. 특히 식물의 경우 염색체 배가는 지금도 행해지고 있죠. 그런데 동물의 경우는 기껏해야 품종 개량이라, 그건 소박한 경험주의 단계에서 한 발짝도 벗어나지 못한 거였어요. 우린 이것을 근본적이면서도 계획적으로 해보기로 한 거예요. …말하자면, 진화를 인위적으로, 비약적으로, 그것도 정향적으로 행하고자 했던 엄청난 계획이죠. 그런데 잘 아시다시피, 개체 발생은 계통 발생을 반복합니다. 엄밀히 말하면, 선조의 외관이 그대로 반복되는 건 아니지만, 아무튼 기본적인 대응 관계를 보여요. 이때, 그 발생적 단계에서 무언가를 해주면, 그 생물을 계통 발생으로부터 이탈시켜 완전히 새로운 종으로 만들 수도 있게 되죠. 지금까지 아주 거친 방식으로, 머리가 두 개 달린 송사리나 도마뱀붙이 주둥이가 달린 개구리 같은, 그런 기괴한 기형을 만든 적은 있어요. 그런데 정확한 의미로 그건 개량이 아니죠. 시계를 망가뜨리는 일은 어린애도 할 수 있지만, 반대로 시계를 만들려면 전문적인 기술이 필요하다 이 말입니다. 동물의 발생은 항상 정반正反 두 호르몬 또는 자극 물질에 의해 지배받죠. 플러스 자극은 분열을 촉진시키지만, 마이너스 자극은 분열을 억제

시켜요. 플러스가 강하면 작고 많은 세포 덩어리가 되고, 마이너스가 강하면 미분화된 채로 거대해지죠. 이 상호작용의 복잡한 구조가 그 생물에게는 고유한 발생 법칙이 되는 거예요. 원하시면 이걸 적분 방정식으로 보여드릴 수도 있는데…."

"저희 쪽 언어로 하면 복합 피드백이라는 말씀이죠?"

"맞아요, 그 피드백이 복합된 거예요. 그리고 그 세부적인 내부 구조를 밝히기 위해 저희는 곤충의 변태에 주목했다, 이거죠. …곤충의 변태에 결정적인 역할을 하는 것으로, 알라타체*에서 나오는 '유충 호르몬', 그리고 신경 분비 세포에서 나오는 '성장 분화 호르몬'이 있다는 건 오래전부터 잘 알려진 사실이죠. 이것 중 어느 하나를 특정 시기에 제거하면 어떻게 되는지를 보는 실험도 있었어요. 그래도 그걸 정량적으로 미세하게 조절해서 생장의 고삐를 조절하는 일은 기술적으로 어려웠어요. 그런데 이제는, 딱 9년 전이죠, 미국과 소련에서 거의 동시에 실험에 성공했어요. 바로 다음 해에는 저희 팀에서도 독자적으로 그 기술을 성공시켰고요. 그리고 저희는 굉장히 기묘한 곤충을 만들게 됐어요. 음, 이건 한번 보시는

---

* corpus allatum. 곤충류에 있는 내분비선.

게 좋겠네요….”

야마모토 씨는 칸막이 뒤에서 커다란 새장 같은 것을 가져왔다. 안에는 납작하고 손바닥만 한 잿빛의 생명체 두 마리가 기어 다니고 있었다. 전신이 점막으로 뒤덮이고, 몸통과 똑같은 잿빛의 굵고 빳빳한 털이 옆으로 나 있었다. 보기만 해도 소름이 끼치는 벌레였다.

“이게 뭐인 것 같으세요? 다리는 여섯 개, 이래 봬도 어엿한 곤충입니다. …파리예요. …놀라셨어요? 그러니까 구더기가 그대로 생장한 겁니다. 보세요, 파리랑 입이 똑같죠? 여기다 생식 능력도 똑같이 갖췄어요. 이게 수컷이고, 이쪽이 암컷…. 신기하기만 할 뿐이고 큰 의미는 없지만, 뭐 첫 번째 성공 기념으로, 이렇게 키우고 있는 거예요. 성격이 사나운 놈이에요. 손을 넣으면 문다니까요. 기분이 좋을 땐, 아마 발정 났을 때 같은데, 빠드득빠드득 이상한 소리를 내더라고요….”

“저는 튀기면 먹을 수도 있을 것 같다고 말씀드렸어요.”

요리키는 아무렇지도 않다는 것을 뽐내고 싶었는지, 쓸데없는 농담을 했다.

“그래서 내가 먹고 싶으면 얼마든지 줄 테니까 말만 하라고 했잖아.”

야마모토 씨는 싫은 내색도 하지 않았다.

"그럼, 발생실로 안내해 드리죠…."

우리는 사육실 다리를 내려가, 들어왔을 때와 반대쪽 문을 지나 다시 어슴푸레한 복도로 나왔다. 야마모토 씨는 앞장서서 걸으며, 고개를 갸우뚱하더니 말을 이어 갔다.

"그 후로 세계 각국에서 이 문제에 관련된 정보를 교환하는 일은 뚝 끊겼어요. 아니, 완전히 끊긴 건 아니고, 포유류의 체외 수정 기술과 연결짓는 데까지는 어쨌든 추상적으로라도 발표가 되었는데, 거기부터 완전히 침묵의 벽이 탁 막혀버린 거예요. 생각해 보면 당연한 일이었어요. 연구에 참여한 당사자에게는 이 침묵의 의미가 뭔지 너무 이해가 됐어요. 아무튼, 우리 앞에 있는 건, 이제는 단순한 기술이나 학문상의 문제만이 아니라, 뭔가 더 심각하고 무시무시한 거란 예감이 있었어요. 그게 이론적으로도, 또 아마도 기술적으로도 가능하다는 것만으로 불안이 한층 더 컸던 거죠. …보세요, 이 방입니다…."

'3'이라고 페인트로 번호가 적힌 철문이 있었다. 빗장을 당겨 열자 고작 한 평 정도로, 삼면이 유리로 된 박스가 있고, 그 유리 너머로 내부를 들여다볼 수 있었다. 몇 단씩 겹쳐진 수십 개의 컨베이어벨트가 천천히 좌우로 움직이고 있었다. 그 옆에 수백 개의 렌즈닦이 같은 기계도 천천히 위아래로 고개를 흔들어 대고 있었다. 아래쪽에서는 하얀 가운을 입은 네 사람이 금속으로 된 긴 책상 앞에 앉아 무언가 열심히 작업 중이었다.

"저 안은 멸균실이라 들어갈 수는 없습니다. 저도 평소에는 여기서 지도를 하거든요. 보세요. 이 방에서만 태아를 하루 1300명까지 처리할 수 있습니다. 예정된 청사진에 맞춰, 본래의 계통 발생에서 떨어져 나가게 하는 거죠. 제일 가까운 데 있는 게 수중 소의 태아들이에요. 참…, 정말이지… 이런 광경을 처음 머릿속으로 상상했을 땐 저희도 벌벌 떨리더라고요…."

야마모토 씨는 나를 힐끗 보고, 위로라도 하는 듯한 표정으로 눈가에 짙은 주름을 만들었다.

"무엇보다 우리는 과학자니까요. 평소 같으면 자연의 섭리를 해친다는 둥의 그런 삼엄한 말을 듣는다 해도 주춤하는 일은 없죠. 하지만 태아를 변형하거나 가공하는 처리장을 상상했을 때만큼은 솔직히 소름이 끼치더라고요."

"저 같은 경우엔, 현장을 막 접한 지금 굉장히 소름이 끼칩니다."

"그렇겠죠…. 일반적으로 동떨어진 미래는 기괴한 느낌을 주는 경향이 있나 봅니다. 어느 아프리카의 미개인을 도시로 데리고 나와 높은 빌딩을 보여주니까 인간 도

살장인 줄 알더래요…. 이런 실례, 문자 그대로 받아들이시면 안 돼요. 다시 말하면, 인간의 삶과 연관성이 없어보이는 것을 보면 하여튼 무섭다는 말이에요. 무의미하고, 거기다 자기보다 강력한 건…."

"그럼 이 꿈 같은 연구에도 소름끼치지 않아도 될 어떤 이유가 있다는 말씀이세요?"

야마모토 씨는 고개를 끄덕였다. 의사가 환자를 이해시킬 때처럼, 감정을 섞지 않고, 그러면서도 확신에 찬 솔직함으로, 명확하게 끄덕여 보였다. 하지만 곧바로 대꾸하지 않고, 옆에 있던 금속 상자를 열어 스위치를 누르더니, 유리 벽 너머에 있는 작업자들을 불렀다.

"하라다 씨, 준비 중인 씨앗 하나 좀 보여주겠어?"

그리고 고개를 돌리더니,

"태반에서 떼어낸, 가공하지 않은 태아를 저희는 씨앗이라고 부르고 있거든요."

작업원 중 한 명이 어깨 너머로 고개를 끄덕이고 선반에서 넓적한 유리 용기 하나를 꺼내더니 철계단을 올라 이쪽으로 왔다. 장난기 있는 눈매에, 눈에 띌 듯 말 듯 웃음기를 머금고 있었다. 그 모습이, 경직된 나를 약간은 풀어주는 것 같았다. 곧 요리키가 내 귓가에 대고 작게 헛기침을 했다.

"요크셔종 돼지입니다."

통신 장치를 통해 남자가 말했다.

"붙어 있어?"

야마모토 씨가 곧바로 되물었다.

남자는 유리 용기를 뒤집더니 내밀어 보였다.

"네, 잘 되고 있습니다."

벌레 같은 것에서 뻗어나온 혈관의 작은 가지들이 암적색의 한천과 비슷한 물질 안에서 스파클라의 불꽃처럼 흩뿌려져 있었다. 야마모토 씨가 설명을 덧붙였다.

"제일 어려운 건 이렇게 맨 처음에, 씨앗을 인공 태반에 정착시키는 일이에요. 꺾꽂이 기술이라고 할까요? 아니, 그것보다 오히려 씨앗 채취에, 보관 문제 하며…, 여기까지 가져오는 사이… 문제가 생길지도 몰라요. 어쨌든 외부와 접촉해야만 하니 비밀이 새나가기 제일 쉬운 곳이죠."

"현재 돼지 정착률은 요크셔로 74퍼센트입니다."

통신기 목소리에 야마모토 씨는 끄덕였다.

"저 아래 보이는 작업대에서 그 선별 작업을 하고 있어요. 저기에선 사람 손으로 하지만, 나머지는 보시는 것처럼 완전히 자동화되어 있습니다. 잘 정착한 종만 컨베이어벨트 끝에다 인공 태반째로 열어주고, 그다음은 기계가 차례대로 옮겨가는 거예요. 끝에서 끝에까지 가는 데에 대략 열흘 정도 걸리거든요. 중간에 일정 간격을 두고 고개 흔들고 있는 콕이 보이시죠? 전부 다 미세하게 다른 호르몬들이 정해진 양대로 분사되는 거예요. 자궁 안에서는 태아와 모체 양쪽에서 호르몬이 나오면서 서로 작용을 주고받는데, 그 미묘한 변화를 여기서는 양과 시간으로 쪼개서 인위적으로 작용을 일으키는 거죠. 만약에 이 과정을 자궁 속 상황과 똑같이 만들어 주면, 당연히 어미와 똑같은 육지 포유류가 되겠지만, 여기서는 약간 다른 식으로 만드는데…, 이 변화는 알파라고 불리는 분비 방정식으로 나타낼 수 있지만, 그 설명은 뭐, 생략해도 되겠죠?"

"그런데 그 씨앗 하나하나에 따라 수태부터 일수나 시간이 다르지 않나요? 그걸 일률적으로…."

"좋은 질문이에요. 돼지 같은 경우는 보통 2주 정도를 표준으로 잡는데, 당연히 약간씩 차이는 있죠. 그래도 어떤 중요한 부분, 그러니까 수중 동물이 될지 육지 동물이 될지를 가르는 그 경계선까지는, 그 변화가 알파 함수대로만 가면 성장 정도에 별로 관여할 필요가 없어요. 모태의 조건도 젊거나 나이를 먹었거나, 다양한 조건이 있을 테니까요. 단, 중요한 때가 왔을 때 확실히 구별되기만 하면 되는 거예요. 지금 여기서 보이는 범위로는 잘 눈에 안 띄는 것 같은데…, 태반 색이 변해서 그걸로 알 수 있거든요…. 조금 푸른 기가 돌고…. 보다 보면 금방 알아요….”

하라다라고 불린 청년이 재빠르게 색을 확인하러 갔다. 그를 기다리는 동안 담배를 피워도 괜찮다고 하길래 흰 가운 주머니에 쑤셔놓았던, 피우다 만 담배에 불을 붙였다. 진기한 것이라도 발견한 것처럼 내 담배 연기를 눈여겨보던 야마모토 씨가 중얼거렸다.

“공기를 마시는 덕분에 인간도 묘한 버릇이 생겼네요….”

“그럼 딱 여기까지가 제3 발생실이 하는 일인가 보네요.”

요리키가 평소 말투로 재촉하듯 물었다. 아마 졸려서 제정신이 아닌 것 같았다.

나 역시 긴장한 상태임에도 졸음이 몰려왔기에, 어쩐지 미안한 말실수를 했을 때처럼 정신이 번쩍 들었다. 하지만 야마모토 씨는 조금도 신경 쓰지 않는 듯했다.

“그렇지… 제1실에서 불순물을 없애고, 제2실에서 인공 태반으로 이식하고, 그런 다음에 여기로 와서 태반의 색이 바뀌면 제4실로 보내죠. 그러면 거기서 드디어 수중 포유류로 전환되는 순서예요. …오, 변했나 보네요….”

조금 전의 청년이 새 유리 용기를 들고 다시 황급히 돌아왔다. 설명을 듣고 나서 보니 정말 그렇게 보였다. 넓어진 혈관 가지들 주위로 어렴풋이 그림자가 생겨 있었다.

"보세요, 태아 상태를 보니까 새로 내분비가 시작된 것 같네요. 이런 변화가 발견되면 바로 제4실 쪽으로 옮기는데요…. 하라다 씨, 잠깐 겉면을 보여줘…. 보세요, 빠르죠…. 이 시기의 특징은 등뼈가 모양을 갖추고, 전신前腎과 아가미구멍이 굉장히 활동적인 상태가 된다는 겁니다. 머리 아래 커다란 주름처럼 보이는 게 아가미구멍이에요. 어쨌든 등뼈는 그렇다 쳐도 나중에 반드시 사라지는 전신이나 아가미구멍이 왜 이 시기에만 그렇게 활발하게 형성되느냐…, 생물학 강의도 아니고 이런 소리 해서 죄송하지만, 이 부분이 제일 중요한 부분이거든요…."

야마모토 씨의 설명을 요약하면, 대략 다음과 같다. 진화학설에는 '상관의 법칙', 즉 한 생물체에서 하나의 기관이 변화하면, 필연적으로 다른 기관도 변화를 일으킨다는 중요한 법칙이 있다. 개체 발생의 과정에서 계통 발생이 반복되는 것은, 단순히 과거가 반복되는 것만을 의미하는 게 아니다. 그것이 발생을 진행시키기는 데에 필요한 것이기 때문이다. 당연히 모든 것이 반복되는 것은 아니다. 예를 들어 혈액은 처음이나 거의 성장을 마친 뒤나 차이가 없다. 소멸하고 다음 생성에 필요한 것만 남는 과정이 반복되는 것이다. 예를 들어, 돼지에게도 전신의 시기가 있다. 성장이 끝났는데도 이 시기를 겪는 동물은 칠성장어뿐이다. 이때가 되면, 전신은 5일 정도 아무런 작용도 없이 퇴화해 버린다. 그리고 그 후에 중신中腎, 즉 척추동물의 배설 기관이 형성된다. 언뜻 무의미한 과정처럼 보이지만, 미리 전신을 제거해 버리면 중신은 형성되지 않는다. 다시 말해, 전신의 퇴화는 단순한 퇴화가 아니라, 중신기로 접어들기 위한, 일종의 내분비 기관의 역할을 다하는 것이다. 중신 역시, 마지막 단계인 진짜 신장을 만들기 위한 내분비 기관으로 분화되고 변형되어 버린다.

이런 특징은 아가미구멍도 똑같은데, 머리에 가까운 절반가량이 특히 내분비선이 되며, 나머지 절반은 아가미에서 폐로 진화시키는 역할을 한다. 그 아가미구멍이 변형된 것이 가슴샘이나 갑상선으로 불리는 부분이다.

문제는 이제, 예를 들어 이 아가미구멍이 내분비선이 되지 않은 채로 끝나버리면 어떻게 될까? 물고기는 여기서 진화가 멈춘 사례다. 하지만 포유류 태아를 여기서 멈추게 한들 당연히 물고기가 되지는 않는다. 생활력 없는 민달팽이 요괴 같은 것이 될 뿐이다. 왜냐하면 모든 게 계속 반복되는 것이 아니라, 물고기가 되기 위해 필요한 많은 부분이 이미 퇴화되어 버렸기 때문이다.

한 번에 긴 설명을 한 뒤, 야마모토 씨는 팅팅 불은 입술로 희미한 미소를 지으며 내 눈치를 살폈다.

"설명은 이 정도로 괜찮을까요?"

하지만 그는 내 대답을 기다리지 않고 문 쪽으로 걸어가며 다시 입을 열었다.

"이제 순서상으로는 제4 발생실로 안내해 드려야 하지만, 거기는 암실 안에서 유리구슬이 빙글빙글 돌기만 하는 곳이라 넘어가고, 마지막 제5실로 가보죠."

"좋아요."

나에게 길을 양보하며, 요리키가 어깨 너머로 말했다.

"제가 처음 와다한테 안내받았을 때도 똑같은 순서였어요."

"혹시 원하시면 나중에 적외선 램프로 찍은 필름을 보여드릴 수도 있는데…."

"아, 너무 전문적인 건 아무래도…."

"그렇군요, 특히 기술적인 데에 관심이 있는 게 아니면 굳이 보실 필요는 없겠네요…. 그런데 제5실만큼은 보시는 게 좋아요. 거기는 좀 볼만하거든요."

25

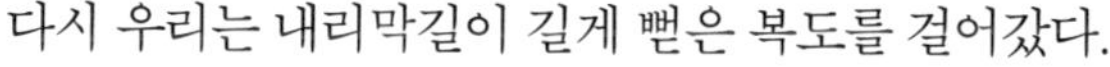

다시 우리는 내리막길이 길게 뻗은 복도를 걸어갔다.

"아가미구멍이 형성되는 시기에 아가미로 완성될지, 아니면 내분비선으로 변형될지를 결정하는 건…."

야마모토 씨는 메아리가 생길 것을 걱정이라도 하듯 목소리를 낮게 깔았다.

"곤충의 변태와 마찬가지로, 신경 분비 세포에서 나오는 호르몬의 우열에 따라 좌우되는 거거든요. 이 신경 조직이라는 게 정말 신기하다니까요. 단순히 생명체를 유지시키는 데에 필요한 게 다가 아니라 진화를 위한 에너지이기도 해요. 이 호르몬이 뚝 끊기면 그 단계에서 분화는 즉시 정지되거든요. 그런 방법으로 저희는 70센티미터나 되는 민달팽이 돼지를 만든 적이 있어요."

"그거, 먹을 수 있어요?"

요리키가 농담처럼 끼어들었다.

이런 일에도 지극히 일상적인 태도를 보일 수 있다는 것을 일부러 과시하려는 것 같아서 나는 불쾌했다.

"글쎄, 못 먹을 것도 없지 않겠어?"

야마모토 씨는 시큰둥하게 대꾸하며 말을 이었다.

"분화가 정지하면, 동시에 신경 조직도 낮은 차원에 멈추게 되고, 그로 인해 근육, 즉 단백질의 진화도 제대로 이루어지지 않을 테니까 별로 맛은 없을 거야."

흰 가운을 입은 남녀가 머리를 숙이며 지나갔다. 복도가 한층 낮아지고, 거기부터 아치형 천장이 나왔다. 기분상으로는 경사가 갑자기 가팔라진 것도 같았다. 해명海鳴*이 들린 것 같았지만 어쩌면 단순한 이명이었을지도 모른다.

"그런 민달팽이 돼지가 가능하다면…."

야마모토 씨는 투명한 상자라도 떠받치고 있는 듯한 손 모양을 하며 몸을 돌렸다.

"포유류 태아에 아가미를 남기는 일도 참 쉬운 거예요.

---

* 해일 등의 전조 현상으로 들리는 소리.

그런데 호흡 기관만 아가미구멍 형성기 상태로 두고, 나머지 부분을 성장시키려고 하는 거라, 얘기가 복잡해지죠. 음양 호르몬 함수 같은 일반론 가지고는 못 쫓아가요. 저희 연구에서 자랑스러워해야 할 성과는 바로 거기에 있는 거죠…."

"복도가 굉장히 기네요."

"아니에요, 바로 다음 모퉁이에서 꺾어지면 이제 막다른 길이 나와요. 저희는 지금 'ㄷ'자 모양 건물을 쭉 걸어온 거예요. 걷기 힘드세요?"

"왠지 좀, 습도 때문인지…."

"습도는 어쩔 수 없어요, 어쨌든 바다 밑이라…."

그 방에는 문이 없었다. 벽을 따라 2미터쯤 되는 폭을 빙 둘러 남겨두고, 가운데에는 깊은 구멍이 파여 물이 가득 차 있었다. 작은 규모의 실내 수영장 같은 느낌이다. 수영장과 다른 점은 수조 안에 조명이 있어 물속의 광경이 또렷하게, 그것도 손에 잡힐 듯 잘 보인다는 점이었다. 가까운 쪽이 더 깊고, 멀리 갈수록 훨씬 얕아 보이는 건 당연히 빛의 굴절 때문일 것이다. 맞은편 왼쪽 벽에 계량기 같은 것이 달린 창문이 있었고, 정면에서 약간 오른쪽 벽에도 그것보다 조금 더 큰 창문이 나 있었다. 애퀄렁*을 멘 남자 두 명이 계량기가 있는 창문 앞에서 눈부시게 빛나는 거품 기둥을 만들며 둥둥 뜬 채로 작업 중이었다.

"수의사와 사육사입니다."

야마모토 씨가 웃음기 머금은 목소리로 설명하면서, 수영장 테두리를 돌아 오른편에 있는 작은 방으로 안내했다.

약품, 수술용 기구, 애퀄렁, 그 밖에도 특이한 모양의 전기 기구 등이 어수선하게 늘어져 있어, 극도로 살풍경 느낌이 나는 방이었다. 환기 장치에서는 쉬지 않고 둔탁한 소리가 났는데, 그걸로는 어림도 없는지 자극적인 냄새가 코를 콱 찔렀다. 모눈종이를 써서 무언가 그래프를 만들고 있던, 이마가 좁고 몸집이 작은 남자가 서둘러 일어서더니 앉으라고 자리를 권해주었다. 둘러보니 의자는 두 개밖에 없었다. 나는 됐다고 했다. 별로 오래 있고 싶지 않았다.

"견학 오신 분들이니까, 작업에 대해 알기 쉽게 얘기해 주세요."

소형 마이크의 코드를 잡아끌며 나간 남자 뒤로, 우리

---

* 잠수할 때 쓰는 수중 호흡기.

는 수영장 옆에 나란히 웅크리고 앉았다. 남자가 신호를 보내자, 물속에 있던 두 사람이 얼굴을 들고 손을 흔들며 인사했다.

"이제 2분이면 다음 게 나올 겁니다."

남자가 야마모토 씨를 돌아보며 말했다. 그러고 보니 물속에 있던 남자 중 한 명이 손가락 두 개를 세워 신호를 보내는 것 같기도 했다.

"지금 5분에서 8분에 한 마리 비율로 태어나고 있는데요…."

야마모토 씨가 남자에게 긍정의 눈짓으로 신호를 보냈다.

"여기까지 오시는 동안 선생님이 제3실에서 보신 아가미구멍 형성기의 태아는 종류에 따라 다르겠지만 돼지를 예로 들면, 대략 6개월 정도 이 옆 제4실 안에 저장됩니다. 저장이라고 하면 좀 이상하지만요…."

"그러면…."

놀란 마음에 나도 모르게 말이 나왔다.

"5분에 한 마리 비율로 6개월이면, 숫자가 장난 아니겠는데요!"

"네, 다섯 단계로 나뉘어서 1만 6000개씩 총 8만 개가 비축되어 있습니다."

몸집 작은 남자가 턱을 내밀며 손끝을 코 아래로 가져가더니, 담배 기름 냄새를 맡았다.

"만약 선생님이 그쪽 방면 전문가셨더라면…."

야마모토 씨가 수조 안을 들여다보며 덧붙였다.

"제4실에서 이루어지는 처리에 대해선 분명히 궁금한 게 많으셨겠죠…. 영양분을 보급하고 노폐물을 처리하는 건 물론이고 습도나 압력도 조절하는데… 특히 이 습도 문제는… 모태에 비해 굉장히 낮게 설정해 두었는데, 아가미구멍의 분화를 억제하면서, 거기다 다른 기관 분화는 촉진시킬 수 있게 인공 분비선 물질을 첨가하고… 예를 들면, 독을 써서 독을 없애는… 아니, 이 예시는 아니네요, 그러니까 물속에 있는 소금 결정을 녹이지 않기 위해서는 어떻게 하면 될까요? 당연히 과포화 용액을 쓰면 되죠. 뭐 그런 요령을 써서, 다른 데에는 영향을 주지 않고, 아가미구멍이 진화하지 않게 막는 데에 성공한 겁니다."

수영장 안, 창가에 있는 계량기에 빨간 불이 들어왔다.

"나왔어요!"

머리의 비듬을 긁어내며 작은 남자가 외쳤다.

"저게 인공 출산이라는 거군요."

요리키가 수영장 가장자리에 손을 대고 상체를 쑥 내밀었다.

물속에 있는 남자들도 손을 흔들며 신호를 보내자 우리는 거품에 시야가 가려지지 않도록 옆으로 쭉 걸어가 자리를 잡고 구경할 준비를 마쳤다. 갑자기 검게 칠한 금속 상자가 창문 가득 미끄러져 나와, 50센티미터 앞에서 멈췄다. 남자들이 즉각 계량기를 만지기 시작했다.

"인공 태반을 분리하는 거예요."

상자를 열고 안에서 플라스틱 봉지를 꺼낸다. 봉지는 순식간에 커다란 구 형태가 된다. 구의 안은 빨갛게 탁해진 액체로 가득 차 있다. 남자 중 한 명이 계량기에서 나온 호스 같은 것을 구에 꽂고 마개를 돌린다.

"안에 든 액체를 빼내는 거예요. 태반을 분리하면 반사적으로 아가미 호흡을 시작하기 때문에, 이 작업은 속도가 생명이죠…."

구 모양의 겉면이 수축하고, 안에 있는 물체에 철썩 달라붙어, 작은 돼지 모양이 된다. 아기 돼지가 다리를 떨며 발버둥 치고 있다. 또 한 남자가 봉지에 메스를 찔러 넣고, 마치 셔츠를 열어젖히듯 날렵하게 벗겨낸다. 어느 틈에 몸집 작은 남자가 긴 작대기를 가지고 그 위에 서더니, 필요 없어진 봉지를 건져낸다. 그리고 익숙한 동작으로 단숨에 드럼통 안으로 쑤셔 넣는다. 순간 악취가 났다. 아까부터 맴돌던 자극적이었던 냄새의 정체는 바로 이것이었다.

작은 돼지는 앞다리를 잡혀 위태로운 자세로 발버둥치면서, 온몸에 복숭아색 아지랑이 같은 것을 내뿜고 있었다. 동료인 남자가 파이프 끝에 브러시를 걸고, 그걸로 몸에 붙은 오물을 털어내 빨아들였다. 그러지 않으면 수영장의 물은 금방 더러워지고 말기 때문일 것이다. 금속 주사기로 귓속에 무언가를 주입하자 아기 돼지가 펄떡거렸다.

"어차피 고막은 아무 쓸모가 없고, 아무래도 염증이 생기기 쉬운 곳이라, 저렇게 플라스틱으로 막아버리는 거예요."

"그래도 성장하면서…."

요리키는 운을 뗐지만, 곧바로 입을 다물었다. 나도 동시에 질문을 하려고 했기 때문이다.

"아니, 먼저 해."

"제 질문은 간단한 건데요, 성장하면서 막아놓은 게 헐렁해지는 일이 있지 않을까 싶어서…."

"음…. 그런데 이 플라스틱은 재밌는 성질을 갖고 있어. 중력과 관계없이 습도가 높은 방향으로 흘러가거든. 그래서 자연스레 체온이 직접 닿는 주변으로 뻗어가게 돼. 그래서 그 부분은 알아서 해결되더라고. 그럼, 선생님 질문은?"

"제가 궁금한 건 소리예요…. 물속에서는 소리를 어떻게…."

"그 점은 아직 여러 가지로 해결 못 한 부분이 있어요…. 다만 물고기 같은 경우에도, 귀가 뼈에 덮여 있는데도 제 역할을 하긴 하니까요. 어쩌면 이 플라스틱 마개를 통해서 들을 수 있을 수도 있고요."

"그럼 물속에 산다고 해서 못 듣는 건 아니라는 말이죠?"

"그럼요. 특히 개의 경우를 보면, 아주 미세한 소리에도 굉장히 민감하게 반응해요."

"대개 침묵의 세계라는 표현을 많이들 하는데, 바닷속도 그다지 조용한 세상은 아닌가 보네요."

요리키가 아는 척을 하며 끼어들었다.

"그건 말도 안 되는 소리죠!"

이번에는 불쑥 작은 남자가 입을 열었다.

"들을 수 있는 귀만 있으면 바다만큼 시끄러운 곳도 없어요. 물고기란 물고기들이 죄다 떠들고 있으니까요. 숲속 새들처럼."

"오히려 문제는…."

야마모토 씨는 굵은 손가락으로 코를 위아래로 만지며 고개를 갸웃거렸다.

"듣는 것보다 소리를 내는 거죠. 아가미 호흡으로는 성대를 이용하는 것도 불가능하니까요. 이 문제로 한참 고민했었어요. 개가 소리를 못 내면 집을 어떻게 지키겠어요? 그래서 개한테 만큼은 어떻게든 소리 내는 법을 가르치는 데에 성공하긴 했는데…."

"짖는 법을 가르치셨다는 거예요?"

"설마요…. 목소리 대신 이를 가는 법을 가르쳤어요. 어떤 물고기를 보고 힌트를 얻은 거였죠. 꽤 좋은 아이디어였다고 저희끼리 자랑삼아 얘기하고 그래요."

청소를 마친 남자가 단번에 수면 가까이 떠올라, 품에 안은 작은 돼지를 내밀어 보여주었다. 하얀 솜털로 뒤덮인 옅은 복숭아색 아기 돼지는 살이 접혀 주름처럼 생긴 아가미를 바쁘게 열었다 닫았다 하며, 멀뚱멀뚱 물속에서 우리를 올려다보고 있었다.

"벌써 눈을 뜬 거예요?"

"역시 알아차리셨군요…."

야마모토 씨는 재미있다는 듯 웃었다.

"호흡기 말고는 다른 점이 없다고 말씀드렸지만, 세부적으로 보면, 아무래도 여러 차이점이 있죠…. 이건 눈을 뜬 게 아니라, 눈꺼풀이 퇴화한 거예요."

물속에 있는 남자는 돼지를 옆구리에 끼고, 색이 바랜

푸른색 타이츠를 뒤집더니, 단숨에 수영장을 가로질러 건너편으로 빠져나가, 마치 창문 속으로 빨려 나가는 것처럼 사라졌다. 일그러진 은색 거품만이 하얀 띠를 이루며 남아 있었다.

"어디 간 거예요?"

"젖먹이들 사육장이요. 안경…."

야마모토 씨는 옆에 있는 남자에게 지시를 하며, 창이 있는 쪽으로 돌아 나갔다.

"나중에 해부도라도 보여드릴 생각이었는데, 퇴화한 아가미구멍에서 나오는 호르몬 때문에 몇 개의 기관에는 아무래도 어느 정도 그 영향이 남아요. 그중에서 제일 눈에 띄는 특징은 눈물샘, 침샘, 땀샘 같은 외분비선이 없어진다는 거죠…. 그것 말고도 눈꺼풀이 퇴화한다거나 성대가 탈락한다거나…. 아, 그리고 이 수중 포유류들은 아가미가 생겼다고 해서 폐가 없어진 건 아니거든요. 단지 기관지가 완전히 퇴화해 버려서, 기관지의 접합부가 갑자기 식도 벽으로 이어지는 거죠. 그러니까 폐라기보다는, 물고기의 부레가 비정상적으로 발달한 모양이라고 하는 게 더 맞는 표현일 수도 있어요…. 그래도 뭐, 자연은 묘하죠, 눈물샘이든 침샘이든 어차피 수중 생활하는 동물들한테는 지장이 없는 것들이니까요…."

"그럼 이제 울지도 웃지도 못하겠네요."

"재밌는 소리를 하시네요. 동물들이 울고 웃고 한다고요?"

물속에 있던 또 한 명이 철제 사다리를 타고 올라왔다. 위에 있는 작은 남자와 교대할 시간이었나 보다. 작은 남자는 하얗게 에나멜이 칠해진, 2미터는 되어보이는 길고 가는 통을 메고 와서는 우리에게 건네주더니, 바로 물러가 감색 수영복으로 갈아입기 시작했다. 야마모토 씨가 통의 갈고리 모양으로 휘어진 부분을 물 안으로 내려, 렌즈 끝이 창 쪽으로 향하게 만든 다음, 위에 있는 구멍을 들여다봤다. 쉽게 말하면 잠망경을 거꾸로 한 모양이었다.

"잘 보입니다. 한번 보시죠."

하라는 대로 통을 두 손바닥으로 누르고 접안렌즈에 눈을 가져다 댔는데, 눈앞은 온통 뿌옇게 유백색으로 빛나고 있을 뿐 아무것도 보이지 않았다. 렌즈에 뭐가 묻었나 싶어 손수건을 꺼내려 하자 옆에서 지켜보던 야마모토 씨가 설명해 주었다.

"아니에요, 그대로 두세요. 그냥 가만히 잘 보고 계세요. 뿌연 건 물이 탁해서 그런 거니까…."

그러고 보니 이번에는 뭔가가 보일 것 같기도 했다.

"팔랑팔랑 움직이는 게 아기 돼지들이에요. 그리고 큰 벌집 같은 게 몇 개씩 매달려 있을 거예요. 그게 인공 유방이에요. 아기들이 젖을 먹다 보면 아무래도 흘리기 마련이라, 수유실 물은 늘 이렇게 탁해지더라고요."

"그런데 왜 저쪽의 탁한 물이 이쪽까지 안 들어오죠? 별도로 칸막이가 있는 건 아니죠?"

"사이사이 물 커튼이 있거든요. 수유실 자체도 물 커튼으로 총 4개 구역으로 구분이 되어있고, 각각 온도가 0.3도부터 18도까지 네 단계로 나뉘어 있어요. 물 커튼이니까 각 단계는 자유롭게 오갈 수 있어요. 시간에 따라 유방을 여는 장소를 변경해 가면, 동물들은 싫어도 수온의 급격한 변화에 적응하거든요. 이게 피지샘이나 피하지방, 털을 발달시키는 데에 좋은 영향을 줘요."

점점 눈이 익숙해졌다. 하얀 공갈 젖꼭지처럼 생긴 수많은 돌기로 표면이 뒤덮인 그 방추상 물체에, 작은 돼지들 수십 마리가 젖을 빨며 매달려 있는 모습은 꼭 하얗게 곰팡이가 펴 아무도 사지 않을 포도처럼 보였다…. 이따금 나부끼는 깃발처럼 그 사이사이를 가로질러 헤엄치는 사람 그림자는 애퀄렁을 멘 목동들인 셈이다.

"젖을 뗄 때까지 대략 한 달을 여기서 키우고, 그다음에는 이제 수중 축사로 보내는 거죠…."

26

> 주문서 제112호
>
> 1. 종요크셔 두 마리
> 2. 상어 피해 방지용 경비견 두 마리
> 3. 사냥용 복슬개 다섯 마리
> 4. 젖소 개량 3호 여덟 마리
> 5. 황설병 예방 백신 200마리 분
>
> 이상, 육상 특급편으로 급히 보내주실 것을 부탁드립니다.
>
> 니가타M 제3해저목장
>
> 야마모토 연구소 귀하

"종요크셔…라고 하면 이렇게 발생한 성질은 그대로 유전되는 건가요?"

우리는 뱃전에 탐조등을 단 보트를 타고, 거의 작은 호수라 해도 될 수중 축사 위를 건너고 있었다. 공기가 무거워 답답했다.

"아뇨, 1세대에는 아직 무리예요. 1세대로부터 태어난 수중 포유류는 어떻게든 키울 수는 있는데, 생식 능력이 없어요…. 그래서 2세대도 똑같은 프로세스로 체외 수정을 시켜보니까, 얘네는 번식 능력이 있더라고요. 그렇게 만든 인공적 2세대를 특히 종돈이나 종우라고 하는 건데…, 품도 들고, 값도 비싸서 아직 널리 퍼지지는 않았어요. 그래도 곧 자력으로 번식할 수 있는 수중 동물이 흔해지는 시대가 오겠죠."

"그런데 여기, 니가타 해저목장은 뭐예요?"

"말 그대로예요, 해저목장이에요."

"그럼 제품을 시장에 내놓고 계시는 거네요?"

"그런 문제라면 저는 잘 몰라요. 그런데 작년 말부터 이런 주문이 늘어나더라고요…. 처음에는 분명히 보소* A 제1해저목장이라는 데였나? 거기 말고도 태평양KL 심해목장 같은, 뭔지도 잘 모르겠는 곳에서도 오고…, 여태 내보낸 동물 숫자는 소, 돼지 합쳐서 대략 20만 마리니까,

---

* 지금의 지바현에 해당하는 지역의 지명.

전국 육지에서 보유 중인 마릿수로 따지면, 5퍼센트가 넘는 숫자예요…. 아마 그 전체가 하나의 조직일 테니까, 어쩌면 사업이 되어 있는지도 모르죠."

"못 믿겠어요."

"아니, 저도 잘 몰라요. 그런데 심해 바닥 퇴적물, 일명 마린스노우라 불리는 플랑크톤 사체들이죠, 그게 돼지 사료로 아주 훌륭하대요. 그렇게 되면 돼지 사료는 무한대로 존재하는 거거든요. 양처럼 방목해서 기를 수도 있어요. 이만하면 사업이 될 가능성도 충분하지 않겠어요? … 보세요, 저 아래, 진공 착유기로 젖을 짜는 곳이에요…."

"그런데 이렇게까지 대대적인 사업을 하면서 소문이 안 난다는 게 안 믿기거든요…."

"그렇죠, 그만큼 철저한 조직이라는 거겠죠…."

노를 쥐고 있던 요리키가 떠보는 듯한 말투로 갑자기 끼어들었다. 나는 아직 요리키를 적이라고도, 같은 편이라고도 결론짓지 못했기 때문에, 그가 누굴 떠보려는 것인지 판단이 바로 서지는 않았다.

실제로 나는 망설이고 있었다. 분명히 이곳을 방문한 뒤, 내 생각은 바뀌었다. 그 점은 요리키가 말한 대로 되었다. 그 전까지는 듣기만 해도 불쾌했던 그 태아 브로커 이야기가 지금은 아주 자연스럽게 느껴지기까지 했다.

그렇게 되자 요 며칠간 일어난 일련의 사건이 지닌 의미도, 다시 한번 처음부터 정리해 볼 필요가 생겼다. 그 회계과장이 살해당한 사건도, 살해 자체는 이제 사건의 중심이 될 수 없다.

어느새 진범을 쫓는다는 처음의 의욕은 퇴색되었고, 지금 내 마음을 지배하고 있는 것은 빼앗긴 내 아이의 존재였다. 범인에 대해서는 그걸로 예언 기계가 보호받는다면, 차라리 그 내연녀가 범인이라고 거짓 예언이 나오게 조작하면 된다고, 속으로 타협까지 보고 있었다. 어떤 의미에서는 이곳을 방문함으로써 진실에 한 발 더 가까워졌다고 할 수도 있지만, 그 이상으로 문제 해결의 측면에서는 더 멀어진 듯했다. 만약 멀어진 거라면, 그래도 상관없다. 이런 문제에 휘말리는 것은 이제 지겨웠다. 요리키는 경찰이 우리를 의심하네 어쩌네 하지만, 경찰도 체면이 중요할 것이다. 거짓말이라도, 예언 기계의 거짓말이라고 하면, 미궁에 빠지는 것보다 낫다고 판단할 것이다. …지금은 단지 한시라도 빨리 돌아가서, 고요하고 정확한 우리 예언 기계 옆에서 안정을 되찾고 싶을 뿐이었다.

하지만 그 전에 반드시 해야 할 일이 하나 있다. 놈들에게 빼앗긴 내 아이를 어떻게든 찾아내 생명을 끊어놓는 거다. 그 일만 해결한다면, 나머지는 깨끗이 손을 뗄 작정이다. 그리고 이번에야말로 완벽하게 평범한 인간을 찾아서, 처음부터 다시 시작하는 거다. 그러고 보니, 와다가 자기를 예언해 달라고 하지 않았었나? 그녀가 샘플이 되어주면, 분명 귀여운 결과가 나올 것이다…. 아니, 여자도 나이가 들면 귀여움이 사라지지만…. 적어도 작은 기쁨과 작은 슬픔이 반복되는, 평화롭고 조용한 미래가 나오겠지. 재미는 없어도, 샘플로서 본다면 이것만큼 확실한 것은 없을 것이다….

"그런데 왜 이렇게까지 비밀로 하는 거지?"

요리키가 참기 힘들었는지 침묵을 깨뜨렸다. 마침 그때 보트가 해안가에 도착했다. 야마모토 씨는 그 큰 몸에 어울리지 않게 가벼운 몸놀림으로 땅 위에 펄쩍 뛰어내리더니, 내게 손을 내밀면서 거북해하는 기색 하나 없이, 온화한 말투로 이렇게 대답했다.

"그건 이 일이 너무나 혁신적이기 때문이지. 국내에서도 그렇고, 국제적으로도 엄청난 일이 될 테니까. 그래도 계속 강행하다 보면 마지막에는 어떻게 될지, 어쩌면 기관의 수뇌부에서도 확실한 전망은 아직 그리지 못한 걸 수도 있고…."

"전망도 못 그리는 일을 왜 하는 거죠?"

"뭐, 재계 인사들 입장에선 이렇게 인공 식민지를 개발하고 싶겠죠. 예전처럼 짭짤한 돈벌이가 되어주는 후진국도 없어졌고, 거기다 적어도 전쟁보다는 확실한 투자가 될 테니까요…. 만약에 선생님 연구소의 예언 기계가 괜히 저널리즘에 흔들리지 않고, 몰래 숨어서 개발되었다면, 아마 높으신 분이 잽싸게 날아가서 수중 식민지의 미래를 예언해 달라고 했을 거예요. 대체 어떤 답이 나올지, 상상만 해도 재미있네요. 모스크바의 예언 기계는, 미래는 공산주의가 될 거라고 예언했다지만, 설마 해저 식민지까지는 고려하지 않았을 테니까요."

"저희는 정치적 예언이 일절 금지되어 있습니다…."

"그러시겠죠. 사회를 예언으로 묶어두는 일은 그게 무슨 목적이든 자유 정신에 반하는 일이니까요."

수중 축사의 해안가를 따라, 콘크리트로 된 벽이 높게 서 있었다. 문이 있고, 안은 또 실내 수영장처럼 되어 있었다. 아까보다는 약간 더 넓고, 사방에 격자가 쳐진 구멍이 뚫려 있었다. 그때, 애퀄렁을 짊어진 조련사가 갑옷을 입은 것처럼 검게 빛나는 개를 훈련시키고 있었다.

"이게 아까 주문서에 있었던 사냥용 복슬개예요. 저렇게 긴 털을 특수 기름으로 굳혀서 피부를 보호하게 만든 거죠. 어느 곳이든 잠입해 들어가야 하니까요. 저기 보세요, 발에 고무 지느러미를 달아놨죠. 저걸 자유롭게 쓸 수 있으면 훈련이 다 된 거예요. 내일 아침 출발이니까, 마지막 훈련이 되겠네요."

갑자기 개가 목을 길게 빼더니 머리를 아래로 비틀며 몸을 뒤집자, 온몸이 일직선이 되면서 격자문으로 날아가듯 달려갔다. 그리고 몸을 되돌린 순간, 그 개의 입에는 물고기 한 마리가 물려 있었다.

"저걸 산 채로 잡아 오는 게 기술이래요."

요리키가 설명을 덧붙이자, 야마모토 씨는 이어서 말했다.

"물고 있는 동안은 입으로 숨을 못 쉬기 때문에 코로 들어간 바닷물을 아가미로 빼내야 하거든요. 오직 이렇게 훈련받은 개만이 가능한 거죠."

개는 조련사가 들고 있는 자루 안에다 입을 통째로 집어넣은 다음 조련사가 자루의 입구를 막고 나서야 입에서 물고기를 놓았다. 정말로 물고기는 자루 안에서 살아 움직이고 있었다.

"선생님."

요리키가 문득 무언가 떠오른 모양이었다.

"저 동물들을 어떻게 육지로 보내는지 아세요? 꽤 재미있더라고요. 저기 뒤에 사슬이 달린 석유 운반용 트럭

이 있잖아요. 저 탱크에 넣어서 보낸대요. 아이디어 좋지 않아요? 길에서 저런 게 대여섯 대나 연결되어서 달리는 걸 보면 상상하게 된다니까요. 하하, 저 안에들 있겠구나, 하고….”

“막 아는 척하고 싶어지지?”

야마모토 씨가 놀리듯 물었다.

“설마요!”

요리키가 당황한 목소리로 대꾸하자 두 사람은 재미있어 죽겠다는 듯 웃었다.

하지만 나는 웃음이 나오지 않았다. 억지웃음을 지을 기력조차 없었다. 그들이 웃을 때마다, 피로에 지친 눈이 엄지손가락만큼 푹 들어가는 기분이 들었다.

27

돌아오는 길에는 연구소에서 마련해 준 차를 탔고, 운전사를 경계하느라 우리는 한마디도 못 했다. 내가 요리키에게 하고 싶은 말은 딱 하나밖에 없었다. 다른 문제로는 떠들고 싶지 않았다. 요리키도 피곤했는지 입을 다물고 있었다. 결국, 난 잠이 들었다. 누가 흔들어 깨워 일어나보니 집 앞이었다. 극심한 두통이 밀려왔다.

“내일은 점심까지 잘래.”

“내일이라뇨, 벌써 새벽 4시예요.”

요리키가 가냘프게 웃으며 창문 너머로 손을 흔드는 모습을 옆눈으로 어렴풋이 확인한 뒤 비틀비틀 집 안으로 들어갔다. 서 있는 것이 신기할 정도였다. 아내는 말이 없었지만, 아내를 신경 쓸 겨를도 없었다. 머리맡 위스키를 잡으려고 손을 뻗었지만, 그것이 손에 닿기도 전에 잠들고 말았다.

꿈속에서 나는 몇 번이고 다시 야마모토 연구소로 끌려갔다. 차에 타고 그곳을 떠났는데, 내려보면 다른 야마모토 연구소에 도착해 있는 거다. 온통 거울로 된 방에서 있는 것처럼, 모든 길이 야마모토 연구소를 향해 무한히 반복되고 있었다. 그리고 그 안에는 무시무시한 것이 살고 있다. 뭐가 무시무시한지는 제대로 설명할 수 없지만, 아무튼 감당할 수 없을 정도로 무서운 것이었다. 작업 시작을 알리는 벨이 울릴 때까지 도착하지 못한 나에게 벌을 내리려 한다. 문 너머에서는 나에 대한 고발이 시작된다. 심장이 한 번씩 고동칠 때마다 고발 내용은 더욱 엄중해진다. 나는 서둘러야 하고, 또 도망쳐야 한다. 나중에는 내가 도망치고 있는 건지, 그 안으로 뛰어 들어가고 있는 건지 모르게 된다. 다시 눈앞에는 야마모토 연구소가 나를 기다리고 있다….

10시가 넘은 시각, 집에서 자고 있었다는 사실을 깨닫고 안심이 됐다. 이 안도감이 우스워서 나도 모르게 웃음이 나왔다. 젊었을 때는 술을 잔뜩 마시고 들어온 날 밤에 자주 이런 꿈을 꿨다. 다시 자려고 했지만, 갑자기 걸리는 게 하나 떠올라 잠이 달아나 버렸다.

자리에서 일어나 청소기 소리를 쫓아 나섰다. 2층 서재였다.

"시끄러웠어?"

아내는 고개도 들지 않고, 손을 멈추려고도 하지 않는다.

"별로…. 물어보고 싶은 게 좀 있는데."

"어제는 도대체 어떻게 된 거야?"

"일 때문에."

"너무 안 들어와서 연구실에 전화해 봤어."

"다른 일이 좀 있었어!"

나는 점점 짜증이 났고, 지금은 화를 내도 될 권리가 있는 것 같은 기분이 들었다. 본격적으로 화를 내려고 하는데, 전화가 왔다. 여기서 멈춰서 다행이다.

신문사에서 온 전화였다. 모스크바 2호가 태평양 해저에 있는 화산들이 활성화할 것이라 예보했고, 그것이 최근 이상 기후와 관계가 있는지 알고 싶으니 일본의 관계자에게 협력을 구하고자 연락을 해왔다고 한다. 그래서 우리 연구소의 예언 기계로, 이 요청을 받아들일 의향이 있는지 묻는 전화였다. 여느 때처럼, 언론 관련 모든 대응은 통계국 부속 프로그램 위원회를 통해서만 하고 있다고 말을 아꼈다. 이런 전화를 받을 때마다 느끼는 굴욕감이 오늘은 한층 더 강하게, 특별한 의미가 더해져 온몸에 스며들었다.

…창밖에는 눈부시게 빛나던 동그란 구름이 순식간에 모양을 바꾸며 녹아버린다. 그 아래에는 잎이 달린 나뭇가지가 있고, 옆집이 있고, 마당이 있다. 이런 일상적인 연속감을 바로 어제까지는 더할 나위 없이 확실한 것이라 믿어왔다. 하지만 지금은 다르다. 어젯밤 본 것이 현실이라면, 이 일상감은 오히려, 너무나 현실 같은 거짓이라 해야 하지 않을까? 모든 것이 뒤집혔다.

예언 기계가 등장했기에 세상은 더욱더 연속적으로, 마치 광물의 결정처럼 고요하고 투명한 것이 될 거라 믿었는데, 아무래도 내가 어리석었나 보다. '알다'는 말의 진짜 의미는 질서나 법칙을 본다는 것이 아니라, 오히려 혼돈을 본다는 것이었을까?

"정말 중요한 거라 그래. 어제 억지로 끌려간 산부인과 말이야, 어떤 곳이었나 다시 한번 잘 생각해 주면 안 될까?"

아내는 수상하다는 눈빛으로 내 시선을 받아치며 입을 다물었다. 물론 그녀로서는 그게 얼마나 중대한 문제인지 알 리도 없고, 또 내가 전혀 관여하지 않았다고는 분명 상상도 못 했을 것이다. 뒷이야기를 전부 설명해 줄 수도 없는 노릇이라, 너무 답답한 나머지 나는 또 화가 나려고 했다. 비밀 엄수라는 연구소 측의 일방적인 요구가 없었어도, 아내에게 진상을 말해주는 것은 쓸데없이 사태를 더 복잡하게 만드는 일일 테다. 내 정신도 이렇게 박살을 내버린 우리 아이의 행방에 대해 만일 아내가 알게 된다면… 그 반응을 상상하는 것만으로도 참담해진다.

하지만 어떻게든 물어봐야 한다. 뭐 좋은 거짓말 없을까?

“거기가 정말 산부인과 같았어?”

“왜?”

희미하게 동요하는 눈빛이 느껴졌다.

“아니, 솔직히 말하면, 아무래도 누가 우릴 골탕 먹이려고 한 것 같아서.”

“왜?”

“옛날 친구 중에 정신이 좀 이상해진 산부인과 의사가 있거든.”

평소 같으면 웃지 않고서는 도저히 꺼내지도 못할 형편없는 거짓말이었지만, 그걸 또 진지한 얼굴로 말하니 효과가 있었다. 아내의 표정이 금세 딱딱하게 굳어간다. 하긴, 여자로서 이만한 모멸은 또 없을 것이다. 만약 내 말이 사실이라면, 반 장난으로 침대에 눕혀져 아이를 빼앗긴 것이 된다.

"그러고 보니까 좀, 병원 같지 않았던 것 같기도 해."

"어떤 느낌이었어?"

"그게…."

아내의 눈이 가늘어지고 뒤로 당긴 머리를 작게 좌우로 흔든다.

"휑하고, 굉장히 어두웠어…."

"바다 근처였지?"

"응…."

"2층짜리 건물이었어? 1층짜리였어?"

"글쎄…."

"건물 앞에 드럼통 여러 개가 놓여 있지 않았어?"

"음… 그랬나?"

"그 의사는 어떻게 생겼어? 몸집이 컸어?"

"그러게, 그랬던 것 같기도 하고."

"뭐야, 전혀 기억을 못 하네."

"이상한 약을 먹였단 말이야. 어렴풋이 뭐가 떠오를 것 같은데, 꼭 내 기억이 아닌 것 같아…. 그래도 약 먹기 전까지는 확실히 기억나. 그 턱에 점 난 간호사는 길에서 만나면 바로 알아볼 수 있어."

하지만 유감스럽게도, 야마모토 연구소에서 턱에 점이 있는 여자는 마주치지 못했다. 이제 남은 방법은 하나밖에 없는 듯하다. 그것은 아내를 예언 기계에 데려가 기억을 더듬어 보는 것이다. 하지만 이 방법은 위험도가 상당하다. 이와 비슷한 과정에서 그 곤도 지카코라는 여자는 독살당했다. …과연 그만한 위험을 감수할 가치가 있는 일일까?

결단을 내린 이유는 그런 가치 판단 때문만은 아니었다. 아마도, 치밀어 오르는 분노 때문이었을 것이다. 이러한 가정과 불안을 아내에게 짊어지게 한 것만으로도 참을 수 없는 일이었다. 처음부터 끝까지 내가 곁에서 지켜보고 있으면 된다. 그래도 위험한 일이 생길지도 모른다고 걱정하는 것은 오히려 나 자신을 모욕하는 일이다.

아내에게 말했다.

"자, 서둘러 준비해…."

28

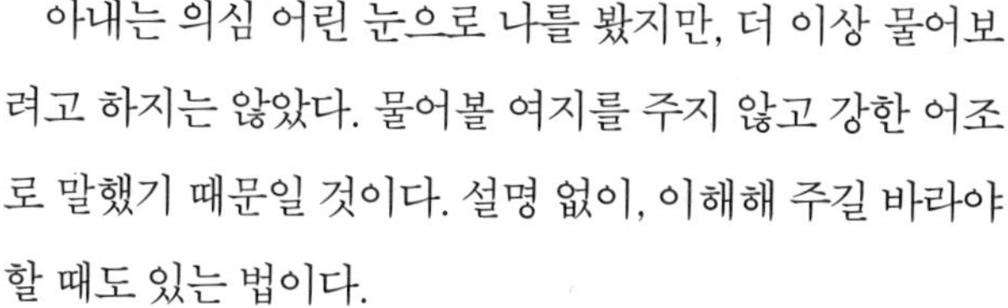

아내는 의심 어린 눈으로 나를 봤지만, 더 이상 물어보려고 하지는 않았다. 물어볼 여지를 주지 않고 강한 어조로 말했기 때문일 것이다. 설명 없이, 이해해 주길 바라야 할 때도 있는 법이다.

그래도 굳은 표정으로 옷을 갈아입으러 아래층으로 내려가는 아내의 뒷모습을 바라보며, 내가 묘하게 자기 분석적인 변명을 하려 했다는 것도 부정할 수 없다. 대체 나는 진심으로 아내를 보호하려고 하는 것일까, 아니면 도구로 이용하려는 것뿐일까? 그런 의문에 양심의 가책을 느끼고 고개를 기울이기도 했다. 하지만 왜 그런 기분이 들었는지는 역시 잘 설명할 수가 없었다. 어쩌면 끝내 우리를 기다리고 있을 무서운 결말을 마음속 어딘가에서는 이미 예측했기 때문일까?

내가 걸핏하면 확신을 잃는 건 사실이다. 판단다운 판단은 아무것도 없다. 오로지 무모함과 불안만 있다. 한결같이 도망치려고 하는 소극적인 마음으로 가득 차 있다. 아들인지 딸인지는 모르지만, 내 아이가 아가미 달린 수중 인간으로 태어나 성장했을 때, 그 아이가 도대체 나와 아내를 어떻게 생각할지 상상만 해도 소름이 끼친다. 이에 비하면, 영아 살인은 양반이고 인도적 행위라고까지 말할 수 있지 않을까….

콧등으로 땀이 방울져 내려오고, 나는 정신을 차렸다. 10분가량을 멍청히 선 채로 아직 세수도 하지 않고 있었다. 아래층으로 내려와 칫솔을 입에 넣자, 술 마신 다음 날처럼 속이 울렁거렸다.

전화벨이 울렸다. 협박 전화인가? ―내 모든 행동을 꿰뚫어 보는, 지독한 전화다― 입을 다 헹구지도 못하고, 전화기로 뛰어갔다. 하지만 전화는 프로그램 위원회의 도모야스에게서 온 것이었다.

"그 모스크바 2호에서 협력 요청이 와서 말인데요…."

그 끈적거리는 말투에도, 나는 이제 전처럼 짜증이 나지 않는다.

"안 되죠?"

태연하게 되받아쳤다.

"아뇨, 아뇨, 안 되는 건 아니죠…. 우선 이번에는 보류로 해주시고…."

늘 이렇다. 또 신문은 뭉개버릴 거다. 보류니 정관이니, 뉴스거리도 안 된다. 게다가 최근에는 예언 기계가 비인간적이라는 주장이 퍼졌는지, 일반인들의 관심까지 완전히 옅어져 버린 듯했다. 하지만 지금의 나에게는 아무래도 상관이 없었다. 그런 것에 신경 쓰고 있을 여유는 없다. 만약, 미래의 덜미를 잡았다고 생각하는 이 겁쟁이 도모야스가 어젯밤 내가 보고 온 것의 100분의 1이라도 알게 된다면…. 말없이 가만히 있자 도모야스가 말을 이었다.

"그런데 일은 잘되고 있는 거죠? 모레 위원회, 기대 많이 하고 있거든요…."

"음, 일반 인격 계수랄지 기초적인 부분에서는 상당히 흥미로운 결과를 보고드릴 수 있을 것 같아요."

"그럼 범인은…."

입술 끝에서 하얀 침이 실처럼 손등으로 떨어졌다.

"오늘 중으로 보고할 내용을 묶어서 요리키한테 제출하라 할게요…."

쫓아버리듯이 갑자기 전화를 끊어버렸다.

수화기를 놓자마자 다시 전화벨이 울렸다. 이번에는 틀림없이 내 목소리를 꼭 닮은 그 협박자의 전화였다.

"가쓰미 선생님이시죠? 이거 참 전화도 빨리 받으시네요. 제 전화를 기다리고 있기라고 한 것처럼 말이죠…."

웃음을 머금은 내 목소리로 그는 놀리듯 그렇게 말하더니, 내가 대답할 틈도 주지 않고, 한층 진지하게 말투를 바꿨다. 그렇게 말하니 더 내 목소리에 가까워졌다.

"아니, 기다리고 있기라고 한 것처럼이 아니라, 실제로 날 기다린 거예요…. 맞죠? 어쨌든 선생님은 또 제가 충고해 드리고 싶어질 일을 몰래 하려고 했으니까요…."

분명 나는 이 협박 전화를 받은 예상했다. 무언가 행동을 취하려고 할 때마다, 꼭 집요하게 방해한다. 그렇지만 아무리 예상했어도 당황스럽기는 했다. 왜냐하면 우리 집에 도청기를 달아놓지 않는 이상, 아내를 예언 기계에 데려가겠다는 내 계획을 예견한다는 건, 어젯밤까지의 행동을 완전히 함께한 요리키 말고는 불가능하다…. 그렇다고 여태까지 그 정도로 교묘했던 요리키가 갑자기 이토록 싱겁게 꼬리를 밟히는 것도, 그에 못지않게 부자연스러웠다…. 보이지 않는 감시자의 기척을 가까이 느끼며, 나는 소름이 돋았다.

"기다리긴 개뿔…. 우연이야!"

"알아요. 내가 전화하기 직전에 통화 중이셨으니까요…."

나는 혼란스러웠다. 내가 이해하기로는, 기껏해야 내 목소리로 말하는 예언 기계 목소리를 녹음해 옮긴 것 정도로만 생각했는데, 아무리 상대가 정황에 따라 문구를 말한다고 해도, 내 말을 이렇게까지 받아친다는 건 상상도 되지 않았다.

"하하, 놀라셨어요?"

상대방은 내 당황한 모습이 눈에 보이기라도 하는 듯, 웃고 있는 것 같았다. 전화기로 강한 바람이 느껴졌다.

"그럼 이제 슬슬 내가 누군지 감을 잡았겠죠?"

"당신 누구야?"

"누구냐라…. 아직도 모르세요? 그럼 힌트 하나 더 드릴게요. 방금 전화 건 사람, 프로그램 위원회 도모야스 씨 맞죠?"

"요리키구나! …아니, 당연히 넌 기계야. 그냥 목소리야. 그 뒤에서 조종하는 게 요리키겠지, 틀림없어. 거기 있지? 빨리 나와!"

"억지를 부리시네. 떠들고 있는 게 나라면, 듣고 있는 것도 나죠. 난 내 의지로 이 전화를 걸었어요. 인간이 조종하는 기계가 이 정도로 임기응변 있는 대화를 할 수 있다고 보세요? …예를 들어, 지금 선생님은 입 안 가득 침을 머금고 말하고 있죠. 혹시 입 헹구다가 뛰어나와서 전화받은 거 아니에요? 맞죠? 원하신다면 헹구고 오실 때까지 기다려 드릴게요. 저런, 무례했나요? 약 올리려고 하는 말은 아니에요. 저는 단지 완벽하게 내 의지만으로 말하는 거라는 걸….”

“그래서 누구냐고, 똑바로 말하란 말이야!”

“그러게요, 그게 좋을 것 같네요…. 그럼, 정말로 아직 눈치 못 챈 거죠? …뭐, 그럴 수도 있어요. 그런데 선생님도 내 목소리가 선생님 목소리와 똑같다는 것까지는 당연히 알고 있을 거예요…. 어쩌면 닮은 사람일 수도 있겠다… 뭐 그런 식으로 생각했겠죠…. 아니, 그래도 괜찮아요. 결국 선생님이 내 정체를 궁금해하지 않는, 아니지, 알려고 노력하지 않는 이유, 그리고 이렇게 지금 제가 선생님한테 전화를 드려야만 한 이유는 말하자면, 동전의 양면 같은 거라…. 그러니까 결국, 제가 중요한 사실을 알려드리는 것 자체가….”

“그럼 왜 직접 내 앞에는 안 나타나는 거지? 그럼 얘기도 훨씬 쉬어질 텐데.”

“그럴까요? …아쉽게도 그게 안 돼요. 그리고 그 얘기라는 게, 애초에 그렇게 복잡한 게 아니거든요….”

"그럼 어디 쉽게 끝내보시지."

"그럴게요."

그의 말에 약간 힘이 들어갔다.

"제가 할 말은 당신이 돌이킬 수 없는 결심을 했다는 거예요."

난 조심해야겠다고 다짐했다. 상대는 야쿠자 같은 말부터 높은 관리직 같은 어투까지 자유자재로 쓰고 있다. 한 가지 얼굴만 가지고 사는 평범한 인간이 아니라는 소리다. 신분이나 직업 같은 가면을 벗기고 안으로 깊숙이 들어올 수 있는 사람, 또 사람을 상대하는 직업이라면, 우선 형사 아니면 공갈 협박범 정도일 것이다. 내 생각을 모두 알고 있는 척해서, 유도 신문으로 허를 찌르려는 걸 수도 있다.

"하긴…."

그는 낮게 콜록거리면서 내 침묵에 이렇게 답변했다.

"그런 식으로 저를 의심하는 것도 무리는 아니죠. 그런데 저는 알거든요. 당신은 지금 아내를 데리고 외출하려고 했어요. 맞죠? …아니, 근처에서 쌍안경으로 훔쳐본다는 생각은 말아주세요. 어차피 지금 감시하는 놈이 댁 앞에 잠복하고 있기는 해요…. 자, 잠깐 복도 끝에 가서 창문 바깥을 보세요, 빨리!"

재촉을 당하고, 전화기를 내려놓고, 시키는 대로 밖을 엿보자, 문 앞을 왼쪽에서 오른쪽으로 그때의 미행자가 지루한 표정을 지은 채 지나가고 있었다. 전화기가 날 기다리고 있다. 나는 전화 쪽으로 가서 소리가 나지 않도록 조심스럽게 수화기를 들었다.

"봤어요?"

어떻게 내가 돌아온 걸 알았을까? 나는 아무 말도 하지 않았지만, 그는 아랑곳하지 않고 말을 이었다.

"저번에 당신이랑 격투를 벌였던 그 젊은 남자예요. 꽤 유능한 암살 전문가죠."

"도대체 어디서 전화를 건 거야?"

등줄기를 뻣뻣하게 만든 소름이 머리까지 타고 올라오는 것을 꾹 참고, 나는 전화기를 붙든 채로, 우리 집을 엿볼 수 있을 만한 창문 달린 이웃집을 머릿속 지도로 곱씹어 보았다….

"아니, 근처에서 거는 거 아니라니까요. 자, 마침 잘됐네, 근처에 소방차가 지나가요. 창문 열게요. 들리죠? 그런데 댁 근처에서는 아무 소리도 안 나잖아요…."

"녹음기를 쓰면 그 정도쯤이야."

"암요…. 그럼 이쪽 전화번호를 알려드릴게요. 그럼 더 의심은 안 하시겠죠. 일단 끊고, 이 번호로 다시 걸어보세요. 아시겠죠?"

"됐어. 내가 왜 그래야 하지?"

"아니, 하나도 안 됐어."

그의 목소리가 갑자기 날 가르치려는 말투로 바뀌었다.

"지금이 아주 중요하거든. 나는 모든 걸 꿰뚫어 보고 있다고…."

"그렇군, 그래서?"

"너… 아직도 모르겠어?"

협박자는 크게 한숨을 쉬었다. '너'라는 반말을 쓰는 돌변한 태도도 거슬리지 않을 정도로, 그의 말에는 어딘가 절실함이 묻어 있었다.

"이렇게까지 말해주는데 아직도 몰라? …나잖아, 나. 너라고…. 난 너야!"

29

✶

긴 침묵이 흐르는 동안, 나는 미동도 하지 않았다. 몸뿐 아니라, 마음속까지 멈춰버렸다. 이건 그저 단순히 놀랐다는 일차원적인 감정이 아니라, 이야기를 듣고 보니 처음부터 얼핏 그런 생각을 했던 것도 같은, 그러면서도 지금 당장 머리가 돌아버릴 것 같은, 평정과 혼란이 뒤섞인 이상한 기분이었다. 이 평정심을 예로 들면, 어디서 본 사람인 줄 알았는데 알고 보니 큰 거울에 비친 내 모습이었을 때의 그 한심한 우스꽝스러움이었고, 혼란이라는 건 꿈속에서 귀신이 되어 천장으로 떠올라 시체가 된 나를 내려다볼 때의 이상하리만치 슬픈 절망감….

가까스로 나는 말을 찾아 끼워 맞춰보았다.

"그럼 넌 예언 기계로 만든, 나의 합성물이라는 건가?"

"그렇다고 볼 수 있지만, 그렇게 단순하지 않아. 그냥 합성물이 이런 식으로 말을 할 수 있을 리 없잖아."

보이지 않는 상대를 향해, 나도 모르게 고개를 끄덕였다.

"그래도 설마, 의식을 가진 건 아니겠지?"

"설마…."

그는 울먹이는 것처럼 콧소리를 냈다.

"나한테는 육체가 없어. 네가 상상하는 대로, 나는 그냥 미리 녹음해 놓은 테이프에 불과해. 당연히 의식처럼 고상한 게 있을 리가 없지. 그런데 의식 이상의 필연성과 확실성을 갖추고 있어. 너의 사고가 어디로 흐를지, 난 전부 다 알거든. 그러니 네가 아무리 제멋대로 군들, 내 안에 정해져 있는 프로그램에서 한 발짝도 밖으로 나갈 수가 없어."

"네가 하는 말의 초안을 짠 놈은 누구지?"

"누구도 아니야. 너 자신에게서 필연적으로 나온 거야."

"그 말은…."

"그래, 난 제1차 예언에서 네 미래를 봐버린, 제2차 예언값이야. 말하자면 난 너야. 널 알아버린 너라고."

갑자기 나 자신이 멀고, 작고, 아득하게 느껴졌다. 지금까지 내가 있던 곳에는 묵직하게 크고, 미끈미끈한 아픔이, 이발소의 삼색등처럼 감질나는 속도로 삐걱삐걱 돌아가고 있다….

"그래도 요리키나 누가 너한테 전화하라고 시킨 건 맞지?"

"아직도 그 소리네. 넌 아직 이 사태를 제대로 파악 못 했구나. 내 의지는 너의 의지라니까. 너는 아직 자각을 못 하고 있을 뿐이야. 네가 자기 미래를 알았으면 했을 법한 걸, 하고 있을 뿐이라고."

"녹음기가 어떻게 움직일 수 있지?"

"김빠지는 소리 좀 하지 마. 당연히 다른 사람한테 부탁했지. 날 도와줄 수 있는 사람은 네가 상상한 대로 그래, 요리키야…. 그런데 그 녀석의 음모란 생각은 하지 마. 여태까지 요리키가 한 행동은 전부 내가 부탁한 거니까. 내 부탁이라는 건, 결국 네 부탁이기도 해. 요리키를 의심할 정도면 스스로를 의심해 보는 게 좋을 거야…."

"알았어, 그건 그렇다 치고…. 그런데 왜 협박 전화를 해서 날 혼란에 빠뜨린 거야?"

"혼란이 아니야, 경고지."

"그렇게까지 빙 둘러서 경고할 필요는 없지 않아? 넌 내 미래를 알고 있으니까, 내 적이 누군지도 알고 있었겠지? 속 시원하게 알려주면 안 되는 거야?"

"적이라…. 또 이러네…. 틀림없이 적은 내부에 있어. 그런 사고방식이야말로, 실은 우리의 적이었어…. 난 단지 널 파국에서 구해주려고…. 아, 맞다, 마침 잘됐어, 거기 사다코가…, 아니, 아무리 내가 너여도 내가 이름을 막 부르면 역시 귀에 거슬리려나? 뭐, 아내라고 할게. 아내가 채비를 마치고 그 문밖에서 기다리고 있어. 이게 기묘한 전화라는 걸 직감하고 훔쳐 듣고 있는 모양이야. 내가 좀 물어볼 게 있거든. 불러주겠어?"

"말도 안 돼."

"그렇게 나올 줄 알았어. 하나를 말하면, 전부를 다 말해야 하니까. 그런데 너에겐 그럴 용기는 없지. 지금 외출하는 이유도 아직 말 안 했지? 이렇게 됐으니, 이제 그럴 필요도 없게 됐지만…."

"왜? 난 이런 모욕을 그냥 넘어갈 생각 없어…."

"그래, 뭐. 전화 바꿔주기 싫으면, 네가 대신 물어봐도 돼. 그 왜, 아내를 속인, 점 있는 가짜 간호사 있잖아…. 아내가 분명히 턱에 점이 있다고 그랬지…. 그런데 착각했을 가능성은 없을까? 점이 난 곳은 턱이 아니라, 윗입술 조금 위 아니었냐고 물어봐 주겠어?"

30

✶

가슴이 갑갑해지고 헐떡거릴 때까지, 나는 숨을 쉬는 것조차 잊어버릴 정도였다. 아득히 머나먼 곳에서 희미한 한 줄기 빛이 내려오자, 나를 둘러싼 광경이 한순간에 돌변했다. 턱이 아니라, 인중에 점이 난 여자…. 기억이란 건 원래 애매한 터라, 어쩌면 착각했을지도 모른다…. 그렇다면 그 간호사는 사실 내 조수인 와다 가쓰코가 아니었을까? 와다의 윗입술 위에는 점이 있다. 그녀는 그 점이 신경 쓰이는지 고개를 자꾸 숙이곤 한다. 그러면 자연스레 얼굴 아래쪽에 점이 있다고 인식하게 되어, 어렴풋한 기억 속에서는 그 점이 턱으로 이동하는 일도 충분히 가능하다.

"여보, 사다코!"

당황한 나는 집 안 어디에서라도 들릴 만큼 큰 목소리로 외쳤다.

"그 간호사 점 말이야…."

갑자기 눈앞에서 문이 열리고, 놀란 아내의 얼굴이 비스듬하게 들어왔다.

"왜 그래? 깜짝 놀랐잖아."

"아니, 그 점 말이야, 턱이 아니라 여기… 이 근처에 있지 않았어?"

"응…, 그러고 보니까 그랬던 것도 같고…."

"잘 생각해 봐, 응? 어디에 있었어?"

"보면 알 것 같은데…, 맞아, 거기에 있었던 것 같아."

"틀림없다니까…."

전화기 너머의 내가 다시 입을 열었다.

나는 서둘러 아내를 내보내려고 손을 흔들었다. 하지만 아내는 가지 않았고, 차가운 눈으로 나를 가만히 바라봤다. 왜 그런 얼굴을 하는 건지, 전혀 이해가 가지 않았다. 하는 수 없이 수화기를 귀에 바짝 대고 묵묵히 등을 돌렸다.

"그러니까…."

그는 —또 한 명의 나는— 말을 이었다.

“그 여자는 네가 상상한 대로 그 와다 씨 맞아. 올해 설날에 연구소 사람들이 다 같이 집에 인사하러 왔을 때, 우연히 그녀는 감기에 걸려서 오지 못 했어. 그래서 아내는 그녀를 몰랐던 거야, 어때? 네가 말한 그 적이고 네 편이고 하는 관념도, 이제 쓸모없다는 걸 알았지?”

“그게 만약 사실이면, 기가 막힌 얘긴데…. 그녀가 벌인 일도, 내 부탁, 다시 말해 네 부탁이었단 거니까.”

“뭐가 불만이야?”

나는 슬쩍 뒤를 돌아봤다. 아내는 이제 없었다.

“…그러니까 더 모든 사람이 적으로만 보이잖아.”

“그렇겠지….”

그는 온화하게, 내가 그렇게 생각해서인지는 몰라도 한탄하는 듯이 말했다.

“그러니까, 너 자신이, 어떻게도 할 수 없는 너 자신의 적이었다는 거야. 우린 널 위해서 할 수 있는 모든 노력을 해왔어….”

“알았어, 알았다고!”

갑자기 공연스레 화가 치밀어 올랐다.

“얼른 결론을 말해. 질질 끄는 거 못 들어주겠어. 도대체 뭘 어쩌라는 거야?”

“이상하네, 결론은 이미 나온 줄 알았는데…. 그러니까

아내를 굳이 데리고 나가서 복잡한 일 만들 필요는 없다는 거야…."

"왜 복잡한 일이 생기는데?"

"그렇잖아…. 아니면 넌, 아무런 설명도 안 해주는데 아내가 순순히 예언 기계 앞으로 가줄 줄 알았어? …그랬다면, 나 참, 너도 참 어수룩한 인간이야…. 아마 너는 내가 보고도 못 본 척하는 냉혈 인간이라고 자만했던 것 같은데, 그건 어디까지나 네가 따분하고, 보수적인 인간이었다는 거야. 속마음을 들여다보겠다고 하면 아내는 싫다고 할걸? 왜냐면 아내의 마음속에는 절대로 너한테 보여주고 싶지 않은 게 있으니까…. 아니, 안심해, 불륜이나 질투의 씨앗이 될 만한 건 아니야. 그런데 그것보다 더 나쁜 걸지도 몰라…. 경멸과 포기랄까."

"무슨 소릴 하는 건지…."

"그게, 복병이라는 건 원래 말도 안 되는 데서 튀어나오거든. 생각지도 못한 곳에 장애물이 있고, 그게 운명의 전환점이 돼…. 다시 말해 넌 아내를 구워삶기 위해서, 너도 모르게 슬며시 어떤 사실의 한 자락을 모조리 끄집어내게 될 거야…. 그리고 넌 본의 아니게, 야마모토 연구소에서 한 그 약속을 깨게 되겠지."

"그딴 가정으로…."

"아니, 가정이 아니야, 이미 확정된 일이야…, 결론이 난 거나 마찬가지야…. 만약에 내가 이 전화를 걸지 않았다면, 반드시 그렇게 됐을 거야. 그래도 아직 도망칠 구멍이 있기는 해…. 예를 들어, 야마모토 씨한테 부탁해서, 아예 네 아내의 견학 허가를 신청하던가…, 근데 그럴 생각은 없어 보이네. 넌 완전히 반대쪽으로 생각하고 있어. 그렇지? 넌 그 연구소를 견학한 뒤로, 지금까지의 일상성이 뒤집힌 현실이라고 막 느꼈는데, 겨우 네 자식을 죽이고, 미래와의 연결 고리를 끊고, 뒤집힌 세계로 도망칠 궁리만 하고 있어. …기억나? 어젯밤 와다가 너랑 얘기하면서 이건 재판이라고 했던 거. 그래, 그건 정말로 재판이었어. 그리고 지금 내가 하는 말은 그 판결일 수도 있어. 넌 예언 기계의 제작자에 안 어울려, 뼛속부터 보수주의자야. 깜짝 놀랄 만큼 보수적인 인간이야."

"굳이 그런 설교나 하려고 전화한 거야?"

"남의 얘기하듯 말하지 마, 난 너라니까…. 뭐, 됐어…. 아무튼 희생자의 숫자는 최소한으로 줄이고 싶어. 너도 그 간호사가 와다였다는 걸 알게 된 이상, 아내를 예언 기계로 데려갈 필요는 없어졌어. 여기에만 동의해 주면 돼."

"역시 내 아이도 수중 인간용 인공 태반 안에 들어가 있다는 거야?"

"맞아."

"왜? 왜 그래야만 하는 건데?"

"알아. 그 이유를 알고 싶겠지…. 아까 야마모토 씨도 네가 인간의 체외 수정에 대해 당연히 물어볼 줄 알았는데, 어지간히도 조심성 있는 사람이라면서 웃었대. 그래서 내가 수중 인간 양육장에 견학 신청을 해놨어. 여기는 여기대로 가축 쪽이랑 다르게 별도로 신청을 해야 하거든. 아마 심사는 끝났을 텐데, 결과는 직접 그쪽 위원회에 가서 물어보면 돼. 아마 5시쯤에 누가 거기로 마중을 와 줄 테니까…."

"하나만 더…. 도대체 그 회계과장을 죽인 진범은 누구였던 거야?"

"당연히 요리키지…. 아니, 서두르지 마, 그 명령을 내린 것도 바로 나, 즉 너였으니까."

"알 게 뭐야!"

"알 게 없어도 그게 사실이니까 어쩔 수 없어."

"거기 있는 사람, 요리키 맞지? 지금 기침한 사람…."

"아니, 와다 씨야."

"누구든 상관없어, 빨리 바꿔줘!"

"바꿔줄까?"

그는 돌아서서 묻는 듯한 목소리를 냈고 곧바로 와다

의 유쾌한 웃음소리가 들렸다….

"아니, 선생님 직접 얘기하고 계시잖아요…."

맞는 말이다. 거기에 벌써 내가 있는 한, 내가 얼굴을 들이미는 건 어떻게 봐도 우스꽝스러운 이야기다. 하지만 나의 입장은 대체 어떻게 되는 것일까? 문득 손가락의 감각이 둔해지고, 땀으로 끈적끈적해진 수화기가 미끄러져 떨어뜨릴 뻔했다. 허둥지둥 다른 손으로 잡으려는데 그만 전화를 끊고 말았다. 다시 걸고 싶어도, 이제는 그저 낮게 윙윙거리는 소리만 들렸다.

하지만 아마 이것으로 잘된 것인지도 모른다. 그가 내 제2차 예언값이고, 나의 모든 것을 꿰뚫어 본다면, 방금 실수도 예상했을 것이다. 그래도 나로서는 아직 물어보고 싶은 것이 있었다. 그 회계과장을 죽이라고 그가 명령했다면, 적어도 그 이전에, 이미 그는 존재했었다는 말이 된다. 다시 말해, 개인의 미래를 예언하기로 마음먹기도 전에 그는 벌써 존재했다는 것이 된다. 대체 그가 태어난 건 정확히 언제쯤일까? 그리고 그를 탄생시킨 건 누구일까?

요리키에게 전화를 걸어 보았다. 외출 중이었다. 물론 와다도 받지 않았다.

문 너머에서 아내가 말을 걸었다.

"준비 다 끝났어."

"아니야, 됐어."

"되긴 뭐가 돼?"

"같이 안 가도 되게 됐어."

"그래? 아주 이상한 전화를 받았나 봐."

나는 문을 열고, 거실 입구를 가로막았다. 아내는 눈을 내리깔며 허리에 둘렀던 끈을 풀고, 경대 옆으로 내던졌다.

"뭐 좀 물어볼게. 날 경멸해?"

아내는 깜짝 놀란 얼굴을 들고, 무슨 엉뚱한 소리냐는 듯 가쁜 숨을 쉬며 웃었다.

"못 살아, 입에 하얗게 치약이나 묻히고…."

나는 김이 빠졌다. 아직도 뭔가를 말하려는 나 때문에 힘이 빠졌다. 나에겐 그 울적한 웃는 얼굴이, 아내에겐 치약 묻은 한심한 얼굴이, 서로를 바라보는 마지막 얼굴일 거라고는 꿈에도 모른 채, 그대로 세면대로 돌아가 입을 헹구고, 수염을 깎았다.

31

✶

30분 간격으로 연구실에 전화를 넣어, 요리키가 어디 있는지를 찾았다. 그사이 천천히 시간을 들여 신문을 읽었다. 여전히 국제 협정, 영해 문제, 경제 스파이…, 이상 기후, 해면 상승, 지진…, 그리고 미인과 살인과 화재와 자랑스러운 정신에 관한 이야기. 그런데 이 건조하기 짝이 없는 현상 속에서 나는 꽤 감상적인 기분이 들었다는 것이 신기했다. 저 먼 미래의 한 자락을 보고 만 나에게는 46세라는 나이를 포함해서, 모든 일상적인 것들이 아득히 먼 옛 기억처럼 느껴졌다. 나는 힘없이 홀로 남겨졌다는 느낌이 들었다.

어느 틈에 또 졸고 말았다. 얼굴 아래 깔아놓았던 신문이, 딱 얼굴 크기만큼 젖어 얼룩져 있었다. 요시오가 학교에서 돌아와, 가방을 내팽개치고 금방 뛰어나가려는 것을, 아내의 화난 목소리가 쫓아가고 있다. 덩달아 나도 일어섰다. 요시오를 불러 할 말이 있었다. 하지만 바로 그 순간, 가벼운 발소리는 어딘가 먼 골목 사이로 사라져 버렸다.

나는 곧장 아래층으로 내려왔다. 부엌에서 아내가 말을 걸었다.

"뭐 먹을래?"

"아니, 지금은 됐어…."

나무 샌들을 대충 발에 걸치고 밖으로 나갔다. 땀이 밴 와이셔츠도 말릴 겸, 잠깐 근처를 산책할 생각이었다.

밖으로 나오자마자 그 미행자가 눈에 들어왔다. 남자는 무거운 발걸음으로, 두세 걸음에 한 번씩 길가의 돌멩이를 좌우로 걷어차며, 지겨워 죽겠다는 표정으로 이제 이쪽으로 오려던 참이었다. 나를 보고 순간 놀랐는지 멈춰섰다. 그에게 다가갔지만, 이번에는 도망칠 생각도 안 하고, 난처해 보이는 미소를 지으며 머리를 숙였다.

"뭐 하는 짓이야!"

"아…."

나는 무시하고 지나치려고 했다. 하지만 상대는 발길

을 돌려, 계속 날 따라오려고 했다. 뭐, 그러던가 말던가. 설마 이런 데서 주먹을 쓸 정도로 바보는 아닐 것이다. 끊임없이 어딘가에서 아이들의 노는 소리가 들리고, 어디를 봐도 반드시 행인이 눈에 걸렸다. 조금 더 가서, 전에는 훨씬 더 일을 깔끔하게 하지 않았었느냐고 비꼬았는데, 상대는 한없이 천진하게 이까지 드러내며 웃었다.

"아니에요, 그냥 하라는 대로 한 건데…."

"근데 그쪽 암살 기술이 엄청나다던데."

"아유 무슨, 전 그냥 명령대로 하는 거예요…."

"그럼 지금은 무슨 명령을 받았어요?"

"아…."

남자는 갑자기 당황한 듯 눈을 내리깔았다.

"그냥, 선생님을 보고 있으라고 했던 것 같은데요…."

"누가 그런 소릴 했지?"

"저기요, 선생님이 그러셨잖아요?"

그렇군. 그렇게 된 거군. 또 한 명의 나는 아무래도 암살 계획 주문까지 받으며 사는 모양이다. 하지만 그런 성격이 대체 내 어디에서 나오는 것인지 짐작조차 가지 않았다. 이 정도로 위압당하고, 움츠러들지 않았다면, 고뇌는 이 두툼한 뱃살 속에서조차 바깥공기보다도 뜨겁게 불타올라, 나는 열병에 걸린 사람처럼 벌벌 떨었을 것이다.

"그건 그렇고, 여태까지 죽인 사람이 몇 명쯤 되더라?"

"어휴, 죽겠어요, 선생님 쪽으로 오고부터는 아직 한 명도 못 죽여서…."

나는 안심했다.

"그러니까, 나한테 오기 전에 말이야."

"11명이요. 흔적을 안 남기는 게 제 특기거든요. 한 번 기절시켰다가 코랑 입을 막고 질식시켜 버리니까요. 품은 좀 들어도 어쨌든 안전한 게 좋죠. 익사로 위장할 땐, 코를 막는 대신, 고무관으로 물을 넣어요. 그러면서 인공호흡하는 식으로, 폐까지 물을 집어넣는 거예요. 그렇게 하면 익사랑 아무도 구분 못 해요. 그리고 또 목 조르는 방법도요, 다 비결이 있어요. 이렇게 손바닥을 펴서 목 전체를 평평하게 눌러주면 시간은 좀 걸려도 일단 흔적이 하나도 안 남아요. 근데 이 방법을 쓰면 단점이 아무래도 상대가 깨서 반항을 한단 말이에요. 기술만으로는 안 되겠다 싶을 땐 어쩔 수 없으니까, 절대로 치명상으로 안 보일 정도로만 상처를 내서 상대를 때려눕혀야죠. 예를 들면, 손가락 관절을 꺾거나 눈알을 손톱으로 찍어버리거나…. 네, 맞아요, 무슨 일이 있어도 전 절대로 도구 따위는 안 써요. 도구는 반드시 흔적을 남기거든요. 맨손

하나로 하는 거예요. …저는요, 이거 하나는 자랑할 수 있는데요, 대충 딱 보면 저놈은 어딜 공략해야 할지, 한방에 견적이 나와요. 일종의 최면술이랄까요? 급소를 눌러서 죽은 기분을 맛보게 해주는 거예요. 예를 들어서, 선생님은…, 아, 그러네…, 근데 이거, 원래는 막 말해주면 안 되거든요. 왜냐면 상대가 미리 알면 효과가 훨씬 떨어지니까요. 근데 선생님은 괜찮겠죠…. 음, 말해도 되는 거 맞죠? 어디 보자, 선생님 같은 경우는 딱 얼굴 쪽 아니면 이옆구리를 노리면 돼요…."

또 한 명의 나는 대체 무슨 생각으로 이런 사람을 고용한 걸까? 고용해 놓고 아직 한 번도 일을 시키지 않았다는 것은 내 호위를 부탁하려고 했던 걸 수도 있고, 아니면 나를 전문으로 마크하라고 시킨 걸 수도 있다. 뭐가 됐든, 일이 참 웃기게 돌아가고 있었다. 이런 사람을 달고 태평하게 산책이나 하고….

"그만 가봐도 돼."

"저 안 속습니다."

그는 낄낄 웃으며 음흉하게 눈을 흘겼다.

"선생님은 문서로 주는 명령 외에는, 그게 본인 입으로 한 명령이라도 절대로 곧이곧대로 들으면 안 된다고 하셨잖아요. 아무렴 거기에 제가 넘어갈까. 그것보다 선생님, 시간 있으시면 밥이라도 같이 먹으면 안 돼요? 아침에 나오는데 도시락을 깜빡했지 뭐예요. 포기하고 있었는데, 선생님이랑 같이 먹으면 명령을 어긴 건 아니게 되니까요…. 부탁 좀 드려요, 선생님…. 메밀국수나 우동이면 돼요…."

결국, 거절의 말을 찾는 것이 귀찮기도 했고, 이놈을 포섭해 둬야겠다는, 다소 계산적인 꿍꿍이도 있어서, 근처 메밀국수 집으로 가 밥을 사줬다. 생각해 보면, 나도 아침부터 입에 댄 것이 없었다. 식욕은 없었지만, 간 김에 판 메밀을 하나 주문했다. 나의 살벌한 친구는 이렇게 더운데도 국물 있는 우동을 시키더니, 새빨개질 정도로 고춧가루를 뿌린 다음 면을 한 줄 한 줄 확인이라도 하듯 천천히 시간을 들여 먹었다. 얼굴 위를 파리가 기어 다니는 것도 모를 정도로, 먹는 데에 열중했다. 사람 죽이는 이야기보다도 더 께름칙해 보일 정도였다.

마침 텔레비전이 주간 공연의 중계를 마치고, 5시를 알렸다. 남자는 반사적으로 일어서며 두리번거렸다.

"5시에 전화해서, 오늘 밤 선생님을 모시고 갈 장소를 전해 듣기로 했는데…."

너무 초조해 보이는 얼굴로, 그는 뛰어나가 전화를 걸기 시작했다. 두 마디, 세 마디, 고개만 끄덕이다가 금방 전화를 끊고, 편안한 표정으로 다시 돌아왔다.

"다들 모여 계시다고 빨리 와줬으면 좋겠대요."

"어디로?"

"어디라뇨, 약속하셨잖아요…. 5시 넘어서 제가 선생님 댁 앞으로 모시러 가는 거로…."

그럼, 또 한 명의 내가 보내기로 했던, 그 수중 인간 양육장 위원회에서 보낸다는 사람이 바로 이 사람이었던 건가? 굉장히 단순해 보이면서 복잡해 보이고, 복잡해 보이면서도 지나치게 단순하다.

"그런데 지금 전화는 누구한테 건 거야?"

"요리키 선생님이요."

"요리키… 요리키가 왜? …요리키가 그런 위원회에도 관련이 있어?"

"글쎄요…."

"어딘지는 아는 거지?"

"네…."

마음이 급해져 먼저 가게를 나와 그 자리에서 택시를 잡았다. 드디어 수수께끼의 고리가 닫히고, 함정의 실을 쥐고 있는 사냥꾼이 얼굴을 드러내고, 서로 뒤엉킨 나뭇가지 안에서 나무줄기의 정체가 밝혀지는 거다. 줄 건 주고, 받을 건 받은 다음, 남은 계산은 확실히 해야 한다. 주름투성이인 셔츠에 나무 샌들을 신은 복장도 지금은 하나도 신경 쓰이지 않고, 메밀국수 집에서 돈을 내고 남은 돈이 30엔밖에 안 되는 것도 전혀 신경 쓰이지 않았다. 요리키가 있으니까, 택시비 정도 내달라고 해야지….

과연 암살자답게 나의 안내자는 길눈이 훤했다. 거기서 오른쪽, 거기서 왼쪽, 이러면서 일부러 좁은 길을 골라 목적지로 가게 했다. 하지만 내가 상상했던 방향—그때 그 매립지 방향—과는 상당히 다른 것 같아서 점점 마음이 불안해졌다. 잠시 후 익숙한 거리가 나왔다. 아침저녁으로 오고 가는 전찻길…, 남자가 택시 기사의 어깨 너머로 말했다.

"저기 담배 가게 모퉁이에서 꺾어져서 바로 오른쪽, 저 하얀 담벼락 앞이요."

"이게 뭐야!"

당황한 나머지 나도 모르게 운전석 등받이에 손을 댔다.

"저건 계산기술연구소 분실이잖아. 내 연구실이잖아."

"네…."

남자는 구석으로 몸을 붙였다.

"그런데 요리키 선생님이 여기라고 하셨거든요…."

아니라고 고집을 부릴 근거는 없었기 때문에, 여기서 싸워봤자 의미도 없다. 일단 내려서 경비실에 물어보기로 했다. 확실히 모여들 있다고 했다. 내가 도착하면 바로 연락을 달라고 했다고 하는 거로 봐서, 틀림없는 것 같았다. 안내자인 남자도 안심이 된 듯 고개를 끄덕이고, 자꾸만 턱을 만지고 있었다.

"어느 방이죠?"

"네, 2층 예언 기계 방일 겁니다…."

창문은 저녁 무렵의 얇은 구름을 비추고, 하얀빛 말고는 아무것도 보이지 않았다. 택시비를 대신 치르게 하고 걸어가다 문득 돌아봤는데, 경비원은 깜짝 놀란 눈으로 내 나무 샌들을 뚫어져라 보고 있었다. 문제의 암살자 씨도 옆에서 나란히, 보기에 따라서는 고분고분하게, 긴 양팔을 축 늘어뜨리고 웃고 있었다.

입구에서 손님용 슬리퍼로 갈아신었다.

중간에 아래층 자료실을 들여다보니, 끈질긴 기무라가 네 명뿐인 젊은 직원들과 함께 언제, 무슨 목적으로 쓰일지도 모를, 잡다한 자료와 데이터들을 부지런히 분류하고 또 기호화하는 작업에 몰두하고 있었다. 말하자면, 예언 기계를 위한 지식과 영양분이 모인 조리실이었다. 그저 '사실'만을 믿으면 된다는, 단조로우면서 확실한 작업 안에 매몰되어 있으면, 예언 기계가 그 영양을 과식하든 소화 불량을 일으키든 크게 신경을 쓰지 않을지도 모르겠다. 솔직히 말하면, 나도 이런 종류의 일을 더 좋아했다. 조사실은 텅 비어 있었다.

한쪽 벽에만 창문이 있는 2층 복도는 벌써 어두웠다. 귀를 기울여 봤지만, 거리의 소음 말고 딱히 수상한 소리는 나지 않았다. 발소리를 죽이고, 방 앞까지 다가가 열쇠 구멍을 훔쳐봤지만, 셔츠를 입은 누군가의 등짝에 가려져 보이지 않았다.

손잡이를 잡으며, 다시 한번 할 말을 빠르게 머릿속으로 되풀이해 봤다.

'뭣들 하는 거죠? …도대체 누구 허락을 받고 이러는 거예요? 무슨 위원회가 있는 모양인데, 그런 듣도 보도 못한 사람들한테 이 방을 내줄 리가 없어요. 첫째로, 여기 있는 예언 기계는 나도 작동 시간을 일일이 상부 기관에 보고해야 할 만큼 엄중하게 정부 관리를 받고 있는데…. 자, 해명해 보세요. 이런 짓는 용납 못 해요. 여러분이 어떤 권한을 가진 사람들인지 모르겠지만, 이곳에 관해서는 누가 뭐라고 해도, 내가 최고 책임자니까….'

내 말이 먹힐지 가늠하며, 단번에 문을 열었다. 차가운 바람이 뺨을 만지고 눈을 적셨다. 하지만 하려던 말 중 첫 단어조차 입에 담지 못한 채, 나는 얼빠진 얼굴로 그 자리에 가만히 서 있었다. 이건 예상했던 광경과는 너무 다르다.

네 남자와 한 여자가 생글생글 웃으며 나를 바라보고 있었다. 심지어 그 자리의 모두가 이골이 날 만큼 잘 아는 사람들이었다. 상상 속의 긴장감 넘치는 장면은 어디에도 없었다.

마주 봤을 때 왼쪽부터 똑같이 생긴 두 의자에는 체외수정 전문가인 야마모토 씨와 와다 가쓰코… 정면 쪽 기계의 움푹 들어간 사이에 요리키가 서 있었고, 구석에는 요리키를 그림자처럼 쫓아다니는 아이바가 있는 것까지는 그렇다 치더라도… 오른쪽 텔레비전 스크린 옆에 수줍은 미소를 짓고 있는 프로그램 위원회의 도모야스를 봤을 때에는, 아무리 각오를 다지고 왔어도 기가 찰 수밖에 없었다. 도모야스를 단순한 관청의 부품이라고밖에 보지 않았던 나의 멍청함에 짜증이 밀려왔다.

어둠 속에서 범인이 모습을 드러냈다는 말을 하고 싶었지만, 일단 범인과 삶을 함께하는 줄도 모르고 있었으니 그 말이 제대로 나올 리가 없다. 나는 어쩔 줄을 모르고, 어떻게 대응해야 할지 상상도 할 수 없었다. 언뜻 이런 생각이 들었다. 괴물 중에서 가장 무서운 괴물은 내가 잘 아는 사람이 아주 조금 이질적으로 변한 것이라는….

“기다리고 있었어요.”

요리키가 반 발짝 앞으로 나오더니, 비어 있던 가운데 자리에 나를 데리고 갔다. 그러자 다른 사람들도 각자의 몸짓으로 나를 환영해 줬다. 나 역시 곧 편안한 안도감을 되찾았다.

"도대체 오늘 모임은 어떻게 된 거야?"

나는 시키는 대로 정면에 보이는 의자에 앉아, 우선 야마모토 씨에게 인사를 하고 지극히 너그러운 얼굴로 모두를 둘러봤다.

"아까 전화로 들으신 대로, 수중 인간 양육장 견학 허가 신청 심사를…."

와다가 언제나처럼 고지식한 말투로 빠르게 설명했다. 그리고 그 뒤를 이어 곧바로 야마모토 씨가 나섰다.

"음, 선생님이 신청을 해주셨는데…."

체념한 것 같은 커다란 얼굴에 사근사근한 미소가 번지더니, 그는 고개를 끄덕였다.

갑자기 다시 구름이 밀려왔다. 역시 무조건 다 되는 것은 아니었다. 급변하는 감정 변화에 나는 적응이 되지 않았다. 갈 곳을 잃은 표정을 그대로 두고, 내 마음은 피부 아래에 작게 움츠러들고 말았다.

"이 모임의 정식 이름은요."

상황을 수습해 보려는 건지 요리키가 끼어들었다.

"'해저개발협회 운영위원회·계산기술연구소 분실지부 정례 위원회'라고 해야 하는데요, 너무 장황한 감도 있고, 그렇다고 뭐 하는 곳인지 설명이 되는 것도 아니어서, 저희는 그냥 지부 위원회라고 부르기로 했어요."

"지부라고만 해놔도, 꽤 무게감이 있어 보이나 봐요."

아이바가 거들었다.

"맞아요, 저는 본부 위원도 맡고 있긴 하지만요."

야마모토 씨가 계속 몸을 앞뒤로 흔들면서 말을 이었다.

"예언 기계 지부는 중요하다고 해서, 특히 참관인 자격으로 출석하라는 말을 들을 정도예요…."

"누구 허락을 받고 여기를 쓰는 거지?"

나는 눈을 내리깔고, 옆에 서 있는 요리키의 무릎 언저리로 시선을 던지며 힘없이 물었다.

바로 그때 예언 기계의 스피커가 소리를 내기 시작했다.

"나."

"선생님의 제2차 예언값이요."

도모야스가 변명하듯 스피커를 올려다봤다.

어색한 침묵이 흘렀다. 나는 그걸 동정이라고 생각했다. 실제로 나는 나의 초라함이 부끄러워서 견딜 수 없었다.

야마모토 씨가 성냥을 켰다.

"시작할까요?"

요리키가 작게 말하자, 아이바가 녹음기의 스위치를 눌렀다.

"시작하겠지만, 특별히 형식에 얽매일 필요는 없으니까요…."

아마 요리키가 의장인 것 같았다.

"오늘의 주요 의제는, 음, 가쓰미 선생님의 견학 신청 심사 보고와 그 조치에 대한 거죠…."

"조치는 결론으로서 결정되는 거지, 의제는 아니잖아?"

예언 기계가 내 목소리로 끼어들자, 와다가 손끝으로 앞머리를 말면서 그 말에 동조했다.

"맞아, 조치는, 그냥 실행하면 되는 거니까."

"그건 그래. 그래도 위원회로서 설명의 의무는 있으니까. 의제라는 말이 잘못된 거면, 답변 순서라고 해야 하나…. 아무튼 그렇게 하고요, 결론부터 말씀드리면, 선생님의 견학 신청은 아쉽지만 '불허'로 결론이 났습니다. …이유를 말씀드리면, 선생님께는 살의가 있고, 영아 살인이라는 비참한 범죄를 저지를 위험이 있기 때문에 우선 범죄 예방 차원의 의미로…."

나는 침을 삼키고, 눈을 치켜떴다. 하지만 이걸 어떻게 말로 잘 표현할 수 있을지가 떠오르지 않았다. 요리키가 달래듯 입을 열었다.

"대신, 이 사태를 충분히 이해하실 수 있게, 수중 인간들의 미래를 기계로 예언해서, 화면으로 보실 수 있게 하기로 했어요. 이건 저희 지부 내부에서 내린 결정이지만, 아마 직접 견학하시는 것보다, 훨씬 더 이해하시기 좋을 것 같아요. 그럼 다음으로, 방금 말씀드린 이 조치…, 당연히 그 전에 이 결론에 이르기까지의 과정을 전부 설명해 드릴게요. 이건 아마도, 요 며칠간 일어난 사건의 진상에 대한 설명도 될 것 같아요."

"역시 진범은 너였구나!"

나도 깜짝 놀랄 정도로 노인처럼 새된 목소리가 나왔다.

"그런 식으로, 딱 그 부분만 잘라놓고 말씀하시면 안 되고요. 이게, 전체적인 관계를 다 고려해서 동기가 무엇인지를…."

"그러니까…."

와다가 초조해진 듯 고개를 흔들었다.

"선생님이 제일 의문을 품고 계신 부분부터 설명해 드리는 게 좋지 않겠어? 이를테면, 선생님의 제2차 예언값이 언제, 무슨 이유로 만들어진 건지, 뭐 그런…."

그렇다, 확실히 그게 제일 궁금한 것 같기도 했다. 하지만 나는 속을 간파당한 듯해 언짢아졌다. 이제껏 줄곧 와다 같은 신입 직원들한테까지, 말하자면 아무것도 모르는 인간 취급을 당했다고 생각하니 참을 수가 없었다.

"잠깐만!"

돌진하듯 소리를 질렀다.

"그 전에, 그 조치라는 게 도대체 무슨 말이야?"

"아아, 그건요…."

요리키가 난처한 듯 두리번거리자, 다른 사람들도 손톱만 보고 입을 다물어 버렸다. 잠시 후, 이 침묵을 동의의 뜻으로 받아들였는지, 그는 마지못해 입술을 핥으며 말을 이었다.

"실은 결론적으로, 선생님이 죽어주셔야 하는 상황이 되어서요…."

"죽는다고? 그게 무슨 말 같지도 않은 소리야!"

나도 모르게 자리에서 일어나기는 했지만, 그렇다고 진심으로 불안감을 느낀 건 아니었고, 오히려 빈정 섞인 웃음이 터져 나왔다.

"지금부터 이 이유에 대해 말씀드리려고 하는 거거든요…."

"됐어, 시끄러워!"

이런 놈들과 무얼 할 수 있을까? 나는 이대로 의자를 박차고 일어서서 그들이 무슨 소리를 하든 상대해 주지 않고 나가버리면 그만이었다. 아무 일도 안 생길 것이다, 생길 리가 없다…. 하지만 모두의 어색하면서도 충격을 받은 듯한 표정을 보고 있자니, 갑자기 소름이 돋았다.

"그런데, 선생님."

와다가 합세했다.

"진심으로, 아직은 포기 안 하셨으면 좋겠어요. 끝까지 힘을 잃지 마세요."

하나같이 진지한 얼굴로 고개를 끄덕이고, 요리키도 격려해 주려는 말투로 덧붙였다.

"맞아요, 말이 결론이지, 이건 어디까지나 논리적인 결론인 거고, 논리라는 건 가설 하나 바꾸면 얼마든지 달라질 수 있는 거니까요. 저희도 선생님을 구해드리기 위해 최선을 다할 거예요. 선생님도 희망을 버리지 마세요. 지금 저희가 기대를 걸고 있는 건, 선생님이 이 결론을 아시게 됐을 때, 어쩌면 답을 바꿀 수 있는 조건을 선생님께서 직접 발견하시지 않을까…. 그러니까 우선 제 얘기부터 들어봐 주셨으면 좋겠어요."

32

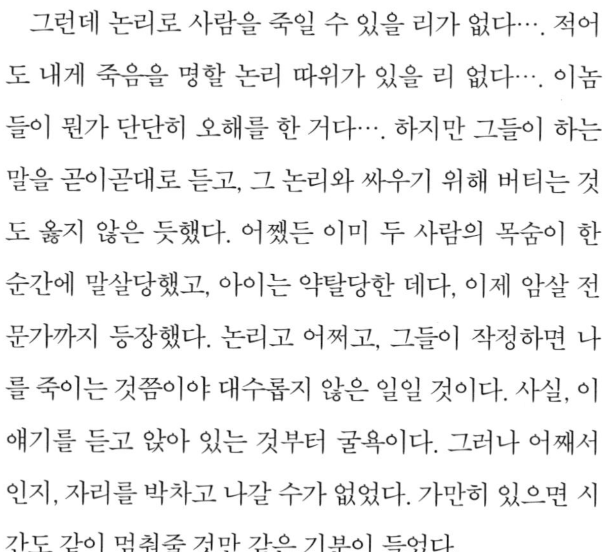

그런데 논리로 사람을 죽일 수 있을 리가 없다…. 적어도 내게 죽음을 명할 논리 따위가 있을 리 없다…. 이놈들이 뭔가 단단히 오해를 한 거다…. 하지만 그들이 하는 말을 곧이곧대로 듣고, 그 논리와 싸우기 위해 버티는 것도 옳지 않은 듯했다. 어쨌든 이미 두 사람의 목숨이 한순간에 말살당했고, 아이는 약탈당한 데다, 이제 암살 전문가까지 등장했다. 논리고 어쩌고, 그들이 작정하면 나를 죽이는 것쯤이야 대수롭지 않은 일일 것이다. 사실, 이 얘기를 듣고 앉아 있는 것부터 굴욕이다. 그러나 어째서인지, 자리를 박차고 나갈 수가 없었다. 가만히 있으면 시간도 같이 멈춰줄 것만 같은 기분이 들었다.

"아무튼, 음, 순서대로 설명해 드릴게요…."

요리키가 중간에 말이 끊길 것을 염려한 듯, 조급하게 말을 이어갔다.

"제가 그 조직의 존재를 알게 된 건, 작년 9월쯤…, 그쵸…, 그때가 거의 예언 기계가 완성되고, 브라운관 속 컵을 깨뜨려 보이는 실험을 성공했을 무렵이었어요…. 기억나세요? 중앙보험병원 야마모토 선생님 소개로, 와다 씨가 입사하고…, 그러니까 결론부터 말씀드리면, 와다 씨가 가르쳐 줘서 처음 알게 된 셈이죠…."

와다의 시선이 탐색이라도 하듯 내 눈 위 언저리를 훑고 지나갔다.

"그래도 무작정 알려줬던 건 아니야. 아주 엄격한 테스트를 다 마치고…."

요리키는 알고 있다는 듯한 눈짓을 했다.

"정말 엄격한 테스트였어요. 전 처음에 저한테 고백하는 건 줄 착각했을 정도였다니까요. 아무튼 예언 기계가 그려줄 미래상에 대해, 터무니없이 로맨틱한 망상을 계속 들려주는 거예요. 이건 뭐, 이 사람 시인이구나, 확신까지 했는데…. 적당히 맞장구를 칠 작정이었는데, 실은 그게 무려 테스트였던 거예요."

"미래를… 단절된 미래를 얼마만큼 견뎌내는지 시험

하는 테스트였어요. 아니, 그보단 예언과 예언 기계 그 자체 중에 어느 쪽에 더 관심을 가지고 있는지 시험해 본 거였죠. 물론, 선생님께도 테스트를 해보긴 했어요. 기억하실까요?"

듣고 보니, 그랬던 것 같기도 하다. 구체적인 내용은 떠오르지 않지만, 이런 황당무계한 이야기를 하는 사람도 다 있구나 하는 이상한 눈으로 그녀를 본 적이 있었다. 나는 뭐라고 대꾸를 하려고 했지만, 혀가 붙어 있는 언저리에 힘만 들어갈 뿐, 그것이 말이 되어 나오지는 않았다.

"그런데 선생님은 통과 못 하셨어요…. 선생님은 미래가 현실을 배신할 수도 있다는 가능성은 생각조차 안 하셨어요. 이 말이 무슨 말이냐면… 음, 어떻게 말하면 될까… 그러니까 예언 기계는 질문을 받지 않으면 대답을 할 수 없게 되어 있잖아요? 스스로 질문을 생각해 낼 수는 없어요. 그래서 예언 기계를 제대로 쓰려면, 질문하는 능력이 더 중요해요. 그런 점에서, 선생님께는 질문을 던지는 사람으로서의 자격이 많이 부족하다고 생각해요."

"아니, 중요한 건 '사실'이야!"

내 목소리는 바싹 마르고, 쉬어 있었다.

"예언은 동화가 아니야. 사실…. 반드시 사실에서 출발한 논리적 결론이어야 해! 무슨 그런 얼토당토않은 얘기를…. 참나, 말이 안 통하네….”

“그럴까요? …사실만으로 기계가 반응할 수 있을까요? …정말 필요한 건, 그 사실을 질문이라는 형태로 바꿔내는 능력 아닐까요?”

“그만 철학 정말 지긋지긋해…. 분명히 말해두는데, 나는 그저 일개 기술자거든.”

“맞아요. 그래서 선생님이 테마를 선택하는 방식은 늘 틀에 박힌 경향이 있어서….”

“그러는 당신들은, 도대체 뭐 하는 사람들이야?”

나는 의자 등받이에 한쪽 팔을 걸치고, 비스듬히 몸을 내밀며 목청껏 소리를 지르려고 했지만, 숨이 역류하며 한마디를 할 때마다 목이 메고 말았다.

“무슨 말을 하든, 요리키, 넌 살인자야! 그리고 와다 씨는 내 자식을 빼돌린 범죄자고! 어떻게 생각해도 이건 미친 짓이야. 그리고 또, 도모야스 씨, 한 입으로 두말하시는 게 기가 막히네요. 뻔뻔스럽게 잘도 속이셨어요. 여기서 더 뭐라고 해야 할지도 모르겠어!”

“저도….”

도모야스가 구원을 바라는 듯한 얼굴로 시선을 바닥에 떨어뜨렸다.

“이게, 저도 사태가 악화되지 않게 하려고 저는 저 나름대로….”

“맞아요.”

야마모토 씨가 쫙 핀 손바닥으로 나를 잡아 도로 앉히려 했다.

“도모야스 씨도 참 어려운 입장이었으니까요. 어떻게든 여기 이 이중 조직을 눈에 안 띄게 잘 유지시키려면, 밖에서 보기에는 뜨뜻미지근한 태도로….”

“이중 조직?”

“네, 잠시만요. 다시 원래 얘기로 돌아가 보죠.”

요리키가 내 옆을 지나가더니 문 앞에서 휙 돌아, 손가락 관절에 힘을 실어 책상 끝에 기대어 섰다.

“물론, 선생님도 대략적인 건 짐작하셨을 거라고 생각하는데요, 저희는 예전부터 선생님께는 비밀로 하고, 해저개발협회를 위해 이 예언 기계를 가동시켜 보고 있었어요. 아니, 그 미터기는 정확하지 않아요. 역전 장치로 자유롭게 원래로 되돌릴 수 있게 되어 있어요….”

“그걸 누구 맘대로, 도대체 누가 허락했다고….”

“네, 제가 여기, 그쪽에서 임명한 실장이거든요…. 당연히 저도 처음에는 반대했어요. 아무리 해저개발협회가 정부에 버금가는 권한을 갖고 있다고 해도, 선생님 허락도 없이 무단으로 책임자가 되다뇨, 저도 괴롭더라고요. 그런데 협회 쪽에서 너무 간절하게 부탁하셔서…. 그 쪽에선 애가 탔던 것 같아요…. 해저 식민지 개발이 더는 물러설 수 없는 추세라는 걸 알면서도, 그게 앞으로 어떤 결과를 초래할지 예측도 못 하고 있다는 게 너무 불안했을 거예요. 그래서 예언 기계가 완성됐다는 소문을 듣고 곧장 달려온 거죠. 그런데 정식으로 요청할 수는 없고… 아무튼 절대적인 비밀 조직이니까요…. 그래서 와다 씨를 파견해서 탐색을 한 거고, 제가 적임자로 뽑혀서… 근데 거절했어요. 어떻게든 선생님을 설득해서, 비밀 조직 책임자도 역시 선생님이 맡아주셨으면 했거든요. 거북하기도 하고, 또 이렇게 같이 일하는데, 예언 기계가 포착한 지식을 언제 선생님이 알아차리실지 모른다는, 그런 실질적인 걱정도 있었어요. 무엇보다도 선생님은 굉장히 정직하신 분이고, 프로그램 위원회 허가 없이는 기계를 돌릴 생각도 절대로 안 하셨으니까요…."

"그러니까 선생님은 미래에 대한 관심보다, 역시 기계에 대한 흥미 쪽이 더 컸던 거예요."

와다가 신경질적인 말투로 끼어들었다.

"왜 말을 그렇게 해…."

요리키가 강한 어조로 그녀를 제지했다.

"그러니까요, 음, 이런 걸 다 예측해서 협회 쪽은 도모야스 씨를 움직여 계획적으로 프로그램 위원회를 묶어두게 손을 쓴 건데요… 그런데 이렇게 부자연스러운 상태가 오래갈 리는 없잖아요. 어떻게든 끝을 내야 하니까…."

"알아들었어, 그래서 날 죽인다는 거야?"

"그건 말도 안 되죠. 죽어주시는 것밖에 방법이 없다는 건 훨씬 나중에 알게 되었어요. 와다 씨도, 아깐 좀 말이 심했지만, 선생님 때문에 굉장히 마음 아파했어요. 협회 쪽에서는 합법적으로 선생님을 내보내는 계획까지 자꾸만 제안해 왔거든요. 그렇지만 저희는 반대했고요. 그런 끔찍한 짓을 어떻게 하겠어요. 이 예언 기계가 선생님한테 얼마나 소중한 건지 잘 아니까요. 실제로 선생님을 분석해서 예언 기계에 돌리고, 미래를 예측해 보자는 말을 꺼낸 사람은 다른 누구도 아닌, 와다 씨였어요. 테스트에서는 그다지 좋은 결과가 안 나왔지만, 그런 엉성한 방식으로 결론을 내버리는 것도 좀 너무한 거 아닌가… 더 정확하게… 만약에 선생님이 해저 식민지 개발에 대해 구체적인 지식을 얻게 되었을 때, 과연 어떤 행동을 취할 것인가… 그걸 기계로 예언해 보기로 한 거예요."

"그래서, 어떻게 됐는데?"

"그게요…."

요리키는 책상 끝에 작은 사각형 몇 개를 연달아 그리

면서, 입술을 자음 모양으로 오므리며 입을 웅얼거렸다.

"지진인가?"

갑자기 아이바가 천장을 올려다보고 소리를 질렀다. 그러고 보니 둥그스름한 작은 진동이 무릎 근처까지 올라오고 있었다. 그것은 4초 정도 이어지다 바로 멈췄다.

"그래서?"

내가 대답을 재촉하자, 요리키는 허둥대며 고개를 끄덕였다.

"네, 그래서… 그 결과, 알게 된 게 역시, 안 된다는 거였어요."

"뭐가 안 돼?"

"그러니까 선생님은 역시 그 미래를 감당 못 하셨어요. 결국, 선생님은 미래라는 걸 일상의 연속으로밖에 상상 못 하셨거든요. 그래서는 예언 기계에 큰 기대를 거셔봤자, 단절된 미래… 지금의 현실을 부정하고, 파괴시킬지도 모르는, 그런 완전히 급변한 미래는 역시 받아들이실 수 없었던 거예요. 선생님은 프로그래밍에 관해서는 최고의 전문가이실지 몰라도, 프로그래밍이라는 건 말하자면 질적인 현실을 양적인 현실로 환원하는 것 그 이상도 그 이하도 아닌 조작이잖아요. 그런 양적인 현실을 다시 한번 더 질적인 현실로 종합하지 않으면, 정말로 미래를 붙잡았다고 할 수 없어요. 명백하게, 선생님은 그런 점에서 너무 낙관주의자셨어요. 미래를 단지 양적 현실의 기계적인 연장으로밖에 안 보신 거예요. 그러니까 관념적으로 미래를 예측하는 것에는 강한 관심을 보이셨지만, 현실의 미래는 도저히 못 받아들이셨던 거죠…."

"모르겠어, 무슨 말을 하고 싶은 건지, 하나도 못 알아듣겠어!"

"잠깐만요, 구체적으로 설명해 드릴게요. 나중에 화면으로 보여드리겠지만, 선생님은 그 미래에 대해, 공연히 반대 관점을 취하셨을 뿐만 아니라, 마지막에는 예언 기계의 예언 능력까지 의심하기 시작하셨어요."

"뭐라는 거야, 왜 과거형으로 말해…."

"예언 기계가 예언했던 거니까, 어쩔 수 없어요…. 그 미래가 실현되는 걸 방해하기 위해 약속을 깨고, 예를 들면 몇 시간 전에 시도하셨던 것처럼, 조직의 비밀을 폭로할 뻔했어요."

"뭐 어때? 수중 인간을 이용한 해저 식민지인지 뭔지에 반대하는 게 뭐가 나쁘다는 거야? 그것도 새로운 조건에서 나온, 제2차 예언값으로서의 훌륭한 미래 아냐? 그딴 웃기지도 않은 미래를 미리 방지하기 위해서 쓰이는 거야말로 예언 기계의 이용 가치를 증명하는 거라고 민거든, 나는."

"예언 기계는 미래를 만들기 위한 게 아니라, 현실을 보존하기 위한 거라는 말씀이세요?"

"거봐, 내 말이 맞지?"

와다가 안달이 나는 듯 끼어들었다.

"결국 그게 가쓰미 선생님의 근본적인 사고방식이야. 이제 무슨 말을 해도 소용없겠어…."

"무서울 정도로 일방적이네."

치밀어 오르는 분노를 간신히 누르며 나는 말을 이었다.

"무엇보다 그 해저 식민지라는 미래만이 유일한 미래일 수는 없는 거야. 예언을 독점하려고 하는 것만큼 위험한 발상도 없어. 이건 내가 늘 입에 침이 마르도록 주의를 줬던 얘기 아니야? 이런 게 독재야. 위정자한테 신의 힘을 부여해 버리는 거라고. 비밀이 폭로되는 미래는 왜 예측해 볼 생각도 안 하는 거야?"

"해봤죠…."

억양 없는 목소리로 요리키가 단숨에 받아쳤다.

"그걸 해보니까, 선생님은 살해당하시더라고요."

"누구한테?"

"밖에서 기다리는 그 암살자요…."

33

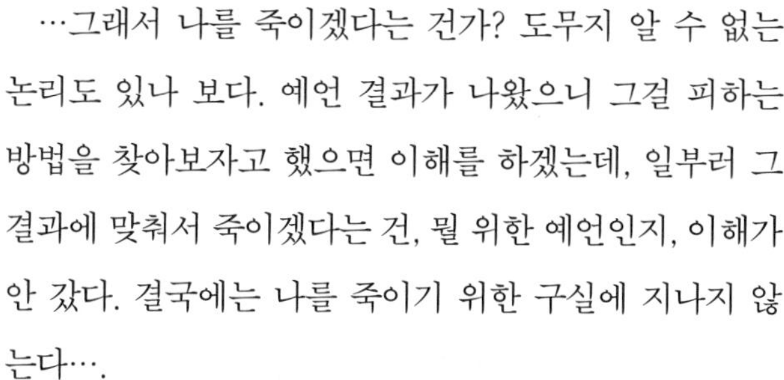

…그래서 나를 죽이겠다는 건가? 도무지 알 수 없는 논리도 있나 보다. 예언 결과가 나왔으니 그걸 피하는 방법을 찾아보자고 했으면 이해를 하겠는데, 일부러 그 결과에 맞춰서 죽이겠다는 건, 뭘 위한 예언인지, 이해가 안 갔다. 결국에는 나를 죽이기 위한 구실에 지나지 않는다….

"그건 아니야."

갑자기 자칭 나의 제2차 예언값이 할 말이 생긴 듯, 스피커로 운을 뗐다. 나는, 마치 입고 있던 옷이 순간 투명해지는 것 같은 느낌이 들어, 당황하고 말았다.

"뭐가 아니야?"

"지금 생각한 거."

요리키와 나머지 사람들의 시선이 주변 공기의 한 면으로 녹아 들어가 찔끔찔끔 눈에 들어오는 것 같았다. 기계 속의 목소리가 계속해서 말을 이어갔다.

"…아무튼 오해라고. 요리키도 그렇고 다들, 그 예언에 휘둘리는 사람은 아무도 없어. 어떻게든 널 구할 방법을 찾으려고 진지하게 고민했어. 그러다가 나한테 의논을 한 거야…."

"선생님의 제2차 예언값이잖아요."

요리키가 급하게 끼어들었다.

"자기 운명에 대해 제일 심각하게 고민할 사람은 당연히 자기밖에 없을 거고, 거기다가 선생님 이상으로 선생님을 잘 아실 테니까요…."

"맞아, 그게 정답이지…. 나한테 의논한 이후로는 거의 내가 계획한 대로 움직였어. 나란 존재는 너의 이상적인 투영이니까, 바꿔 말하면, 너 자신도 의식하지 못한 의지였다고도 할 수 있어."

"그때 그 살인도? 그때 그 함정도?"

"맞아…. 다른 누구의 책임도 아니고, 네가 너 스스로를 위해 한 짓이야."

"웃기지 마!"

뜬금없이 나는 요리키의 얼굴을 노려보고 말았고, 그러자 요리키는 눈을 내리깔고 가지런히 모은 손끝으로 관자놀이를 눌렀다.

"아니, 정말 논리적인 계획이었어."

목소리는 온화하게, 하지만 내 내장에 손을 넣어 쓰다듬는 듯한 집요함으로 말했다.

"그렇잖아, 생각해 봐, 모든 게 하나의 목적으로 관철되어 있어. 어떻게 하면 네가 미래를 알고, 또 그 조직에 대해 외부에 발설하지 않을 조건을 만들 수 있을까라는…. 그래서 첫 번째 살인에도 분명한 두 개의 목적이 있었어. 하나는 너 자신이 공범으로 의심받도록 해서 무슨 일이 생겨도 바깥세상에 도움을 요청할 수 없게 만드는 거. 그리고 태아 브로커의 존재를 예고해서 다음 사태에 대해 마음의 준비를 시키는 거…."

"그래도 이상하지 않아? 그날 개인의 사적 미래를 예언해 봐야겠다는 생각을 한 건 나였고, 그 살해당한 남자도 완벽하게 우연히 길에서 만난 사람이었고…."

"그건 아니야. 넌 그 힌트를 기계에서 얻었잖아. 그 힌트는 그렇게 될 경우를 예측하고, 미리 준비도 다 해놨던 데다, 만약 네가 제안을 안 했으면 요리키가 대신 아이디어라면서 말을 꺼낼 예정이었어. 그리고 그 남자는 물론 요리키가 교묘하게 유도해서 너한테 암시를 건 거였고. 그 의심 많은 회계과장은 저금통장을 조사해서 결국 여자가 자백할 수밖에 없도록 궁지에 몰아넣었거든. 여자는 무심코 말실수를 했고, 남자는 알게 된 거야. 조직의 규칙에 따라 양쪽 모두 침묵해야만 하는 상황이었던 거지. 병원 사람을 만나게 해준다는 구실로, 미리 남자를 불러놓고, 요리키가 널 안내했어. 그다음은 너도 다 아는 얘기야. 요리키가 남자를 죽이고, 내가 너한테 협박 전화를 걸었어. 여자는 아이바가 건네준 약을 먹고, 얌전히 자살해 줬고."

"너무 잔인하잖아!"

"맞아, 너무 잔인할지도 몰라…."

"어떤 대의명분이 있다고 해도, 살인을 합리화시킬 수 없어."

"아니, 살인을 그런 일반론으로 정리해선 안 돼. 살인이 옳지 못한 이유는 한 사람의 육체를 없애기 때문이 아니라 그 사람의 미래를 빼앗기 때문이야. 우리는 곧잘 아까운 생명이라고 말하지만… 따지고 보면 그 생명이라는 것은 곧 미래를 뜻하는 거야. 실제로 너 역시 네 아이의 삶을 끊어버리려 계획을 세우고 있잖아."

"그건 얘기가 달라…."

"왜? …조금도 다를 거 없어. 넌 아이의 미래를 받아들이지 못해서, 아무렇지 않게 그 삶을 무시할 수 있었던 거야. 미래가 하나가 아닌 변화무쌍한 시대에는… 어떤 미래를 구하기 위해 다른 미래를 희생해야만 하는 그런 시대에는… 살인도 어쩔 수 없지. 그렇잖아…. 만약 그때 그 여자가 죽어주지 않았다면, 넌 어떻게 됐을까? 바로 그 여자를 예언 기계에 돌려서, 수중 인간들의 존재를 알아내고 난리를 피우지 않았을까?"

"당연하지."

"솔직하게 나오네…. 맞아…. 그 경우 네 덕에 여론은 일시적인 감정에 끓어오르고, 폭도들이 수중 인간 양성소를 공격해, 미래는 완전히 짓밟히고 말아…."

"어떻게 그걸 다 알아?"

"네가 만든 이 기계가 가르쳐 준 거야."

"그렇다고 아직 시작도 안 한 미래에 현재를 심판할 권리 같은 건 없어."

"권리가 아니야, 의지야."

"의지라면 더더욱 있을 리가 없어."

"무슨 소리를 하는 거야, 잠들어 있던 미래의 눈을 뜨게 해준 사람은 바로 너 아니야? 넌 자기가 한 일도 아직 잘 모르는 모양이네. 그런데 기르는 개한테 손을 물리면,

그 책임은 보통 개 주인 쪽에 있거든. 사실 원래대로면, 그때 여자 대신 네가 처리당했어도 할 말 없었을 텐데….”

“맞아요, 일부에서는….”

요리키가 끼어들었다.

“그런 의견도 있었어요.”

“그래도 우리는 끝까지 희망을 잃지 않은 거야. 네가 예상한 대로 할 수 있는 데까지 해보자고 한 거지. 그마저도 요리키가 내 부탁을 들어주고, 한발 더 나아가 회계과장을 죽인다는 위험한 역할을 맡아줬으니까 가능했지.”

“저는 그냥….”

“아냐, 요리키 덕분이야…. 요리키 덕에 너는 엉겁결에 갑자기 형을 집행당하는 식의 무자비한 처분을 받지 않게 된 거지…. 게다가 일시적이긴 해도 미래를 들여다보면서, 규정을 어기지 않고 넘어갈 기회를 얻었어…. 그리고 거기에 우리 아들…. 아아, 넌 아직 모르고 있었나? 그렇겠네, 그 녀석은 아들이었어. 그건 내 생각이라기보다, 와다 씨의 훈수 덕이 크지….”

눈이 마주쳤지만 와다는 이번엔 피하려고 하지 않았다. 빛바랜 것처럼 코끝까지 허옇고 눈만 험악한 것이 꼭 새를 닮았다. 문득, 이것이 재판이라던 어제의 대화가 떠올랐다. 주눅이 들기는커녕, 오히려 나를 몰아붙이려는 것이다. 아무리 험악한 얼굴을 한들 괴물에게는 통하지 않는 법이다. 울분이 곤혹스러움에 짓눌린 채 턱 아래에 단단하게 걸려 있다.

"덕분에 넌 확실하게 미래에 연결될 수 있었어…. 그리고 동시에 이건 예언 기계의 완성자인 너에 대한, 우리 모두로부터의 감사 인사이기도 해. 그렇잖아? 아무튼 너 역시, 이걸로 미래에 죄를 저지르기 전에 끝난 거야. 어려운 문제야, 이건…. 미래에 대한 죄라는 건, 과거나 현재에 죄를 저지르는 것과는 다르게, 본질적이면서 결정적이란 말이지."

"헛소리 마…. 내 아들을 비정상 인간 노예로 만들어 놓고, 뭐가 감사하다는 거야? 어이가 없어서 말도 안 나와!"

"잠깐 기다려. 그건 네가 잘 몰라서 그래, 단순한 오해야. 그건 나중에 설명하기로 하고… 우선 여기까지 손을 쓴 다음에, 처음 너를 야마모토 씨 연구소로 데려갔어. 언뜻 너와는 아무런 연결 고리가 없는, 뭔지도 모를 사건으로 보였을 수도 있지만, 어떤 모범적인 법정에 가보더라도 이보다 더 철저하게 절차를 지킨 경우는 찾기 힘들 거야. 넌 강한 호기심으로 미래의 일부분을 들여다봤고, 함부로 그걸 입에 담아서는 안 되는 처지가 되었지. 거기까지가 내가 할 수 있는 최선이었고, 나머지는 너의 결단에 달려 있었어. 기대를 품고 지켜봤어. 네가 과감하게 미래로 달려갈지, 아니면 역시 꽁무니를 뺄지…."

"그래서?"

"설명할 것도 없지, 네 얘기잖아…. 그렇게 공을 들였는데도 넌 조금도 바뀌지 않았어. 너는 너무 서툴렀어. 아내에게 사정을 설명해야 할 상황까지 몰고 갔으니까. 약간 돌아가기는 했어도, 결국, 제1차 예언 결과와 크게 다르지 않은 상황이었지. 가만 내버려 두면, 언젠가 비밀을 누설할 게 뻔했어. 안 그래? …그래서 마지막 조치를 취하기 위해 여기로 널 부른 거야."

"그런데 어제 야마모토 씨 말로는, 꼭 죽이지 않아도 되는, 원만한 방법이 있다고 하던데…."

"맞아, 원래는 더 눈에 안 띄는 방법으로 하지. 어쨌든 협회는 하루에 800명의 태아를 입수하는 게 목표니까. 의사나 브로커는 일단 접어두고, 적어도 하루에 800명이나 되는 엄마들이 매일 태아가 매매된다는 사실을 알게 되는 거야. 연간으로 따지면 총 29만 명이나 돼. 그런데 비밀이 유지된다는 게 재밌어. 괜히 호기심을 부추기지 않기 위해, 역으로 이게 중대한 범죄고, 태아를 판 사람도 공범이 된다는 공포심을 심어주거든. 7000엔과 맞바

꾼 공포는 입막음에 꽤 효과가 좋아. 이게 공짜였으면 불가능했겠지. …아아, 넌 어차피 하수구로 흘러갈 아이를 위해 7000엔이나 낸다는 게 이상한가 보네? 그런데 이제 곧 완성될 해저 식민지 규모를 생각하면, 연간 30억 엔을 투자하는 거야, 미미한 액수지. 한 인간의 인생을 7000엔 내고 사는 것쯤, 너무 싼 거 같지 않아? 이 7000엔이라는 액수는 심리학자가 산출한 가격이라는데, 요즘 물가지수로 봤을 때 영혼의 값어치로 딱 적당하대. 참 흥미로워…. 아니, 물론 네 아내에게 건넨 7000엔은 그런 의미가 아니었어. 반드시 해야 할 일을 위한 일종의 시위였어. 영혼의 값어치라는 건 그렇게 일률적으로 매길 수 있는 게 아니야. 어쨌든 이 정도의 규모로 사람들의 인생을 상대하다 보면, 아무래도 언젠가는 파탄이 나게 돼 있거든. 공범 의식을 갖고 있는 사람들 사이에서는 아무리 소문이 돌고 돈들 기껏해야 임신 중절이 위장병 정도의 개인적 질병으로 취급받고, 그만큼 협회는 태아 입수율이 높아질 테니까 오히려 잘된 일이라 할 수 있지. 그런데 만약에 이게 외부로 새어나가면, 그렇게는 안 돼. 소문은 바로 여론이라는 초개인적인 형태로, 마치 인플루엔자 같은 맹위를 떨칠 거야. 당연히 어떻게든 관리가 필요해. …그게 그 여자 때처럼, 일단 정식으로 등록된 브로커의 실수 같은 경우는 아무래도 본보기로나마 극형을 내리는 것도 방법인데, 그런 식으로 일반인까지 일일이 처형하려 들면 귀찮아지기만 해. 아니, 극형 자체는 별게 아닌데, 시체 뒤처리하는 게 성가시거든. 그래서 뭐, 원래는 더 흔적이 안 남는 방법을 써. 예를 들면, 공포심을 보다 극대화한다거나 그래도 안 되면 인공적으로 정신 착란을 일으키게 만들거나…. 그런데 너, 설마 죽는 것보다 미친 사람이 되는 게 낫다고 생각하진 않겠지?"

"남의 얘기면 무슨 말인들 못 해…."

"남이라니, 이상한 소리를 하네…. 너의 죽음은 동시에 나의 죽음이야. 하지만 우리 감상적으로 접근하지는 말자고…. 너도 감정에 휩쓸리지 않고 생각할 줄 알잖아, 그럼 당연히 똑같은 결론에 도달했을 거야…. 바닥을 기며 살 바에야 이러는 게 나아. 거기다 협회가 배려해 줘서, 남겨질 가족들을 위해 보험도 조금 들어줬어…."

"보험? 친절도 하셔라…. 그런데 네 의지가 정말로 내 의지라면 말이야, 이건 일종의 자살 아닌가? 자살에는 보험금이 안 나올 텐데."

"그건 걱정할 필요 없어. 사고사로 보이게 다 준비해 뒀거든. 넌 고압 전류에 잘못 손을 대서 쇼크사하는 거로 돼 있어…."

34

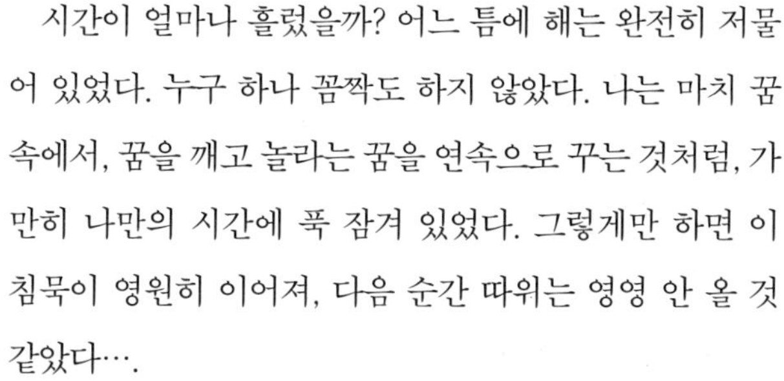

시간이 얼마나 흘렀을까? 어느 틈에 해는 완전히 저물어 있었다. 누구 하나 꼼짝도 하지 않았다. 나는 마치 꿈속에서, 꿈을 깨고 놀라는 꿈을 연속으로 꾸는 것처럼, 가만히 나만의 시간에 푹 잠겨 있었다. 그렇게만 하면 이 침묵이 영원히 이어져, 다음 순간 따위는 영영 안 올 것 같았다….

그러는 사이, 나는 무슨 생각을 하고 있었을까? 생각은 하고 있었던 것 같은데, 실제로는 아무것도 아닌 것만 생각하고 있었다. 요리키 바지를 다림질해 준 사람은 하숙집 주인일까, 아니면 와다 씨일까… 아마 또 깜빡하고 텔레비전 보험 지로 용지를 주머니에 넣어두었던 것 같다…. 이런 걷잡을 수 없는 상념의 미로에 헤매며 미동도 없이… 그저 감정만이 살아서 기회가 생기면 도망치겠다고, 틈을 노리는 고양이처럼 등을 구부린 채 때를 기다리고 있었다. 아니, 고양이라고 한 건 단순한 형용사로서가 아니다. 그때 내가 일상적인 연속감—이 광기에 가까운 단절의 대칭점—으로 떠올린 것은 다른 무엇도 아닌, 등나무 덩굴 사이로 삐져나온 햇살을 흠뻑 맞은 툇마루의 광경이었기 때문이다…. 그 툇마루가 있는 한, 나는 반드시 구원받아야만 했고, 또 구원받을 게 분명했다.

삐걱거리는 의자 소리를 내며, 문득 아이바가 일어섰다.

"슬슬 시작할까요… 이제 시간 됐죠?"

"날 죽이려고?"

뒤로 의자를 쓰러뜨리고, 버럭 소리를 지르며 나도 모르게 일어섰다.

"아니에요…."

깜짝 놀란 듯 요리키는 입을 다물고, 와다가 재빠르게 이어 말했다.

"아직 예정 시간은 2시간 넘게 남았어요. 그 전에 약속한 대로 수중 인간 양육장을 영상으로 보여드려야 하고, 혹시 원하시면 예언 기계가 예상한 해저 식민지의 모습도 꼭 보여드리고 싶어서…."

"뭘 물어, 당연히 보고 싶지."

기계 안에서 쫓아올 기세로 참견했다.

"처음부터 그렇게 프로그래밍이 되어 있어서, 조치 시간을 9시로 연기한 거야. 아무리 이론으로 밀고 나가도 본인은 아직 이해가 안 간다고 하니까. 아직도 분명히 속으로 반기를 품고 있겠지…."

"그럼 시작해도 되는 거죠?"

도모야스의 뒤에 있던 아이바가 그 어깨 너머로, 기계를 향해 손을 뻗었다.

"보기 전에 물 한 잔 마실 수 있을지…."

도모야스는 아주 조심스럽게, 아이바를 피해 몸을 꼬며 와다를 봤다.

"캔 주스가 있는데, 드릴까요?"

"아, 네, 죄송해요, 목이 너무 말라서…."

"괜찮아요. 어차피 아래층의 기무라 씨한테 우리는 늦어질 것 같으니까 먼저 퇴근하라고, 가서 말해줘야 하거든요…."

상반신을 꼿꼿이 세운 채 미끄러지는 듯한 발걸음으로 걸어 나가는 와다를, 나는 갑자기 불러 세웠다.

"그럼, 기무라 씨나 아래층 사람들도 이 조직을 알고 있단 얘기야?"

"아뇨, 그 사람들은 몰라요…."

요리키가 대신 대답했다. 그리고 거의 동시에 나는 문쪽을 향해 몸을 구부려, 온 힘을 다해 발가락 끝으로 바닥을 박차고 튀어 올랐다. 하지만 쭉 뻗은 손이 손잡이에 닿기도 전에, 커다란 문이 안쪽으로 벌컥 열리는 바람에 겨우 넘어지지 않고 버틴 나를, 자칭 암살의 명인이라는 그 젊은 남자가 받아주듯이 가로막았다. 멋쩍은 미소를 지으며, 긴 양팔의 힘을 주체 못 하겠다는 듯 나를 집어 올리며….

"진짜 이러시기예요…. 이러시면 안 되죠, 선생님…."

무작정 부딪혀 보기로 했다. 기무라에게 사정을 말하고, 도움을 요청하는 수밖에 없었다. 이놈들은 완전히 미쳤다. 왼쪽 어깨로 상대의 가슴팍을 들이받고, 그 반동으로 오른쪽으로 도망치려고 했다. 적어도 나는 그럴 계획이었다. 하지만 어디서 계산 착오가 있었는지, 왼쪽 옆구리에 강력한 압력을 느끼고, 그 통증 부위를 중심으로 몸이 휙 돌아가는가 싶더니, 바로 다음 순간에는 이해하기 어려운 자세로 반대쪽 벽에 내던져지고 말았다. 내 하반신은 어디 멀리 떨어져 나간 느낌이었다. 허벅지 사이며 손가락 사이, 귓구멍 안에서도 몇 개의 시선이 내 얼굴을 훔쳐보고 있다. 간신히 공간이 다시 정상적으로 파악되기 시작하면서, 심장 아래 부근에서 날카로운 통증이 점점 커졌다.

요리키와 도모야스가 양쪽에서 날 부축해, 원래 자리에 도로 앉혔다.

"땀 좀…."

와다가 작은 목소리로 말하며, 여러 번 접은 손수건을 내 손 위에 놓았다. 일이 참 어렵게 돌아간다고 말하고 싶은 듯, 야마모토 씨가 고개를 좌우로 흔들었다. 그 남자는 어딨나 보니, 조금 전의 그 자세로 얇은 입술을 수줍게 벌리고 있었다.

"…이런 상황이 오면 이렇게 하라고 선생님이 그러셨잖아요…. 처음에는 농담인 줄 알았다니까요. 이러시면 저도 정말 난처하죠…."

"이제 됐어. 그만 나가서 대기하고 있어."

이 말은 기계가 했지만, 남자의 귀에는 내 목소리와 구별이 안 된 모양인지, 별다른 반응도 없이 목뼈라도 부러진 사람처럼 고개를 푹 숙이더니, 바닥에 쩍쩍 붙었다 떨어지는 고무창 달린 신발 소리를 요란하게 내며 방을 나갔다.

"저는 신경 쓰지 말고 시작하세요."

그렇게 말한 와다도 밖으로 나갔다.

"말이며 행동이며 전부 예상한 그대로야."

기계가 꼭 타박하는 것처럼 말의 어미에 힘을 실었다.

요리키가 불을 끄고, 아이바는 화면 스위치를 눌렀다.

갑자기 어둠에 내몰린 사람처럼 나는 소리를 질렀다. 하지만 목이 따끔따끔해서 생각만큼 큰 소리가 나지는 않았다.

"왜… 도대체 이렇게 하는 이유가 뭐야? 어차피 죽일 거면 빨리 죽이기나 해!"

요리키가 화면에서 나오는 푸른 빛에 휩싸인 채, 쭈뼛쭈뼛 뒤를 돌더니 말했다.

"그게요, 저희는, 상관이 없어요…. 혹시 선생님이 정 보기 싫으시면…."

나는 입을 다물었다. 그저 가만히 옆구리 통증을 견뎌내면서….

간주곡

✶

야마모토 씨의 해설과 함께 화면으로 보는 수중 인간 양육장의 실사 풍경

화면에 'No.3'라는 하얀 페인트 글자가 칠해진 철문이 나온다.

흰 가운을 입은 청년이 등장해, 눈이 부신 듯 가늘게 뜬 눈으로 이쪽을 돌아본다.

—우선 맨 처음 보실 곳은 발생실입니다. 선생님께 아드님과의 대면을 요청드리는 건데요…, (청년을 향해) 준비는 다 됐고?

—예…. 이쪽, 제3실에 대해 말씀드리면….

—아니, 일반적인 설명은 됐어…. 일단 아드님의 상황을 보여드려….

(청년, 고개를 끄덕이고 문을 연다. 내부는 돼지 발생실과 거의 똑같은 모양이다. 청년은 철 계단을 올라 안쪽으로 들어가 버린다.)

이 복도를 따라 쭉 오른쪽으로 가시면, 어제 선생님께 안내해 드린 건물의…, 아, 기억나세요? 개를 훈련했던 수영장…. 여기가 바로 그 뒤편이거든요…, 긴 지하도라 걸으면 30분도 넘게 걸려서, 소형 전차를 만들까 계획 중이에요….

(청년, 손에 유리 용기를 들고 되돌아온다.)

—문제없어?

—네, 양호합니다.

(유리 용기 클로즈업. 둥근 송사리 같은 모양을 띤 태아. 아지랑이처럼 흔들거리는 투명한 심장. 어두운 색의 한천

같은 물질 안에 스파클라의 불꽃처럼 흩뿌려진 듯이 보이는 혈관.)

—아드님입니다…. 어떠세요, 소감이? …아주 건강한 것 같아요 …저 괜찮으시면 계속 진행하려 하는데요. (암전) 아, 잠깐만요. 준비하겠습니다. 이 수중 인간 양육장은 발생부, 육아부, 훈련부, 이렇게 세 부서로 크게 나뉘는데요, 그중 발생부는 다른 동물의 경우와 똑같으니까 생략하겠습니다. 그리고 육아부와 훈련부의 차이를 말씀드리면, 육아부는 태어난 직후부터 다섯 살까지, 훈련부는 여섯 살 이상을 다루는 곳입니다. 단, 여섯 살 이상 아이들은 아직 실험 단계였던 시기의 아이들이라, 여덟 살이 1명, 일곱 살하고도 6개월이 8명, 일곱 살이 24명, 여섯 살이 그나마 181명으로 전체적으로 아주 소규모라 할 수 있습니다. 그런데 다섯 살 아이들을 보면, 갑자기 4만 명으로 늘어나고, 네 살 아래는 더 많아서 해마다 9만 명에서 10만 명 정도가 됩니다. 그러니까 내년도부터는 훈련부도 이제 본격화될 예정이라, 현재 여러 해저에서 건설을 서두르고 있습니다. 한 훈련부당 수용 인원은 3000명에서 1만 명이니까, 대형, 소형 합쳐서 21군데….

—오래 기다리셨습니다.

(목소리가 끼어들고, 화면이 밝아진다. 거대한 수영장의 물속. 눈앞에는 작게 칸막이가 쳐진 선반이 위아래로 한없이 이어져 있다. 칸칸마다, 수중 인간이 된 아기들이 저마다 편한 자세로 둥둥 떠 있다.)

—육아부 안에 있는 유아실입니다. 분만실에서 곧바로 이쪽으로 운반되어 오는데요, 일단 하루에 500명, 많은 날은 천 명이 넘어갑니다. 젖을 떼기까지… 5개월… 여기서 맡아주는 게 좋겠지만, 그렇게 되면 적어도 12만 명분의 침대를 마련해야 합니다. 불가능한 얘기죠. 그래서 2개월 아이까지 전부를 맡고, 그 이상은 테스트 목적으로 개월 수 별로 300명, 총 900명을 맡고 있습니다. 나머지 2개월 이상 아이들은 각 해저 개발 예정지 부속 육아부로 보내지고요. 전체적으로 아직은 지도 요원이 부족한 실정이라 걱정인데요, 그래도 사망률은 낮습니다. 그래서 이 수영장에 1만 3000명이 있고, 이것과 똑같은 수영장이 다섯 개 있습니다. 그리고 3개월부터 5개월 아기들을 위한 모델 풀장이 있습니다. 그 모델 풀장을 나온 아이들을 위한 것이 육아부와 훈련부인 거죠. 순서대로 보실 텐데요, 우선 이 수유 설비를 보시는 게 어떨까 싶네요….

(카메라가 어느 한 칸으로 다가간다. 합성수지로 만든 상자다. 안에는 희끄무레한 주름투성이인 수중 인간 아기가 큰 머리를 아래로 숙이고, 엉덩이를 위로 떠오르게 한 기묘한 자세로, 아가미를 실룩거리며 잠들어 있다. 상자 윗부분에 수많은 돌기가 나 있고, 그 하나하나가 가느다란 관으로 연결되어 있었다. 그 가는 관은 바로 위에 있는 큰 파이프와 연결되어 있다. 아래에도 똑같은 파이프가 있는데, 이건 상자마다 하나씩밖에 없다.)

—위에 있는 파이프가 수유관이고, 아래 파이프가 오물 처리관….

(애퀄렁을 멘 기사가 헤엄쳐 와서 고개를 끄덕이더니, 상자 위를 손가락으로 가볍게 두드린다. 아기가 눈을 뜨고 아가미를 격렬하게 열었다 닫으며, 천천히 위를 보는 반듯한 자세로 몸을 돌린다. 그리고 머리부터 떠올라 천장에 있는 돌기 하나에 가서 달라붙는다. 그 모습은 평범한 아기의 표정과 똑같지만, 한 모금 빨 때마다 아가미 틈으로 우유가 흘러나오는 광경은 매우 기묘하다. 잠시 후, 상자 안이 새하얗게 된다. 아래 파이프를 통해 오래된 해수와 신선한 해수가 순환되고 있음을 알 수 있다.)

—그런데 제일 난관은 영양보다는 역시 체온 조절 문제였습니다. 아가미가 생겨서 외분비선에 일련의 변화가 일어났고, 소위 상관의 법칙이라는 것 때문에 피부가 변질되고, 피하 지방이 축적될 거라는 것까지는 어느 정도 예측하긴 했지만, 그것이 어느 정도일지 구체적으로는 예상을 못 한 겁니다. 게다가 피부의 생리적, 물리적 저항력 문제도 있고요. 이 문제로 정말 고민 많이 했습니다. 아니, 성장한 이후라면 합성수지 같은 거로 옷이라도 만들어 입힐 수 있겠죠, 물은 열의 부도체니까, 체온을 유지하는 것 정도 어려운 일도 아니거든요…. 사실 그렇게 해서 어느 정도 성공을 했는데요…. 문제는 이 수유기의 수온을 어느 정도로 하느냐는 점에서…. 아시다시피 온혈 동물은 외부의 온도로부터 체온을 독립시킴으로써 고온을 유지하고, 더 큰 에너지를 소비할 수 있게 되는데요, 급격한 형질 변화를 경험한 수중 인간은 환경에 대한 적응력이 비정상적으로 활성화되어 있어서, 잘못하면 체온을 내려 버리는 수가 있거든요. 예를 들어, 물고기의 체온과 수온의 차이는 대개 2도에서 3도입니다. 만약에 물고기처럼 되어버리면, 어렵게 탄생시킨 수중 인류가 아무 쓸모도 없는 멍청이가 되고 말겠죠. …그럼 35도 수온에서 키우면 되냐고 물으실 수 있는데, 그게 그렇게 간단

한 문제가 아닙니다. 이번에는 피부나 피하 지방의 강화라는 점에서 또 걱정거리가 생기거든요. 완전히 딜레마였죠. 그래도 이 문제 역시 어떻게 해결을 했습니다. 보세요. 위의 파이프…. 밖에서는 안 보이지만, 2중으로 되어 있어서 내측 파이프가 둘로 나뉘어 있습니다. 하나는 우유, 또 하나는 섭씨 6도 바닷물, 이렇게 나뉘어져 있죠, 평소에는 우유 쪽이 젖꼭지를 향하는데, 조작실에서 조정하면 그 파이프가 회전해서, 10초 간격으로 8초 동안 여섯 번, 아침, 점심, 저녁으로 세 차례씩 우유 대신 냉수를 그 30개 젖꼭지로 분사시킵니다. 말하자면, 가압 냉수로 마사지를 해주는 거죠. 이건 상상 이상으로 효과를 봤습니다. 지금은 못 보여드려서 안타깝지만, 그걸 하면 아기들이 어찌나 난리를 치는지…, (키득키득 웃으며, 손을 젓는다.) 그럼 여기는 이 정도로 하고, 다음 보실까요? 순서대로 말씀드리면, 다음은 모델 풀장이 있고, 그다음은 나이별 풀장으로 갈 건데요, 별로 시간도 없으니까, 중간은 쭉 생략하고, 마지막 5세 아동의 생태만 보여드리도록 하겠습니다.

(일단 페이드아웃한 뒤, 다음 장면으로. 초등학교 교실 크기의 수영장. 발에 작은 고무 물갈퀴를 달고, 자유자재로 헤

엄치거나 쉬고 있는 아이들이 서른 명쯤 된다. 남녀 비율은 반반쯤이다. 신기할 정도로 크게 뜬 눈은 깜빡이지도 않고, 머리카락은 해초처럼 거꾸로 서서 흔들거린다. 목 근처에는 아가미가 벌어져 있고, 몸통에 비해 빈약하게 오므라든 가슴을 빼면, 이 수중 인간 아기들은 틀림없는 일본인 얼굴을 하고 있다. 주변 한 면을 자욱하게 메운, 녹슨 금속들을 서로 비비는 듯한 소리. 천장에서 내려온 파이프를 조립한 정글. 수면에 떠오른 크고 작은 나뭇조각. 여러 구멍들과 높이가 다른 복잡한 모양의 벽 돌기들. 아이들의 놀이도구인 듯하다.)

—이 소리는 아이들이 이를 가는 소리입니다. 이 갈기는 수중 인간들의 언어라 보시면 됩니다. 성대는 퇴화했고, 있어봤자 물속에서는 쓰지 못하니까요. 모스 부호 같은 식으로 소통을 하는데요, 문법은 일본어와 똑같아서 바로 번역이 가능합니다. 이 언어가 편리한 점은 입을 쓰지 않고, 무언가 도구를 써서도 대화가 가능하다는 것이겠죠. 손가락을 맞대고, 둘만의 밀담도 할 수 있고, 볼에 한가득 음식을 넣은 상태에서 바닥에 발만 비벼도 근사한 연설을 할 수 있습니다. 그리고 글자도, 가로줄, 세로줄을 조합해서 알기 쉬운 기호로 만들어 줬습니다. 지금, 통신기사 출신 중에 수중인간 언어를 자유롭게 구사하는

사람이 80명 정도 되고, 전자두뇌를 사용한 번역기도 가동하기 시작했으니까, 꽤 빈틈없는 교육을 시킬 수 있게 되었습니다. 보세요, 다들 동시에 긴장하는 거 보셨죠? 발신소에서 명령이 나온 거예요.

(아이들은 신호가 나오는 방향을 빤히 보고 있다가, 갑자기 앞다투어 왼쪽 출구로 돌진해 간다. 카메라가 그 뒤를 쫓는다. 애퀄렁을 멘 두 여자. 한 명이 큰 상자 옆에 서고, 또 한 명이 작은 막대기를 문지르며 어떤 지시를 내리는 듯하다. 아이들은 그 앞에 한 줄로 선다. 한 여자가 상자에서 검은 물건을 꺼낸다. 문고판 정도 되는 크기의 물건이다. 그것을 순서대로 아이들에게 나눠준다. 한 아이가 갑자기 그것을 받아 덥석 깨문다.)

—식사 시간이네요.

(막대기를 든 여자는 그것을 먹은 아이를 때린다. 아이는 이를 갈며 도망친다.)

—버릇없게 굴어서 혼난 거예요. 예의범절은 엄격하게 가르치고 있거든요. 방으로 돌아가기 전에 먹어서는 안

돼요.

—방금 저 아이, 웃은 건가요?

—글쎄요…. 저 아이들의 감정 표현은 약간 특이해서요. 적어도 저희가 생각하는 의미로는 웃은 게 아닐 거예요. 폐처럼 횡격막도 퇴화해서 웃을 수가 없거든요. 또 재미있는 건, 이 아이들은 절대로 울지 않는다는 거예요. 다른 외분비선과 마찬가지로, 눈물샘이 없으니까요. 울고 싶어도 울 수 없는 거죠….

—눈물은 안 나와도 다른 방법으로 우는 건 아닌가요?

—미국의 심리학자 윌리엄 제임스가 이런 말을 했죠. 인간은 슬퍼서 우는 게 아니다, 우니까 슬픈 거다. 울기 위한 눈물샘이 없는 거니까, 어쩌면 슬픔이라는 감정 자체를 모를지도 모르죠….

(한 소녀가 카메라 앞을 가로지르려다가 깜짝 놀란 듯 돌아본다. 심통 난 작은 얼굴, 크게 벌어진 채 반짝거리는 눈. 갑자기 이를 드러내며 날카로운 소리를 낸다. 그리고 몸을 뒤집어, 헤엄쳐 사라진다….)

—잔인해!

—뭐라고요?

—너무 참혹해….

—(웃으며) 그러시면 안 되죠, 유추만으로 동정을 강요하는 건…, 그러지 마시고 다음 장소로 가시죠…. 여섯 살 이상 아이들의 모델 훈련을 보실 차례입니다….

—(화면 안에서) 잠깐 쉬고 싶은데요….

—아, 그렇죠, 어차피 그곳은 조금 떨어진 곳에 있어서 카메라를 잠수 보트로 옮겨야 하거든요. 그동안 불을 좀 켜주시면….

휴식 시간을 이용해
도모야스의 제4 간빙기 종말설에 관한 중요 보고

—저는 그저 사무국 사람이라서요, 간단히 한마디만 조금…, 이건, 가쓰미 선생님도 알고 계신 건데요, 아니, 오늘 아침께 신문사에서 전화가 왔어요…. 태평양 해저 화산들이 활동을 시작한 것에 관해 합동 조사를 하고 싶다는 소련 쪽의 의사 표시였죠…. 솔직히 말씀드리면 요리키 씨한테 부탁해서, 저희 쪽에서는 이미 조사를 마쳤었어요…. 아니, 아마 소련 쪽에서도 대략적인 전망은 갖고 있을 텐데, 원래 그 사람들 잘하는 거 있잖아요, 정치

적 홍정….

—되도록 간단히 말씀해 주시는 게 좋을 것 같아요.

요리키가 타이르듯 지적한다.

—저도 알아요. …어차피 전 문외한이라 간단하게밖에 말씀 못 드려요…. 제 말은, 실제로 태평양에서는 전체적으로 해저 화산이 활동을 시작한 것 같다는 거예요…. 그게 또 최근 기상 이변과도 관련이 있는 것 같고요…. 특히 우리 북반구는 여름에 이상 고온 현상을 보이고 있죠…. 이것에 대해서는 상당히 예전부터 태양의 흑점 때문이라든가, 인간 에너지 소비의 증대로 인한 탄산 가스 증가 때문이라든가, 여러 설이 있었죠. 그런데 이런 것들로는 이제 설명이 안 된대요.

언젠가는, 제4 간빙기의 흔적인 빙하나 남극의 얼음까지 녹아서, 자연스레 해수면이 높아질 날이 온다는 건 알고 있었죠. 그런데 이제는 그 높아지는 방식이 계산에 들어맞지 않는다는 걸 알게 된 거예요. 뭐, 완전히 녹아내리기까지 천 년도 안 걸릴 거고, 딱 지난 제3 간빙기 때처럼 똑같이… 그러니까 해수면이 100m미터 정도는 상승할 거로 보고, 각 나라에서는 도시나 공장을 천천히 고원 지대로 옮기기 시작했어요, 그런데… 아니, 부끄러운 얘기인데, 우리는 고원 지대가 없기도 해서, 저희 정부는 상황을 보고 그때 판단하자고 모른 척 손을 놓고 있었던 거죠….

그런데 얼마 전에 지구 관측년 이래로 빙하가 녹은 분량보다, 실제 해수면이 올라간 만큼의 양이 훨씬 더 많다는 사실이 밝혀졌어요. 그 숫자가 글쎄, 계산을 믿는다는 가정하에, 거의 세 배 가까이 불어났어요. 아니, 어떤 학자는 3.5배 늘어났다는 사람까지 있었어요…. 그래서 보니까 확실히 각 지역의 지반 침하에는 지하수가 줄었다는 것만으로는 설명이 안 되는 부분이 있었어요. 그럼 생각해 볼 수 있는 건, 바닷물이 새로 어딘가에서 만들어지고 있다는 거잖아요. 즉, 해저 화산이 대대적으로 활동을 시작했다는 말이죠. 보통 화산 가스라는 건 대부분이 수증기고, 지금의 바닷물도 원래는 이 화산 가스에서 만들어진 거라고 하니까, 어쩌면 이 가설은 진짜일지도 몰라요. 저는 잘은 모르지만, 대략 그런 것 같다는 거죠….

아무리 그래도, 이렇게 바닷물이 늘어나는 걸 보면 작은 분화 같지는 않아요. 뭔가 말도 안 되는 일이 벌어지고 있는 것 같다는 말이에요. 예를 들면, 이건 새로운 학설인데요…, 아, 물론 선생님들 하시는 얘기를 저는 전해드리는 것뿐이죠…, 원래 육지라는 것은 지표면에서, 특히 방사성 물질이 많은 곳이 그 열로 융해하고, 부풀어서, 솟아오른 거래요. 그래서 당연히 그 안에는 뜨겁고 걸쭉한 마그마가 가득 차 있죠. 시간이 지나면서, 그게 점점 부풀어 오르고, 가끔 화산이 돼서 터져 나오는데, 그것만으로는 도저히 처리될 수가 없어요. 그게 다가 아니라, 용암으로 계속 표면이 뜨거워지고, 무게도 늘어가니까 결국 못 버티고 푹… 이렇게 밟혀 납작해진 단팥빵처럼, 가장자리에서 한꺼번에 속이 다 터져 나와버려요. 어디서 나오냐면, 당연히 바다와 육지의 경계선에서 나오는 거죠.

이런 분출이 보통 5000만 년에서 9000만 년에 한 번꼴로 반드시 있었대요…. 그리고 조사해 보면, 아무래도 태평양과 대륙의 경계선 부근에 수상한 움직임이 있어요. 소위 태평양의 '불의 고리'라고 불리는 그 지진지대예요…. 아니, 솔직히 저도 잘은 몰라요…. 뭐 그렇다고 하면, 요즘 기온이나 해수면 상승은 단순한 간빙기적 현상이 아니라, 그 5000만 년에 한 번 온다는 대변동일 수 있다는 거예요…. 이게 결국 제4 간빙기 종말론이라는 거거든요….

음, 어디서 퍼진 건지 이 설이 돌기 시작하면서, 각 나라에서는 안 되겠다 싶으니까 바로 지구 관측년을 해산해 버렸어요. 왜냐하면, 이 논리로 보면, 그리 멀지 않은 시기에 지금보다 몇백 배는 더 많은 해저 화산이 동시에 분화할 거고, 해수면은 한꺼번에 매년 30미터가 넘는 속도로 불어나고, 40년 후에는 1000미터를 넘어가게 되거든요. 만에 하나 이 사실이 공표되면 대혼란이죠. 사회고 질서고 엉망이 될 거예요. 소련처럼 휑하니 넓은 나라는 어떨지 몰라도, 유럽이 우선 전멸하고, 미국도 로키산맥을 제외하고 완전히 전멸할 거고, 일본은 뭐, 선생님, 산이 많은 작은 섬 대여섯 개만 남아서 덩그러니 떠 있을 거예요…. 뭐라도 대책을 세울 때까지 이런 얘기는 국민들에게 철저히 감추는 것이 정부의 의무겠죠.

거기다 다른 정부들도, 타국 일에 관여 안 할 테니 우리 일에도 관여하지 말라고 나오니까, 서로 손을 떼게 된 거예요. 그런데 정부 소식통이라는 게 끊임없이 바뀌니까 마냥 믿고 있을 수도 없고…. 이런 배경 탓에 재계 거물 출신들이 주축이 되어 일종의 대책 위원회를 만든 거예요. 이게 나중에 이 해저 식민지 개발협회로 발전하게 된 거고….

"불공평해!"

…강한 산이라도 삼킨 것처럼 혀끝까지 뜨거워졌다. 정말로 화를 내고 있는 것인지, 화를 내야 한다고 생각한

것인지, 그것도 아니면 화낼 핑계를 찾고 있었던 것인지 잘은 모르겠지만, 어쨌든 여기서 있는 힘껏 소리를 지를 필요가 있다고 느꼈다.

"그걸 미리 알았으면…."

하지만 턱 근육이 바싹 말라 제대로 움직여주지 않았다.

"왜… 진작 말 안 했어? 처음부터 알았으면… 나도…."

"그럴까요?"

요리키가 눈을 치켜뜨며 날카롭게 되물었다.

"아니, 그렇잖아…."

꼭 비명 같은 소리가 나왔다.

"그런 중요한 얘기를 입 꾹 닫고 감췄다는 게…."

"그런데 저는 그렇게 생각 안 하거든요. 이 얘기를 먼저 꺼냈으면, 선생님은 지금보다 훨씬 더 거칠게 달려들었을 거예요, 더 발버둥 쳤을 거라고요."

"왜?"

"선생님은 육지가 함몰한다는 것 때문에 불안하셨죠?"

"그래!"

"그럼 수중 인간이란 존재가 그 불안을 없애줄 거 같아요?"

대답하려고 했지만, 아무 말도 나오지 않았다. 감기 걸린 초라한 작은 동물처럼 쌕쌕거리는 소리를 낼뿐이다.

…상반신은 달아오르는데, 무릎 아래가 묘하게 차다. 꼭 아래서부터 죽음이 기어오르는 듯이.

"그래서 저는…."

요리키가 느린 말투로 대꾸했다.

"해저 화산 같은 건 오히려 부차적인 문제라고 생각해요."

"왜요?"

도모야스가 불만 가득한 목소리로 끼어들었다.

"현대라는 이 시대가 단순한 간빙기가 아니라, 제4 간빙기의 종말… 아니, 완전히 새로운 물질적 변동을 시작하는 걸 수도 있는데…."

"그건 좋아요. 그런데 해저 식민지 개발은, 그런 천재지변이 일어나냐 마냐와는 상관없이, 그것 자체로 큰 의미가 있어요. 어쩔 수 없으니까 하는 게 아니라, 그것 자체가 적극적으로 훌륭한 세계라서 하는 거예요. 전 해수면 상승 문제는 오히려 높으신 분들이 결단을 내리실 수 있게 만드는, 좋은 양념 정도라고 생각해요."

"궤변이에요, 요리키 씨, 그건 궤변이네요…."

"궤변이라도 상관없어요, 저희는 도모야스 씨와는 입장이 다를 테니까요…. 보세요, 선생님, 저희는 행동은 같이할지언정 사상적으로 완벽하게 일치하진 않아요. 그렇죠, 도모야스 씨? 실제로 재계 인사들은 이걸로 한밑천

잡으려 머리를 굴리고 있잖아요? 아니면 미래를 위해서 돈이고 뭐고 다 때려치우는 거라고 생각하세요?"

"말이 지나치네요."

도모야스는 욱한 표정으로, 쑥 내민 턱을 팽팽하게 당겼다.

"부차적인 거든 아니든, 거리며 밭이며 부글부글 끓고 있는 건 사실이니까요. 무슨 말을 해도 그건 사실이에요!"

다시 야마모토 씨의 해설과 함께 화면으로 보는 수중 인간 모델 훈련소의 실사 풍경

(흔들리는 물속…. 검은 바다를 배경으로, 한 줄기 피어 있는 튤립처럼 생긴 무언가가 하얗게 빛을 내며 떠 있다.)

—저게 바로 모델 훈련소 건물입니다. 재미있는 건축법이죠…. 전체가 플라스틱으로 되어 있는데, 벽이 떠 있는 상태로, 안에 가스가 차 있습니다. 그 부력으로 떠 있는 거죠. 중력에 의존하는 지상의 건축과는 완전히 반대죠. 공간을 자유롭게 이동할 수 있는 수중 인간이 사는

곳이니까, 바닥이나 천장에 집착할 이유가 없어요. 꼭 평면이어야 할 필요도 없죠. 출입구도 마찬가지예요, 그래서 문은 위에서 열리게 되어 있습니다. 지극히 단순한 구조로 만들어졌어요. …그리고 뭐니 뭐니 해도 제일 편한 건 방 안에 공기가 필요 없기 때문에, 누수나 수압 문제를 전혀 신경 안 써도 된다는 거예요…. 깊은 바다는 평화롭고, 참 고요하죠….

(건물에 더 가까이 다가간다.)

—꽤 크네….

—지금은 214명밖에 없지만, 아이들이 늘어나면 1000명까지 수용할 예정입니다. 이거 하나로 학교 겸 기숙사인 셈이죠…. 작은 건물이에요…. 나중에는 여기에 이것과 똑같은 건물 스물한 채가 나란히 세워질 겁니다. 해마다 300명씩, 다섯 살부터 열 살까지 총 2만 1000명이니까…, 아니, 건물은 쉽게 세워요. 머지않아 대량으로 생산될 거거든요. 트럭 한 대 크기로 접은 걸 총 네 개 옮겨와서, 현장에서 조립하고 가스를 불어 넣으면 끝이에요. 굳이 제일 까다로운 작업을 꼽자면, 해저 바닥에 토대를 고정시키는 것 정도일까요?

(카메라, 건물을 따라 위로 간다. 부드럽고, 형광색에 가까운 빛의 무리가 몇 줄씩 겹쳐 있다. 빛은 벽 안에서 나오는 듯하다. 작은 물고기 한 무리가 팔랑팔랑 몸을 흔들며 가로질러 간다.)

—주의 깊게 보세요. 이 기다란 빛의 무리는 아주 미세하기는 하지만, 밝아졌다가 어두워졌다가 하거든요. 그 명암의 리듬이 아주 조금씩 엇갈리면서, 아래쪽으로 이동해 갑니다…. 일종의 집어등 역할도 하고 있어요. 물고기는 종류별로 자기가 원하는 밝기가 일정하게 정해져 있어서, 자기도 모르게 이 조명을 따라 아래쪽으로 내려가게 됩니다. 거기에 말하자면 그물이 크게 입을 벌리고 기다리고 있는 거죠…. 보다 문명화된 초파리 트랩 같은 거라 보시면 됩니다. 미래 사회에서는 이런 어획법이 아주 유행하지 않을까 예상해 봅니다…. 꽤 효율이 좋거든요. 그래서 이 근처 오는 어부들은….

—도대체 여기가 어디예요?

—우라야스와 기사라즈* 사이, 중간쯤일 것 같은데요….

—그런데도 여태 안 들켰네요….

---

* 두 곳 모두 일본 지바현에 속한 지명이다.

—의도해서 고른 건 아니지만, 이 근처는 깊이가 5, 6미터나 됩니다. 거기에 진흙도 파냈으니까요…. 한 25미터 건물 높이 만큼이니까…, 잠수복 없이는 좀처럼 들어갈 수 없는 깊이죠. 거기에 학생들도 많이 주의하고 있고….

—훈련은 어떻게 하죠?

—훈련 시간에는 옥상이 수면 아래 20미터 정도까지 올라가도록 버팀목을 길게 빼거든요.

(카메라, 옥상에 다다른다. 볼록한 바닥 가운데에 동그랗고 커다란 구멍이 있다. 그 구멍 둘레에 한 발을 걸치고 마치 유랑이라도 하듯 물살에 몸을 맡긴 소년이 서 있다. 어깨 부근에는 손바닥만 한 물고기가 있다.)

—마중 나왔나 보네요…. 저 소년이 수중 인간 제1호입니다. 제일 연장자고, 올해 여덟 살인데요, 보기에는 열둘, 열세 살, 아니 더 되어 보이기도 하죠? 부모가 없어서 그런 것도 있겠지만, 이건 더 본질적인 문제로, 아무래도 바닷속에서는 뭐든 놀랄 만큼 성장이 빨라요. 소련 과학아카데미 발표집에서 읽은 적이 있는데, 식물도, 육지 식물의 생물학적 효율은 5퍼센트 정도인 것에 비교하면, 물속에서는 거의 100퍼센트에 가깝대요. 코끼리가 어른이

되기까지 40년이나 걸리는데, 그 큰 고래는 생후 2, 3년이 지나면 새끼를 낳아요….

(소년, 어렴풋이 입을 벌리고 이를 갈며 머리를 숙인다. 물고기가 그의 입술에 몸을 비비려는 것을 가볍게 밀어낸다. 희미하게 미소를 지은 것 같기도 하지만, 어쩌면 아닐지도 모른다. 온몸을 회색 재킷과 타이츠로 감싸고, 발에는 지느러미를 끼웠다. 옅은 머리카락이 연기처럼 흔들리고 있다. 이상할 정도로 크게 뜬, 찌그러지고 예리한 눈은 그렇다 치더라도, 쉬지 않고 사방팔방에서 밀어대는 수압을 견뎌왔기 때문인지, 꼭 소녀처럼 몸놀림이 명랑하다. 단, 아가미와 오므라든 가슴은 어쩐지 섬뜩하다.)

—아주 물고기 길을 잘 들였네. 동물을 좋아하나 봐요, 이 아이가…. 이름은, 성대 소리로 번역하면 '이리리'라고 하는데요… 음, 단순한 기호예요…. 그리고, 저 옥상 지붕을 보시죠….

(옥상 표면 클로즈업. 플라스틱 같은 덮개 아래, 거무스름한 거품 같은 것이 빽빽이 돋아나 있다.)

—세네데스무스Scenedesmus라고 클로렐라의 일종인데요, 원래 담수에 나던 걸 해수로 옮겨서 적응시켰어요…. 필수 아미노산 12종 이상이 들어 있어서 그야말로 이상적인 영양분이죠. 이걸로 만든 전병을 아이들이 어찌나 좋아하는지….

(소년, 무릎을 살짝 구부린 자세로, 소리 없이 구멍 안으로 내려간다. 이를 갈아 물고기를 부른다. 물고기가 그를 따라간다. 카메라도 그의 뒤를 쫓는다. 소년, 휙 몸을 돌려 머리를 아래로 해 속도를 높인다. 미묘한 리듬을 만들어 내는, 지느러미 달린 발끝. 그 너머로 수많은 아이들이 구멍의 벽면을 따라 난간을 붙잡거나 일직선으로 앞을 가로지르며, 기다리고 있다. 마치 곤충 울음소리 같은 작은 소란이 인다….)

—물고기 길을 아주 잘 들였어. 저렇게 점점 익숙해지면 머지않아 가축 물고기가 될 수도 있겠어…. (문득 수화기를 들어) 잠깐 거기 멈춰줄래!

—(스피커를 통해, 굼뜬 목소리로) 작업실 보시겠어요?

—응, 조금 보여줘.

(정지한 카메라가 비추는 벽면…. 반듯하게 정렬된, 긴 타원형 출입구가 꼭 벌집처럼 보인다.)

—아직은 사용자가 없어서 거의 새것이나 마찬가지인데, 이 근처가 대체로 실습 훈련을 위한 교실입니다.

(그 출입구 중 하나에 다가간다. 소년, 물고기를 잡아 자기 머리카락을 물게 한 뒤, 앞장서서 안으로 미끄러지듯 들어간다.)

—말이 교실이지, 물리 화학 실험부터 기계 운전이나 조작하는 법 아니면 식품 가공 기술 같은, 바로 응용할 수 있는 실용적인 기술을 가르쳐서, 완공하면 거의 공장이 될 거예요. 이제 5년 후에 최고 학년까지 정원이 차면, 대부분의 물품들은 여기서 자급자족할 수 있게 되겠죠.

—그럼, 여기를 졸업하면 그다음은?

—해저 공장도 순조롭게 건설 중이고, 해저 광산이나 해저 유전으로 취직해 가는 아이도 있겠죠. 또 해저 목장도 사람이 부족해서 고생하고 있으니까 크게 환영받을 거예요. 특히 성적이 좋은 아이는 특별 교육부로 보내서 의사나 기사, 기술 전문 교육을 받게 하고, 인간의

조수도 시키고, 또 순차적으로 인간과 교대해 나갈 예정이에요.

—(도모야스가 충고하듯) 그런데 거기에는 꽤 반대 의견이…, 그 특별 교육이라는 건요….

—문제없어요. 육지 인간이 할 수 있는 건 어쨌든 한계가 있고, 거기다 전반적으로 절대수가 부족한 상황이거든요.

(카메라는 방의 내부를 비춘다. 작업대가 아니라 바닥과 벽, 그리고 천장에 온갖 선반과 돌기, 갈고리 등이 튀어나와 있고, 그 안에는 플라스틱 풍선으로 매달린 공구들이 있다. …소년, 어쩐지 득의양양해진 얼굴로 카메라와 그 공구를 두리번거리며 본다.)

—보세요, 저게 다 이리리의 발명품이에요. (수화기로) 쓰는 법을 보여달라 해봐.

(이를 가는 소리…. 소년, 고개를 끄덕이고 풍선째로 그 공구를 들고, 방구석에 나와 있는 관으로 간다.)

—압축 공기예요. 물속에서는 중요한 동력이죠. 이것

말고도, 기화성 화약이나 액체 가스….

(소년, 마개를 돌린다. 공구가 기포를 내뿜으며 진동하기 시작한다. 기포는 순식간에 천장에 닿을 높이로 단단해지고, 커다란 거품 방울이 되어 천천히 천장을 채우고 배기 구멍으로 빨려 들어간다. 물고기가 그 뒤를 쫓아가 입을 들이밀기도 한다. 진동하는 돌기를, 옆에 있는 비닐판에 가져다 대니, 순식간에 절단된다.)

—자동 원형톱이에요…. 굉장하죠? 전부 자기가 직접 고안해 만든 거예요…. 네, 물론 재료부터 손수 만들죠. 여기는 플라스틱 가공실이고, 웬만한 건 다 있어요. 바다에서 플라스틱은 육지에서 철에 해당하는 거라, 이걸 잘 다루는 게 곧 생활 기술의 기본이라고 할 수 있거든요…. 그런데 조금 신기하죠? 아직 겨우 여덟 살 아이잖아요. 아무래도 바닷속에서는 몸만 빨리 성장하는 게 아닌 것 같아요.

—에너지는 어떻게 끌어다 써요? 플라스틱 가공에는 고온 작업이 필요할 텐데, 또 여기 조명도….

—당연히 전기죠…. 절연 기술이 발달해서 쉬워지기는 했지만, 물속에서 살다 보면 역시 제일 어려운 문제가 그

거예요. 그렇다고 전기 없이 살 수도 없고….

—못 살아요?

—당연하죠. 뭐, 가열이나 동력 문제 정도면 다른 거로 어떻게 해보겠는데…, 통신 문제가 되면…, 수중에서는 전파를 못 쓰니까 당연히 초음파를 쓰거든요. 그걸 발신하고 수신할 때 꼭 전기가 필요해요. 또 나중에 언젠가는 압축 공기 같은 것도 되도록 자급자족으로 가고 싶거든요…. 아직은 육지에서 케이블을 연결해서 쓰는데, 나중에는 소형 원자력 발전을 하든, 효율 좋은 중유重油 발전을 연구하든, 부력을 응용한 가스 발전을 하든, 육지 도움 없이 살아갈 방법도 고민해야 해요. …그렇게 되면 대륙에서 한참 떨어진 바닷속에도 안정적인 연구소를 건설할 수도 있고, 또 대도시 건설도 꿈이 아니게 되겠죠…. 엇, 또 무슨 발명하나?

(소년, 이번에는 밑에서 3분의 1 정도 되는 지점에 페달이 달린 기다란 막대기를 꺼내온다. 그것을 수직으로 세운 상태로 올라타더니 페달을 밟자 바로 아래에 직각으로 스크루가 나온다. 그의 몸이 쑥 떠오르고, 힘을 주어 몸을 쓰러뜨리자 이번에는 옆 방향으로 속력을 낸다.)

—수중 자건거네요…. 남들에게 보여주는 걸 참 잘 하는 아이예요….

—의외로 사람을 잘 따르네….

—맞아요…. 이리리는 특별히 더 그래요…. 이 아이의 실험은 첫 실험이었기 때문에, 출생 프로세스에 약간 실수가 있었는지도 몰라요. 외분비선이 완벽하게는 사라지지 않은 거예요. 예를 들면, 눈 모양이 삐뚤어진 거 보셨죠? 미세하긴 하지만, 왼쪽 눈에 아직 눈물샘의 흔적이 있어요. 그런 게 어쩌면 불완전 연소의 원인인지도 몰라요….

—불완전 연소?

—인간의 정서가 다분히 피부나 점막 감각에 의존하고 있는 건 아시죠? 예를 들어, '소름끼치다', '까칠하다', '끈적거리다', '근질근질하다'… 이렇게 쭉 나열만 해봐도, 몸 표면의 감각이 얼마나 우리의 기분이나 분위기를 형용해 주는지 알 수가 있죠. 그리고 이 몸 표면의 감각이라는 걸 한마디로 말하면, 공기에 맞서 바다를 보존하려고 하는 본능 같은 걸 수도 있어요. 얘기가 샌 것 같지만, 제 얘기 좀 들어주세요. 이게 중요한 얘기일 수도 있거든요…. 잘 아시다시피 육지 동물 중 가장 진화한 인간마저도, 혈액, 뼈, 원형질에 이르기까지 거의 대부분이 바

다 성분으로 되어 있어요. 최초의 생명이 바다의 결정에서 출발했기 때문만이 아니에요, 그 후에도 생명은 쭉 바다에 의존해 왔어요. 육지로 올라갔을 때조차 바다를 그대로 피부 안에 감싼 채로 가지고 와버렸어요. 병에 걸리면 주사로 식염수를 넣어줘야 할 정도죠…. 그 피부 자체가 바다의 변형이라 그런 거예요. 저항력이 아무리 강해졌어도, 가끔은 바다의 도움을 받아야만 해요. 외분비선이라는 건, 결국은 애쓰고 있는 피부를 위한 바다라는 지원군인 거예요. 눈물은 눈의 바다죠. …그러니까, 결국 저희의 정서라는 것도 말하자면 외분비선의 흥분과 억제…, 다른 말로 하면 육지에 대한 바다의 자기방어 싸움이라는….

—그게 없으면 정서가 없다?

—아니, 없다고는 못 하지만, 우리는 거의 상상도 할 수 없는, 전혀 질이 다른 게 될 거란 말이에요. 실제로 바닷속에 있으니까, 이제는 대기와 싸울 필요가 없잖아요. 물고기가 불의 무서움을 모르는 것과 똑같은 거예요.

(소년, 교묘히 수중 자전거를 타고, 자기 물고기와 술래잡기를 시작한다.)

—실제로 이리리 외의 아이들을 보면, 가끔 이 아이들한테는 마음이 없는 게 아닐까, 불안해질 때가 있어요. 물론, 없는 게 아니라 다른 마음이 있는 거겠죠….

—그래서, 이 아이만 인간에 가깝다는 거예요?

—맞아요…. 보다 보면 대강 이해가 돼요. (자기도 모르는 사이 감상적인 말투로 변하며) 그런데 바닷속에서 육지의 마음을 가졌다는 건, 말하자면 불완전 연소만 한 거 아니겠어요?

(소년, 물고기를 쫓으며, 그대로 카메라 옆을 쑥 빠져나가 방 밖으로 나가버린다.)

—그런데, 그러니까 그 정도로 지혜가 발달할 수 있었겠죠?

—아뇨, 지혜에 있어서만큼은, 다른 아이들도 뒤처지지 않아요. 저 아이보다 3개월이나 어린아이가 거품의 시소를 이용해 시계를 만들었거든요. 시계라 봤자 15분마다 바늘이 움직이는 거지만요….

(카메라, 소년의 뒤를 쫓아, 천천히 일행들에게 간다….)

—(정신을 차리고, 다시 밝은 사무적 말투로 돌아와서) 이 중간층이 주거 공간에 해당하는 곳이고, 그 아래가 학년별 교실…, 교재는 우리 때랑 똑같이, 읽기, 쓰기, 산수로 시작하는데, 그다음을 어떤 식으로 짜면 좋을지…. 일단 이 아이들 생활 조건에 맞춰서, 유체 물리와 고분자 화학에 중점을 둔 형태로 정리는 되어있는데요…, 결국 저희가 억측을 내놓은 건 아닌지…. 아무래도 이 아이들 중에 커서 교육자가 나오면, 그때 처음으로 진정한 교육과정이 정해지겠죠. 공기와 물의 차이는 어쨌든 근본적인 감각부터 너무 달라요….

(차곡차곡 쌓인 발코니…. 신나서 놀고 있는 아이들…. 어떤 아이는 주체할 수 없는 호기심을 숨김 없이 드러내고 있는가 하면, 다른 아이는 거의 무관심하다.)

—또, 이건 말할 필요도 없겠지만, 역사나 지리, 사회과학이라고 불리는 과목은 없어요. 인간과 그들과의 관계를 도대체 어떤 방식으로 가르치면 좋을지, 저희는 아직 판단이 잘 안 서더라고요.

—(도모야스가 코웃음을 치며) 당연하죠. 끝나지 않을 원한을 살 수 있으니까….

—아니…. (하고 희미하게 고개를 옆으로 흔들며) 그런 말을 하는 건 육지 인간을 과대평가한 거예요.

(아이들의 호기심에도, 무관심에도, 딱 한 가지 공통점이 있었다. 그건 이상하리만치 냉담하다는 거다. 그들의 시선 앞에 서면, 마치 내가 '물체'가 되어버린 것 같다. 마음이 없는 것 같다고 말한 야마모토 씨의 설명도 수긍이 가기는 한다.

…카메라에 덤벼들어서, 양손으로 렌즈를 막는 장난을 치는 아이…. 벽에 달라붙은 작은 벌레를 관찰하는 소녀…. 이리리의 자전거에 들러붙어 이리저리 관찰하는 소년들…. 어린 소녀가 길을 헤매는 작은 물고기를 잡아 입에 넣자, 옆에 있던 소년이 소녀의 콧구멍으로 손가락을 찔러 난폭하게 군다. 토하게 만든 것이다…. 소년이 소녀의 겨드랑이를 핥고, 그 소녀는 대자로 누워 떠다니고 있다…. 당번인 건지, 압축가스 청소기로 벽을 문지르며 돌아다니는 소년 소녀들…. 한 남자아이는 꼬리가 말린 개에게 얼굴을 부비고 있다….)

—그럼, 간단하게 이 정도로…. 아이바 씨, 스위치 꺼주세요….

(누구부터라 할 것 없이 여기저기서 큰 한숨이 튀어나왔다…. 스크린에는 흔들리다 오므라들고 작아지다가 사라지는 잔상이 남는다….)

블루프린트

35

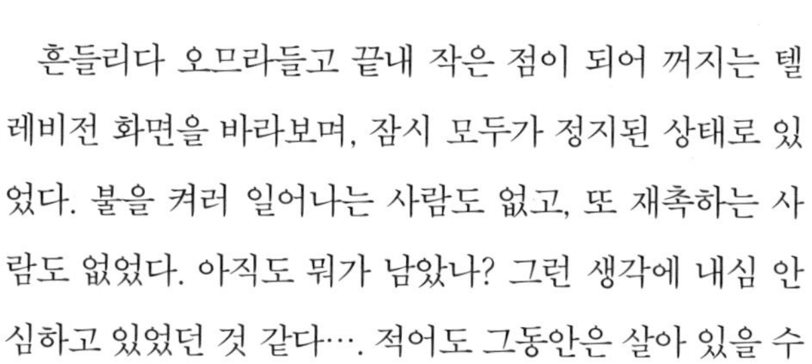

흔들리다 오므라들고 끝내 작은 점이 되어 꺼지는 텔레비전 화면을 바라보며, 잠시 모두가 정지된 상태로 있었다. 불을 켜러 일어나는 사람도 없고, 또 재촉하는 사람도 없었다. 아직도 뭐가 남았나? 그런 생각에 내심 안심하고 있었던 것 같다…. 적어도 그동안은 살아 있을 수 있을 테니까….

하지만 침묵이 길게 이어질수록 공포는 급속도로 커진다. 기묘한 일이지만, 지금 눈으로 확인한 사실에 압도당해, 감각적으로는 거부하면서도 마음속 어딘가에서는 흥미로워하는 나 자신도 있는 것 같았다. 어느새 남녀 비율을 따져보고 있거나—대체로 반반 정도로 보였다—미래의 결혼 형태에 대해 내 멋대로 상상도 해보고, 실험실 안에 있는 사람이 된 기분에도 젖어보았다. 하지만 다시 어둠으로 돌아와 정신을 차리면…, 실험을 당하고 있는 건 여전히 나다. 이대로 죽음을 기다리고 있는 거다…. 사형수에게 내민 동정 어린 차 한 잔…. 이걸 마시면 죽음의 성질이 뭐 다른 거로라도 변한다고 믿는 걸까?

주먹 쥔 손의 손톱이 손바닥에 꾹 박혀 있다. 하지만 나는 마치 풀로 붙여놓은 것처럼 지금 이 순간에 달싹 매달려 있을 뿐이다. 아니, 어쩌면, 내 기분은 상관없이, 나 스스로 죽기를 원한다는 내 '2차 예언값'의 설명에 넘어가기라도 한 걸까? 예언 기계의 능력을 의심한다는 것은 곧 기계의 판단에 동조하는 것이며, 인정하면 하는 대로 역시 승인하는 꼴이 된다. 마치 앞뒤가 똑같이 생긴 메달로 운명을 점치는 것 같은 얼빠진 순환론에 갇혀버리고 말았다…. 아니다, 그럴 리는 없다, 죽음을 거부하는 데에 있어서, 죽기 싫다는 것 이상의 이유 따위 있을 리가 없다.

이제 더는 참을 수가 없었다. 하지만 생각만 할 뿐 행동으로는 옮겨지지 않았다. 물론, 지금 내 상태를 이해 못하는 건 아니다. 이 정지의 순간은 감정을 들뜨게 만드는 것이 아니라, 오히려 몸의 어딘가를 풀어주고 있었다. 긴장으로 바싹 죄인 온몸이 오래된 가죽처럼 빳빳해지고,

목을 움직이는 것만으로도 삐걱삐걱 소리를 낼 것만 같았다.

드디어 아이바가 얼굴을 들고, 몸을 살짝 움직였다. 이때다 싶어 나는 서둘러, 마치 주술에서 벗어나려는 사람처럼 몸부림쳤다. 하지만 성대에 파라핀 먹인 종이라도 붙여놓은 것처럼 처량한 목소리가 나와… 자존심은 바닥을 치고 말았다.

"…하긴 바다에 비하면 육지는 살기 힘든 곳일 수도 있어요…. 그래도 그렇게 살기 힘든 덕분에 인간으로 진화할 수 있었던 거 아니겠어요? 난 도저히 용납이 안 돼요, 전부 다…."

"역시…."

와다가 중얼거렸다.

"편견이에요."

야마모토 씨가 정신을 다잡고 억지로 밝은 목소리를 냈다.

"자연과 싸워나가면서 생물이 진화해 왔다는 건 맞는 말이에요. 네 번의 빙하기와 세 번의 간빙기가 인간을 오스트랄로피테쿠스에서 현대인으로 진화시켰죠. 누구였더라, 인간이란 빙하라는 마법의 손수건에서 태어난 생물이라는, 그럴듯한 말을 한 사람이 있었는데…. 그런데 인류는 마침내 자연을 정복해 버렸어요. 거의 모든 야생의 자연물을 인공적인 것으로 개량해 버렸어요. 그러니까 진화를, 우발적인 것에서 의식적인 것으로 바꾸는 힘을 얻게 된 거예요…. 이러면 생물이 바다에서 육지로 기어 올라간 애초의 목적도 이제 끝난 거라고 봐도 되는 거 아니겠어요? 옛날에 렌즈는 닦고 윤을 내야 했지만, 요즘 플라스틱 렌즈는 처음부터 반들반들 윤기가 흘러요. 노력하고 고생해야 성공하는 시대는 갔어요…. 이제는 인간 스스로가 야생으로부터 해방되어 합리적으로 자신을 개조해야 하지 않겠어요? 이걸로 싸움과 진화의 고리가 닫혀요…. 이젠 노예로서가 아니라 주인으로서, 다시 우리의 고향, 바다로 돌아갈 때가 왔어요…."

휴우, 하고 그는 알 수 없는 깊은 한숨을 쉬었다. 나는 그 한숨에 힘을 얻어 입을 열었다.

"그래도 노예는 노예죠. 저 사람들은 식민지, 피지배자들이잖아요, 자기 정부도 없고, 정치가도 없어요."

"아직은요…."

요리키가 초조한 듯 끼어들었다.

"그런데 어느 시대든 새로운 건 늘 노예에게서 나오지 않았어요?"

"근데 수중 인간을 그런 식으로 인정하는 건, 스스로를 부정하는 거 아니야? 육지 인간은 산 채로 과거의 유물이 되어버리는 거잖아."

"견뎌야죠. 그 단절을 견뎌야 미래를 제대로 보는 거예요…."

"그런데, 수중 인간 입장에서 내가 배신자가 된다면, 육지 인간 입장에서 봤을 땐 당신들이 배신자거든!"

"그런데요, 선생님, 이런 식으로 생각해 보시면 어때요?"

이번에는 도모야스가 자신의 이해력을 과시라도 하듯 고개를 흔들며 끼어들었다.

"거리에는 실업자로 넘쳐나고, 경기는 하루가 멀게 나빠지기만 하는데…."

"나 원 참, 이렇게 생각해라, 저렇게도 생각해라…. 그런데 이런 무시무시한 계획을 영원히 숨겨놓을 권리가 당신들한테 있다는 게 말이 돼?"

"아뇨, 그 권리는 저희한테 있어요. 예언 기계를 통해서, 수중 인간으로부터 부여받은 권리예요. 그리고 때가 되면 당연히 공표할 거고요."

"그게 언젠데?"

"세상 엄마들 대부분이 적어도 한 명 이상의 수중 인간 아이를 가지게 될 때…. 수중 인간에 대한 편견이, 본질을 왜곡시킬 염려가 없어질 때요. 그때는 홍수 때문에 불안에 떠는 나날이 일상이 되어 있겠죠. 사람들은 땅을 두고 분쟁을 벌이다가 전쟁을 일으키거나 아니면 수중 인간을 미래인으로 인정하거나, 둘 중 하나를 선택해야 할 거예요…. 물론, 사람들은."

도모야스는 여기서 의자를 밀어 소리를 냈다.

"수중 인간을 선택하겠죠."

그리고 말을 마침과 동시에, 뒤를 돌아 아이바에게 무언가 신호를 보냈다. 내 눈에는 그것이 잔인한 동작으로 보였고, 마치 어둠 속에서 별안간 분기점을 맞닥뜨린 것 같았다. 나는 겁을 덜컥 먹었다. 조금의 틈도 없이 아이바가 일어섰고, 미리 준비해 놓은 프로그램 카드 한 장을 입력 장치에 넣었다. 이어서 감시판을 들여다보며, 수동 제어 장치를 만지기 시작했다.

문득 왼쪽 어깨에 바늘에 찔린 것 같은 통증이 느껴졌다. 하지만 그것은 바늘이 아니라, 살짝 얹어진 요리키의 오른손이었다. 어느 틈에 내 뒤로 와 구부정하게 서 있었다. 그리고 작은 목소리로 이렇게 속삭였다.

"선생님, 미래에서 온 예언이에요…. 진짜 미래의 청사진이요…. 선생님도 분명히 보고 싶으셨을 거예요…."

36

그리고 기계가 이런 이야기를 들려주었다.

다 죽어버린 5000미터 심해에, 퇴화한 짐승 털이 수북이 쌓인 듯한, 사방에 구멍이 뚫린 두꺼운 진흙 평원이 갑자기 나타났다. 그러다 눈 깜빡할 사이, 그것은 부서져 어두운 구름으로 변하더니 소용돌이를 일으켰고, 검고 투명한 벽에 별빛처럼 떠다니는 플랑크톤 무리를 감쪽같이 없애버렸다.

곳곳에 금이 간 바위가 덩그러니 드러났다. 그리고 암갈색으로 빛나는 조청 같은 덩어리가 어마어마한 거품을 내뿜으며 넘쳐흘렀고, 노송의 뿌리를 연상케 하는 굵은 가지가 수 킬로미터에 걸쳐 쭉 뻗어 있었다. 분출물의 양은 더욱 늘어났고, 그 어둡게 빛나던 마그마도 모습을 감추었다. 이제는 그저 거대한 증기 기둥이 싸라기눈 같은 플랑크톤의 사체를 뚫고, 소용돌이를 일으키며 부서지면서도, 소리도 없이 위로 치솟았다. 그러나 그 기둥은 해수면에 닿기도 전에 어느새 방대한 물 분자 사이로 섞여 들어가 버렸다.

마침 그 무렵, 2해리 앞에는 남미 항로의 화객선 '미나미시오마루'가 요코하마를 향해 항해하던 중이었다. 승객들과 승무원들은 갑자기 배가 흔들리고 순간적으로 삐걱거리는 것을 느꼈을 뿐이었다. 또 선교 쪽에 서 있던 이등 항해사조차 분주하게 뛰어오르는 돌고래 무리와 함께, 어렴풋하기는 해도 별안간 바닷물의 색이 변한 것을 봤으면서도, 굳이 일지에 기록할 일은 아니라고 생각했다. 하늘에는 7월의 태양이 녹아내린 수은처럼 빛나고 있었다.

하지만 그때는 이미 눈에 보이지 않는 해수의 진동이 곧 쓰나미가 될 준비를 하고 있었다. 믿을 수 없을 정도의 파장과 시속 720킬로미터라는 속도로, 육지를 향해 쉬지 않고 바닷속을 달리고 있었다….

쓰나미는 해저 목장과 해저 유전이 나란히 모여 있는 튤립촌 위를 산들바람처럼 불며 지나쳤다. 수중 인간 중에는 물고기의 알을 찾는 데에 푹 빠져서, 쓰나미가 지나간 줄도 모르는 아이도 있었다.

다음 날 아침, 쓰나미는 시즈오카에서 보소로 이어지는 해안선을 휩쓸었다. '미나미시오마루'는 요코하마가 사라졌다는 무전을 받고, 그대로 바다에 머무르기로 했다.

그 '사라졌다'는 표현을 듣고 선장은 얼이 쏙 빠졌지만, 그것보다 의심스러운 건 승객들의 태도였다. 어쩜 이토록 담담하게 있을 수 있는 걸까? 그러고 보니 이상한 일은 이것만이 아니었다. 배를 통째로 빌린 이 단체는 커다란 기계를 싣고 약속한 항구에 도착했음에도 짐을 내릴 생각조차 하지 않았다. 그대로 되돌아가라는 명령을 내리고 항행 중에는 배 안의 화물창을 실험실처럼 자기 멋대로 들락날락하며 기계를 만졌다. 도대체 이 요리키라는 남자와 그 동료라는 사람들의 정체는 무엇일까?

—그 승객들이 당신들이었어?

—그렇죠.

—그럼, 요코하마 항이 초토화된다는 걸 알면서도 입을 다물고 있었던 거야?

—그럴 리가요…. 미리 경고를 보냈고, 거의 대부분 무사히 대피했어요.

—그래서… 나도 그 배에 탔어?

—아뇨…. 선생님은 이미….

홍수는 좀처럼 가라앉을 기미가 안 보였다. 안달이 나 보이는 남녀가 해안을 서성이고 있었다. 팔찌인 줄 알고 주웠던 것은 틀니였고, 눈에 띄는 수확은 별로 없었다. 잠시 후 여자가 익사체를 발견했다. 겁을 먹고 그만 돌아가려고 했지만, 남자는 그 시체를 막대기 끝으로 뒤집어 보고 싶어 견딜 수가 없었다. 그때, 익사체가 물속에서 이를 드러내고 혀를 내밀더니 몸을 뒤집어 도망쳤다. 사실 그는 정찰 나온 수중 인간이었던 것이다. 그 사실을 알 길이 없었던 여자는 히스테리를 일으켜 기절했다고 한다.

물은 빠지지 않았고, 쉴 틈을 주지 않는 지진과 괴상한 익사체에 대한 소문이 돌며 사람들을 불안에 빠뜨렸다. 하지만 더 염려스러웠던 것은 정부가 감쪽같이 사라졌다는 것이었다. 물론 그것은 유언비어에 지나지 않았지만, 전혀 근거 없는 헛소문은 아니었다. 이미 정부는 바닷속으로 이전해 버렸기 때문이다.

정부를 위해 마련된 건물은 해저 제1구 돌사막과 해초숲으로 둘러싸인 전망 좋은 언덕 위에 있었다. 완만한 경사면 아래에는 폭 20미터의 협곡을 사이에 두고, 마그네슘과 플라스틱을 주로 제조하는 오렌지색 튤립 공장이 세 개씩 나란히 서 있었다. 그 진기한 풍경을 바라보며, 세 발 다리로 이어붙인, 공기 넣은 원통형으로 둥둥 떠 있는 빌딩 안에서, 임원들은 부지런히 준비를 하고 있었다.

잠시 후, 해수면 위로 나온 안테나에서 방송이 시작되었다.

- 드디어 제4 간빙기는 끝을 고하고 새로운 지질 시대에 접어들었습니다만, 경거망동은 삼가시기 바랍니다.

- 정부는 앞으로의 국제 관계를 유리하게 이끌기 위해, 극비로 수중 인간을 제조하였으며 해저 식민지 개발을 추진해 왔습니다. 현재 이미 30만 명 이상의 수중 인간이 살고 있는 도시가 여덟 곳이 있습니다.

- 그들은 행복하고, 우리에게 순종하며, 이번 재난에 대해 다방면으로 협조해 주기로 했습니다. 머지않아 여러분 각 가정에도 구호물자가 도착할 예정이고, 대부분 이 해저에서 보낸 겁니다.

- 마지막으로 일본은 별지에 기재된 구역에 대해 영해권

을 주장하는 바입니다.

- 또한, 덧붙여 말씀드리면, 수중 인간의 어머니들께 물자를 특별 배급 해드리는 방안을 고려 중입니다. 추후 정부의 발표를 확인해 주시기 바랍니다.

(이 마지막 덧붙인 말이 무엇보다도 큰 호평을 받았다. 대다수의 어머니들이 바로 그 특권의 당사자들이었기 때문이다.)

정부 건물 뒤에는, 모양은 똑같은데 크기는 조금 작은 빌딩이 세 개 더 있었다. 이것은 일반 주택용으로, 옥상에는 전용 헬리콥터가 있는 등 편의가 보장되어 있었다. 게다가 수중 인간은 들어올 수 없게 가시철사로 둘러싸인 넓은 정원에는 골짜기도 있고, 암초도 있고, 형형색색의 해초 숲도 있었다…. 날이 맑은 날에는, 딱히 곤충 채집 취미가 없어도 애퀄렁을 등에 굴리며, 광택을 없앤 유리 파편 같은 파도 사이로 늘어났다 쪼그라들었다 살아 숨쉬는 태양을 바라보기도 하고, 아니면 작살 총을 손에 들고 가족 동반 소풍이라도 가고 싶어질 정도다. …하지만 이곳은 집세가 너무 비싸서, 정부로부터 특별 보호를 받는 자가 아니면 살기 어려운 곳이다. 원한다고 누구나 살

수 있는 곳은 아니었다.

그리고 육지도, 아직은 어떻게든 버티며 살아 있었다. 발전소도 있었고, 공장도 있었고, 상점가도 있었다. 좁아지는 해안선과 인플레이션이 인간들을 위협했지만, 그래도 일반인들은 여전히 육지에서 살고 있었다. 더는 안 되겠다 싶으면 해저 목장의 작업반장이라도 해서 어떻게든 먹고살 수는 있었다.

자신의 자식과 교류하고 싶다는 기묘한 운동이 육지에 사는 어머니들 사이에서 일어났다. 하지만 정작 수중 인간들은 그 염원 자체를 이해하지 못해 응해줄 수가 없었기 때문에, 정부는 그냥 모른 척하기로 했다. 대신 해저 단체 여행을 알선하는 민간 회사가 생겨 크게 번창했다.

한번은 수중 인간이 들어갈 수 없는 곳에서 애퀄렁을 멘 어린이가 수중 인간 아이를 작살총으로 쏴 죽이는 사건이 일어났다. 정부는 관련 법률이 없다고 판결했지만, 이에 화가 난 수중 인간들은 부분적이기는 했어도 항의 시위를 벌였다. 당황한 정부는 수중 인간에게도 동등한 법적 권리를 인정하기로 하면서 사건은 무사히 일단락되었는데, 그 후로는 양측 관계가 크게 달라졌다. 그로부터 몇 년 후에는 법무, 상무, 공무, 세 대표가 수중 인간 측에서 선출되어 정부에 가담했다.

시간이 흐르고, 바닷물의 상승은 속도를 더 냈다. 사람들은 고지를 향해 끊임없이 이주했고, 그러는 사이 정착해서 산다는 습관조차 사라져 버렸다. 이제는 철도도 없고, 발전소도 없다. 사람들은 넋을 잃고 수중 인간들에게 의존해 살고 있다. 어느 해안에서는 수중 망원경 몇 대를 설치해, 그것으로 바닷속 삶을 들여다볼 수 있게 하는 상품이 판매되었는데, 이것은 크게 성공했다. 무료한 노인들이 차례차례로 찾아와, 정해진 니켈 화폐를 내고 자식들과 손주들이 사는 모습을 보며 시간을 보냈다.

이 망원경도, 몇 년 후에는 바다에 잠겨 녹슬어 버렸다.

—그래서 그 사람들은 어떻게 됐는데? 수중 인간 금지 구역에 살던 사람들은?

—계속 그 안에서 살았어요.

—무사히 살았어?

—네, 무사히 살았어요. 그런데 작살총을 가지고 다녔던 경비원은 이제 애퀄렁을 메지 않아요. 수중 인간으로 교체됐거든요. 수중 인간은 그들을 과거의 인류로 소중하게 보존하기로 정했어요.

—이게 만족스러우세요, 도모야스 씨는?

—그런…, 음, 그때가 되면 어차피 저는 죽었을 테니까요….

곧 수중 인간들은 자신들의 정부를 만들었다. 국제적으로도 그들의 정부는 승인받았다. 그뿐만 아니라, 모든 외국에서도 그들을 모델로 해서, 수중 생활에 뛰어드는 사람이 늘어났다.

하지만 그들에게도 단 하나 고민이 있었다. 그것은 수만 명에 한 명꼴로 묘한 병에 걸린다는 것이었다. 아무래도 나쁜 유전병 같았다. 어쩌면 1세대인 이리리에게 있던 외분비선이 유전된 것인지도 몰랐다. 당국은 그것을 육지병이라 이름 붙였고, 발병 즉시 수술해야 하는 병으로 지정했다.

37

"저거 봐!"

나는 심술궂게 으스대는 목소리를 냈다.

"뭘 봐요?"

"이번에는 저놈들이 육지에서 고생할 차례야!"

아무도 대꾸하지 않았다. 주변 사람들은 마치 임종을 맞이하는 사람처럼 경건한 표정을 짓고 있을 게 뻔했다. 보지 않아도 눈에 선했다. 지지 않으려 기를 쓰던 와다도, 지금은 애증을 초월했다는 듯한 얼굴로 입술을 오므리고 있을 것이다. 이제 와 고집 피워 봤자 소용없을 텐데….

"정신이 아찔해질 정도로 먼 얘기네요…."

뒤에서 누군가가 중얼거렸다. 야마모토 씨인 것 같았

다. 정말 먼 얘기다…. 미래는 꼭 태고처럼 아득히 멀리 있다…. 갑자기 가슴이 떨리고, 멀쩡히 뱉어내던 숨이 역류하며, 목구멍에서 망가진 피리 소리를 냈다.

그럭저럭 보여줄 것은 다 보여준 모양이었다. 자, 이제 어떻게 될까? 미래를 인정하는 척하고 이 위기를 모면한 다음, 기회를 틈타 보란 듯이 외부에 공표해 버릴까? 만약 정의라는 것에 어떤 식으로든 도덕적인 가치가 있다면, 당연히 그렇게 하는 것이 정답일 테다. 아니면, 미련 없이 깨끗하게 내가 미래의 적임을 인정하고 당당히 죽음을 맞이할까? 만약 명예라는 것에 어떤 식으로든 도덕적인 가치가 있다면, 그렇게 하는 것이 정답일 테다. 그리고 미래를 믿지 않는다면 전자를, 믿는다면 후자를….

망설였다고 하면 정확한 표현은 아닌 것 같다. 정확하게는 망설여야만 한다고 스스로에게 말하고 있었던 건지도 모른다. 아마 마지막까지 아무런 결심도 하지 못한 채, 나는 쓰레기처럼 치워질 것이다. 그중 최악은 이제 스스로를 믿지 못하겠다는 것이었다. 내가 쓰레기에 어울리는, 가치 없는 놈으로 보이기 시작했다는 것이었다. 역시 기계는 모든 것을 정확하게 꿰뚫어 보는 것 같다….

속으로 자문자답할 생각이었는데, 나도 모르게 입에서 질문이 튀어나왔다.

"그런데 기계를 그렇게 절대시해도 되는 건가?"

"여전히 그런 생각을 하시네요?"

요리키의 목소리에는 놀라움과 동정심이 뒤섞여 있었다.

"아무리 그래도 오차라는 게 있잖아. 그것도 미래가 멀어지면 멀어질수록 오차도 심해질 거야…. 아니, 오차만 심해지면 다행이게…. 이게 기계의 단순한 공상이 아니라는 걸 누가 보증하지? 모르는 부분은 변형하고 생략해서 그럴듯한 결과를 쥐어 짜낸 걸 수도 있어…. 예를 들면 이 기계는 눈이 세 개 달린 인간이 나오면 자동으로 눈을 두 개로 수정하는 능력이 있거든…."

"예언대로예요. 선생님이 언젠가는 기계의 예언 능력까지 의심하실 거라고…."

그는 말을 멈추더니 기침하는 척하며 말끝을 흘렸다.

"누가 의심한대? 의심하지 않는 것과 절대시하는 건 다른 문제 아니야? 난 그냥 또 다른 미래가…."

"또 다른 미래?"

"그렇잖아, 당신들은 무슨 수중 인간의 은인이라도 되는 것처럼 구는데, 그런 미래의 물고기 인간들이 과연 기대처럼 진심으로 당신들을 고마워할까? 그건 모르는 거지…. 어쩌면 죽이고 싶을 만큼 원망할 수도 있는 거 아니겠어?"

"돼지한테 돼지 같다고 하면 화 안 나요…."

문득, 온몸이 나른해지고, 저리는 듯한 감각에 휩싸여 말을 우물거렸다. 별을 보며 지긋이 우주의 무한함에 대해 생각하다가 갑자기 눈물이 쏟아져 나왔을 때 느낀 그런 감각이었다. 절망감도 아니고, 그렇다고 감상에 젖은 것도 아니다. 소위들 말하는, 사고의 유한성과 육체의 무력감 사이의 공명 작용 같은 것이었다.

"그런데…."

나는 허우적대며, 쏟아진 단어들을 아무렇게나 골라 입으로 뱉었다.

"내 아들은 어떻게 됐을까?"

"무사해요."

와다가 차분하게, 멀리서 대답해 주었다.

"선생님을 위해, 저희가 최선을 다해 준비한 선물이라고 생각해 주세요."

38

그리고 기계는 이런 이야기를 해주었다.

한 소년이 있었다. 소년은 해저 유전에서 일하는 견습공이었다. 어느 날, 유전 전파탑—플라스틱 배로 해상에 떠 있다—의 수리 보조 일을 하면서, 어쩌다가 공중복(수중 인간이 공기 중에 노출되어 일을 해야 할 경우, 신선한 바닷물을 계속해서 아가미에 공급하도록 특수 장치가 마련된 작업복)도 입지 않은 채 해수면 위로 뛰어오른 적이 있었는데, 그때 이후로 소년은 그때의 신기한 감각을 잊을 수 없게 되었다. 하지만 이러한 행동은 건강 관리 차원에서도 엄격히 금기시된 일이었다. 들키면 처벌을 받게 된다. 소년은 아무에게도 말하지 않고 몰래 혼자만의 비밀로 간직해야 했다.

하지만 바람이 피부에서 무언가를 빼앗아 가는 것 같은 그 오묘한 불안감은 잊을 수 없었고, 그는 이끌리듯 마을을 벗어나 멀리까지 나가 헤엄치는 일이 많아졌다. 가는 곳은 늘 정해져 있었는데, 옛날에는 육지라고 불린 고지대였다. 그런 곳에서는 밀물이 차오를 시각이 되면 특별히 물흐름이 빠른 소용돌이가 생겨, 휩쓸려 올라온 해저 진흙이 물속에 줄무늬도 만들고, 움직이는 바위 모양도 만들고, 아지랑이 벽도 만들었다. 소년은 그것을 보고 육지의 구름을 상상했다. 물론 지금도 하늘에는 구름이 있고, 과학 시간에는 필름을 통해 실제 구름을 본 적도 있었다. 하지만 지금의 구름은 단조롭다. 옛날, 아직 거대한 육지가 지구를 뒤덮었던 시대에는 그 복잡한 지형이 구름의 모양에도 무수한 변화를 일으켰다고 한다. 하늘이라는 한 장의 도화지에 그런 꿈 같은 모양을 한 것이 둥둥 떠 있었다니, 과거의 육지 인간들은 그것들을 보면서 무슨 기분이 들었을까?

물론 소년에게 육지 인간은 별로 신비로운 존재는 아니었다. 박물관 공기실에 가면 언제든지 자유롭게 볼 수 있다. 예전 모습 그대로 재현해 놓은 공간에서, 중력이라는 사슬을 끌며 삐걱거리는 몸놀림으로 바닥을 기어 다니는, 언뜻 보아도 생기가 없는 동물. 그들은 '폐'라는 봄베를 몸에 달고 있기 때문에 상반신이 우락부락하고, 어딘가 부조화스럽다. 일상적인 자세를 유지하기 위해 '의자'라는 기묘한 도구를 써야만 하는, 자유롭지 못한 생물이다…. 그러니 도저히 꿈 같은 건 꿈도 못 꿀 것이다. 예술 수업에서도 과거의 육지 예술이 우리의 예술과 비교했을 때 얼마나 자유롭지 못하고 거친지에 대해 배웠다.

예를 들면 음악…. 사전적 정의에 따르면, 진동의 예술이다…. 즉, 파장이 다른 물의 진동으로 전신의 피부를 감싸는 것이다. 그런데 육지에 사는 인간에게는 이것이 공기의 진동만으로 구성된다. 공기의 진동은 '고막'이라고 하는 아주 작은 특수 기관을 통해서만 느낄 수 있다. 자연스레, 그들의 음악도 변화의 폭이 좁고 단조로울 수밖에 없었다고 한다….

박물관의 육지 인간을 보고 있으면 정말 그랬을 것 같다는 기분도 들었다. 하지만 기분만 그럴 뿐, 실제로 어떤 건지 상상도 할 수 없다. 어쩌면 육지에는 물속에서 유추해 낼 수 있는 것과는 전혀 다른, 특별한 세계가 있었던 게 아닐까? 변하기 쉽고, 가벼운 공기…. 만물의 형태를 가지고 난무하는 하늘 위 구름… 공상으로 가득 차고, 모든 것에 현실이 결핍된 세계….

그 황량하고, 고난으로 얼룩진 대지 위에 우리의 선조가 상처 입어가면서도 얼마나 용맹하게 싸웠는지는 역사책에도 잘 쓰여 있다. 정신적인 면에서는 뒤처졌을지 몰라도 그들에게는 선구자적 정신이라는 것이 있었다. 그런 보수적인 정신 상태에도 불구하고, 결국에는 자신의 몸에 칼을 들이대 수중 인간으로 변신할 용기도 갖추고 있었다. 어떤 이유에서든 오늘날의 우리를 만들어 준 그들의 용기에는 감사와 경의를 표하지 않을 수 없다.

하지만 그 박물관의 육지 인간에게서 그런 용기나 대담함을 느낄 수 있을까? 선생님들은 하등한 그들을 설명하면서, 주체적으로 사회에 참여할 능력을 잃은 퇴화한 생물이라고 했다. 그 말이 맞을 수도 있지만, 그들의 삶에서 수중 인간인 우리들이 이해하지 못하는 건 없다고 단언하기란 어렵지 않은가? 더구나 선구자적 정신 말고는 아무것도 없었다고 하는 건 좀…. …이런 순서로 조리 있게 생각한 건 아니었지만, 바람에 몸이 붕 떠올랐던 그날 이후로, 소년은 공기의 벽 너머에 존재했던 과거 세계에 빨려 들어가, 완전히 사로잡혀 버린 것이다. 육지 시대의 학문은 형태로 봤을 때는 꽤 높은 수준까지 이르렀다. 초등학교 교과서에서조차 육지 시대를 설명하는 데에 상당한 분량을 할애한다. 하지만 그들의 내면에 관해서는, 감각의 차이도 있기 때문인지 유추하기가 어려웠다. 특히, 육지병의 악영향—이것은 일종의 선천적인 신경증이라 할 수 있는데, 아직 수중 시대의 역사가 짧고, 사회 운영에 시행착오적인 부분이 남아 있는 탓인지, 사상적인 전염력을 지니고 있었다—에 대한 불안도 있어서, 그 부분에 대한 연구는 별로 장려되지 않았다. 어쩌면 그렇게 터부시되는 분위기가 오히려 더 소년의 마음을 강하게 움직였는지도 모른다.

일이 끝나면 몰래 먼 여행을 떠나는 것이 어느 틈에 그의 일과처럼 되었다. 뒤집힌 유리 조각처럼 둔탁한 빛을 내는 파도를 배경으로, 푸른 빛 아래 펼쳐진 해저 목장 위를, 아니면 무수한 부표가 떠받쳐 주는 대기 관측소 옆을, 아니면 화산처럼 끊임없이 거품을 내뿜는 공장 사이를 빠져나가, 기숙사 통금 시간만큼은 꼭 지키며, 소년은 육지인간이 살아온 흔적을 찾아 수중 스쿠터를 타고 달렸다.

하지만 한정된 시간으로는 해수면 위로 얼굴을 내밀 정도의 대지까지는 갈 수 없었다. 그가 다닐 수 있는 범위 안에서 이미 육지란 사라지고 없었다.

어느 날 소년은 작정하고 음악 선생님을 붙잡아 질문했다. 육지의 음악은 사실 귀를 통해서만 듣는 예술이 아니라, 피부로 느끼는 바람과도 같은 것 아니었을까? 선생님은 머리를 크게 저으며 부정했다.

—바람은 단순한 공기의 이동이지 진동이 아니야.

—그래도 '바람을 타고 노래가 흘러온다'는 표현이 있잖아요.

—물도 음악을 옮기지만 그렇다고 물이 음악은 아니지? 공기에 공업용 원료 이상의 의미를 부여하는 건, 신비주의자들이나 하는 쓸데없는 짓이야.

하지만 그는 분명히 바람에서 공업용 원료 이상의 무언가를 느꼈다. 선생님도 틀릴 때가 있다. 소년은 바람이 음악인지 아닌지, 다시 한번 직접 확인해 봐야겠다고 마음먹었다.

얼마 뒤, 3일 연달아 쉬는 연휴가 시작되었다. 그 휴일을 이용해, 친구와 함께 유적 탐방 유람선을 탔다. 이 고속선은 겨우 반나절도 안 되는 시간 동안, 옛날 '도쿄'라 불렸던 거대한 유적지로 데리고 가 주었다. 잘 설비된 캠프도 있었고, 특이한 기념품을 파는 매점도 있고, 또 세계적으로 유명한 육지 동물원까지 있어서 아주 재미있는 유원지였다. 그중에서도 작은 상자가 몇 개 겹쳐져 있는 듯한 폐교가 있었는데, 작은 물고기 무리를 흐트러뜨리며 미로 같은 통로와 벌어진 틈 사이를 탐험하는 것은 약간 흥분도 되고 스릴 넘치는 모험이었다. 또 높은 곳에 올라가 마을을 내려다보면, 그물망처럼 펼쳐져 있는 '도로'라는 신기한 것이 보였다. 사람이 지나갈 수 있게 만든, 지붕 없는 터널이라고 하면 될까? 육지 인간은 땅에 몸을 붙이고 다녀야 해서 평면밖에 이용을 못 하기 때문에 그런 장치도 필요했을 것이다. 이렇게 헛된 공간 소비가 또 있을까? 언뜻 보면 유머가 넘치는 곳이고, 곰곰이 생각해 보면 은근히 감동스러워지는 풍경이기도 하다. 우리 선조들이 '땅'이라 불리던 벽과 고군분투했던 흔적…. 중력으로부터 조금이라도 벗어나 몸을 가볍게 만들고자 했던 노력과 연구…. 그곳은 공기를 넣은 플라스틱 작은 상자조차도 위에서 아래로 떨어지는 곳이었다…. 땅의 분할과 분쟁…. 그 사이를 인간들은 가느다란 두 다리로 바닥을 밀면서 몸을 이동시켰다…. 건조, 바람, 그리고 물조차도 점점이 조각난 채 '비'라는 이름으로 위에서 아래로 흩뿌려지던 공허한 공간….

하지만 소년에게는 그런 진기함에 열중하고 있을 여유는 없었다. 그런 감상이나 호기심은 순진한 친구들에게 맡기고, 그는 계획했던 대로 혼자 몰래 더 깊숙한 곳으로 헤엄쳐 들어갔다. 여기에서 북서쪽으로 하루를 꼬박 헤엄쳐 들어가면, 지리 시간에 배웠던 그 땅의 추억을 마주할 수 있을 것이다. 점점 해가 지고, 파도는 하루 중 가장 아름답게 빛나고 있었다. 하지만 주변 풍경은 갈수록 점점 더 단조로운 검은 빛을 띠고 있었다. 최근에 새로 바다 영역이 된 이 지대에는 아직 죽음의 그림자가 은밀하게 표류하고 있는 것 같았다.

뒤를 돌아보자 '도쿄' 유적지 위로 망원함 조명이 마치 발광어처럼 떠 있는 것이 보였다. 갑자기 겁이 나서 돌아갈까도 싶었지만, 마음과 달리 발은 반대 방향으로 물을 박차고 있었다.

소년은 헤엄치고 또 헤엄쳤다. 그럴수록 기복은 더 격해졌다. 암초와 깊은 골짜기…. 가시처럼 우뚝 서 있는 육지 식물의 사체…. 그리고 언덕 꼭대기에 딱딱하게 굳어 있는 희미한 흰 반점…. 점점 차오르는 바다에 쫓기다가 서로를 부둥켜안고 죽어간 육지 동물들의 뼈인가?

소년은 밤새 헤엄쳤다. 중간에 세 번 쉬고, 집에서 챙겨온 달콤한 젤리와 직접 잡은 생선 살로 배를 채웠다. 하지만 스쿠터 없이 15분도 헤엄친 적이 없었던 소년은 점점 손발의 감각이 사라질 정도로 지쳐갔다. 그래도 그는 헤엄을 멈추지 않았고, 다시 해가 떠오를 무렵이 되자 땅이 차츰 올라오더니 바다를 가르는 목적지, 즉 육지에 다다를 수 있었다. 말이 육지지 해수면 위로 살짝 머리를 내민 정도로, 그 둘레는 반 킬로미터도 안 되는 작은 섬에 불과했다….

마지막 힘을 쥐어짜 기어올랐다. 상상 속에서는 바람이 들려주는 음악을 느끼려 땅 위로 꼿꼿이 일어설 생각이었는데, 실제로 기어 올라와 보니 세상의 무게란 무게가 한꺼번에 제 몸으로 스며드는 것 같았다. 묵직해진 몸으로 땅바닥에 찰싹 들러붙은 채로, 그는 꼼짝도 할 수 없었다. 손가락 하나를 들어 올리는 것만으로도 진이 빠질 정도였다. 게다가 레슬링 경기에서 반칙으로 아가미 누르기를 당할 때 느꼈던 고통까지. 어차피 공기 중에도 산소는 있는 거 아니냐고 얕봤었는데, 이 정도일 줄이야….

하지만 그토록 기다렸던 바람이 불었다. 특히 바람이 눈을 씻어줬고, 마치 그 바람에 반응이라도 하듯 그의 몸속에서 무언가가 복받쳐 오르더니 배어 나오는 것을 느꼈다. 그는 만족했다. 그것은 아마 눈물이며, 그렇다면 육지병에 걸린 거란 사실을 깨달았지만… 거기서 조금도 움직이고 싶지 않았다.

이윽고 그의 숨이 멎었다.

그리고 수십 번의 낮과 밤이 교대로 지나갔고, 바다는 그 작은 섬마저 삼켜버렸다. 죽은 소년은 파도 위로 떠올라 한없이 흘러갔다.

그런데 내 손가락은 들어 올릴 수 있을까? 나는 생각했다. 아니, 아마 안 되겠지. 육지에 오른 그 수중 인간 소년처럼, 내 손가락도 납처럼 무거웠다.

멀리서 희미하게 전차의 경적이 들렸다. 트럭이 땅을 울리며 질주해 갔다. 누군가 작게 기침을 했다. 그리고 바람이 일었는지 두세 번 창틀이 흔들리며 창문에서는 덜컹거리는 소리가 났다.

마침내 문 바깥에서 그 암살의 명인이라는 남자의 발소리가 들렸다. 고무로 된 신발 밑창이 바닥을 빨아들이는 듯한 소리가 점점 다가온다. 그럼에도 나는 여전히 믿을 수가 없다…. 인간은 그저 존재한다는 이유만으로 의무를 짊어지게 해야 하는 존재인 걸까? 그럴지도 모른다. 부모 자식 사이의 싸움에서 주도권을 쥐는 건 언제나 자식 쪽이다. 아마 의도 여하를 불문하고 창조자가 창조된 자에게 심판받는 것이 현실의 법칙일 것이다.

문 건너편에서 발소리가 멈췄다.

집필 후기

미래는 긍정적인 것일까, 아니면 부정적인 것일까? 이 질문을 둘러싼 논의는 예전부터 있었다. 또 그동안 긍정적인 이미지나 부정적인 이미지로 미래 세계의 형태를 창조해 낸 문학 작품도 많이 있었다.

하지만 나는 그중 어느 것도 취하지 않았다. 과연 현재를 사는 우리에게 미래의 가치를 판단할 자격이 있을지가 대단히 의문스러웠기 때문이다. 어떠한 특정 미래를 부정할 자격도, 긍정할 자격도 없다는 생각이 들어서다.

진정한 미래는 아마도 그 가치 판단을 뛰어넘은, 지금의 우리와는 단절된 곳에서 어떤 '것'으로 모습을 드러낼 것이다. 예를 들면, 무로마치 시대(1338~1573년) 사람이 갑자기 되살아나 오늘의 이 세계를 본다면, 그는 현대를 지옥이라고 인식할까, 아니면 극락이라고 인식할까? 아무리 생각해 봐도 여기서 분명한 것은, 그에게는 이미 어떠한 판단 자격도 없다는 사실이다. 이 경우, 판단을 내리는 것은 그가 아니라 오히려 이 현재를 사는 우리다.

그래서 나도 미래를 심판의 대상으로 보지 않고, 역으로 현재를 심판할 목적으로 바라보아야 한다고 생각했다. 미래는 유토피아도 아닐뿐더러, 지옥도 아니고, 또 어떤 호기심의 대상도 될 수 없다. 결국 그저 하나의 미래 사회에 지나지 않는다. 그리고 그 세계가 만약 현재보다 훨씬 고도로 발전하고, 진화했을지라도, 일상성이라는 현재의 미시적 연속감에 매몰되어 있는 눈에는 단순히 고뇌를 불러일으키는 존재로밖에 보이지 않을 것이다.

미래는 일상적 연속감에게 유죄를 선고한다. 이 문제는 오늘날처럼 변화가 많은 시기에는 특히 중요한 테마가 될 것이다. 나는 '현재라는 시간 안으로 침입해 온 미래의 모습'을 심판의 대상으로 삼아보기로 했다. 일상의 연속감은, 미래를 본 순간 죽어야만 하는 것이다. 미래를 이해하는 데에 있어서는, 현실을 살아가는 것만으로는 불충분하다. 일상성이라는 이 가장 평범한 질서야말로 가장 큰 죄가 있음을 똑똑히 자각해야만 한다.

잔혹한 미래라는 것은 아마도 존재하지 않는다. 미래는 그것이 미래라는 점에서 이미 근본적으로 잔혹하다. 그 잔혹함에 대한 책임은 미래에 있는 것이 아니라, 오히려 단절을 수긍하려고 하지 않는 현재에 있다. 이 소설은 약 9개월에 걸쳐 잡지 〈세계〉에 연재된 것인데, 연재되는 중에 나 자신 역시 그 단절의 잔인함에 괴로워해야 했다. 그리고 이 잔인함으로부터 완전하게 벗어나는 일은 불가능한 것이라는 사실을 알게 되었다.

이 소설에서 희망을 읽어낼지 절망을 읽어낼지는 당연히 독자의 자유다. 하지만 어느 쪽을 택하더라도 미래의 잔혹성과 대결해야 한다는 사실은 피할 수 없다. 이 시련을 피한다면, 설령 미래에 희망을 거는 쪽에 서더라도 그 희망은 단순한 바램의 영역을 벗어나지 못할 것이다. 희망이든 절망이든 우리의 주위에는 너무도 일상적인 연속감의 틀 안에서 주관적인 판단이 범람하고 있지 않은가?

이 소설은 어느 일상적 연속감이 죽는 것으로 끝이 난다. 하지만 그런 결말은 이해도 안 될뿐더러 어떤 것도 해결해 주지 않는다. 당신은 이제 때로 몰려드는 의문에 짓눌리게 될 것이다. 나 역시 아직도 모르는 것이 많이 있다. 예를 들면 조수 요리키의 입장은 정확히 어떤 것일까? 그저 자본가의 대리인에 불과한 인물일까? 아니면 예언 기계를 통해 수중 인간 사회로부터 지령을 받고 움직이는 혁명가일까? 그것도 아니면 그 중간에 서서, 악 대신 선을 행하고 자본가를 조종하려 했던 개량주의자일까? 집필하는 동안 계속 궁금했고, 아직도 풀리지 않은 의문 중 하나다.

그렇지만 독자에게 미래의 잔혹성과의 대결을 강요하고, 고뇌와 긴장을 상기시키고, 내면의 대화를 이끌어 낼 수 있다면, 그것만으로도 이 소설의 목적은 충분히 달성된 것이다.

이제 책에서 눈을 떼고 고개를 들면 그곳에는 당신의 현실이 펼쳐져 있다…. 가쓰미 박사의 말을 빌리면, 이 세상 최고의 공포는 가장 가까운 사람 안에서 이질적인 것을 발견할 때라고 한다.

1959년 6월.

아베 고보

옮긴이의 글

무심한 미래

미국과 소련의 노골적인 적대감 표시, 이에 휘둘리는 국제 정세, 기후 변화로 삶의 터전을 잃게 될 거란 공포, 미래의 재난을 예측하고, 그로부터 모두를 구한다는 명목으로 존재감이 커지는 정재계의 리더들…. 소설 《제4간빙기》가 그린 세계는 놀라울 정도로 '지금'과 연결되어 있다. 일본 최초의 SF라 불리는 이 소설에는 '컴퓨터'라는 단어조차 등장하지 않는데도 말이다.

이 소설은 잡지 〈세계世界〉에 1958년 7월부터 1959년 3월까지 연재되었고, 1959년 7월 고단샤에서 단행본으로 출간되었다. 이후, 문고판을 비롯해 시나리오 각본 버전 등이 발표되었고, 세계 각국의 언어로 번역되었다.

작가는 바로 아베 고보安部公房다. 그는 1924년 도쿄에서 태어났고, 도쿄대학 의학부를 졸업했다. 소설 《벽》(1951년)으로 아쿠타가와상을 탄 이후, 《모래의 여자》(1962년)로 일본에서는 요미우리 문학상을, 프랑스에서는 최우수 외국 문학상을 받았다. 소설 외에도 시나리오, 희곡 집필에 나서 1973년에는 연극 집단 '아베 고보 스튜디오'를 결성했다. 그리고 〈친구〉(1967년), 〈초록색 스타킹〉(1974년) 등 수많은 대표작을 남기며 여러 차례 희곡상을 거머쥐었다. 1992년에는 미국 예술과학 아카데미의 명예 회원이 되는 등, 서구 사회로부터도 큰 관심을 얻었던 작가다.

앞서 한 시대를 풍미했던 작가는 이제 세상을 떠났지만, 우리는 여전히 그가 살았던 제4 간빙기 시대를 살고 있다. '간빙기'란 말은, 말 그대로 빙하기와 빙하기 사이 온난해진 시기를 의미한다. 그 이름에서부터 지구의 거대한 역사가 느껴진다. 한낱 인간은 상상하기에도 벅찬 시간의 흐름을 쫓다 보면 새삼스러운 질문 하나가 떠오른다. 미래를 상상한다는 것은 무슨 의미일까?

소설에서처럼 정말로 미래를 예언하는 기계가 발명된다면, 사람들은 그 미래를 순순히 수용할까, 아니면 어떻게 해서든 바꾸려고 할까? 따르려는 자들과 뒤집으려는 자들. 세상은 또 둘로 나뉠 것이다. 이래서는 미래를 정확히 예측하는 의미 따윈 사라진다. 결국 현대, 현재의 가치관을 건 싸움이 시작되는 것이다.

이 소설 속의 투쟁이 그렇다. 작가도 선뜻 한쪽 편에 서지 못하는 듯 보인다. 지금의 독자들에게는 어떻게 비칠까? 변수가 있다면, 우리는 코로나19 팬데믹을 겪고 있다는 것이다. 시대의 가치가 전환되는 모습을 실시간으로 지켜보고 있다. 변화는 모두가 이해하고 받아들이기를 기다려 주지 않는다. 그 와중에 하나의 주장이 다수의 지지를 받으면 곧 주류가 되고, 그 시대의 가치가 된다. 이제 새롭게 등장하는 세대는, 선배 세대의 축적된 경험보다, 빠른 변화에 유연하게 대응할 수 있는 스스로를, 즉 젊음의 가치를 더 우위에 두지 않을까? 옳고 그름을 따져봤자 시계는 앞을 향해 갈 길을 재촉할 뿐이다.

냉전 시대에 세상에 나온 이 소설 속에, 이상향을 찾고, 지킨다는 것에 대한 허무함이 숨어 있는 것처럼 느껴지는 건 이 때문일까? 대신, 여기에는 이 무기력한 기운을 말끔히 쫓아줄 진기한 아이디어가 가득하다. 그중에서도 가장 강렬하게 존재감을 드러내는 것은 '수중 인간'이다. 지구 온난화와 해수면 상승으로 육지가 사라지면, 바닷속에서 사는 새 인류의 시대가 도래한다는 것이다.

특히 이 소설의 마지막 장면은 압권이다. 소설임에도 '장면'이라는 표현이 절로 나올 정도로, 선명한, 하지만 어디서도 본 적 없는 이미지를 쏟아낸다. 어느새 고요히 들이닥친 미래를 살아가는 수중 인간. 그는 영문도 모른 채 인간으로서의 본능을 따르다 슬픈 결말을 맞이한다.

작가 아베 고보에게 수중 인간은 중요한 소재였던 것 같다. 그는 이 소설 말고도, 수중 인간을 본격적으로 내세운 〈수중 도시〉라는 작품을 각각 단편소설과 희곡으로 발표했다. 흥미로운 것은, 《제4 간빙기》 속에서는 오랜 시간과 막대한 대가를 치러가며 수중 인간을 만들어 냈던 것에 반해, 단편 소설 〈수중 도시〉에서는 어느 날 갑자기 인간이 물고기로 변태變態하는 식으로 표현했다는 점이다. 그 모습은 아주 구체적으로, 생생하게 묘사된다. 그리고 이어지는 결말이란, 그들이 유유히 창밖으로 나가 물로 변한 세계를 헤엄치는 광경이다. 어쩌면, 미래는 이렇게 무심하게 찾아오는 건지도 모른다.

아베 고보는 1993년 급성심부전으로 급서했다. 하지만 바로 작년, 2021년에도 그의 대표작 두 개가 나란히 일본의 대중들로부터 주목을 받았다. 소설 《모래의 여자》를 연극계의 거장 케라리노 산드로비치가 무대화해, 올 초

제29회 요미우리 연극대상 우수작품상과 최우수여우상(배우 오가와 다마키), 제56회 기노쿠니야 연극상 개인상(배우 오가와 다마키), 제41회 공익사단법인 일본조명가협회상 무대부문 문부과학대신상 대상을 타냈다. 또 다른 그의 대표작 〈친구〉는 신국립극장 소극장에서 공연되어 호평을 받으며, 제29회 요미우리 연극대상 최우수스태프상(무대미술가 이토 마사코)을 차지했다.

아베 고보의 작품들은 아직도 건재하다. 이번에 한국어로 번역·출판되는《제4 간빙기》역시, 앞으로 오랫동안 살아 숨쉬기를 기대한다.

이홍이

《제4 간빙기》 다시 쓰기

한계비행

서윤후

2009년 《현대시》로 등단했다. 시집 《어느 누구의 모든 동생》과 《휴가저택》《소소소 小小小》《무한한 밤 홀로 미러볼 켜네》, 산문집 《방과 후 지구》《햇빛세입자》《그만두길 잘한 것들의 목록》 등이 있다.

해수는 며칠 만에 창문을 열었다. 축축한 공기가 얼굴을 감싸고 돌았다. 창밖엔 비도 눈도 아닌 것들이 검게 쏟아지고 있었다. 며칠째 잠을 이루지 못한 해수는 무거운 눈꺼풀을 비비며 다시 침대에 걸터앉았다. 불면에 시달리기 시작한 것은 OTT '판타스틱'에 해수가 출연한 버라이어티 쇼가 공개되면서부터였다. 해수가 출연한 프로그램은 총 6부작으로 사전 제작되었다. 공개 하루 만에 전 세계 시청자 수 1위를 기록하며 뜨거운 관심을 받고 있었다. 해수는 그 뒤로 끊임없는 출연 문의를 받았고, 인터뷰 요청은 덤이었다. 해수는 그제야 자신이 제 발로 불편한 골짜기에 빠져버린 것을 깨달았다.

창문을 다시 닫으며 유리창에 찍힌 손자국을 발견했다. 땀이 난 손바닥을 바지에 닦고는 손자국에 자신의 손을 대보았지만 크기가 서로 맞지 않았다. 해수는 대수롭지 않게 생각하며 다시 침대에 누웠다. 해수는 자신이 출연한 영상을 몇 번이고 재생했다가 곧바로 꺼버렸다. 영상 소개에는 이렇게 적혀 있었다. *"인간이 기억하는 이야기와 정서를 집단적으로 수집해 알고리즘으로 만든 감정을 이식한 휴머노이드 '아이보7'을 찾아라! 사상 초유의 트릭이 펼쳐진다."* 휴머노이드 '아이보7' 출시 기념으로 제작된 이 프로그램은 총 12명의 출연자 중 진짜 단 하나의 아이보7을 찾는 미션으로 진행되는 프로그램이었다. 로봇을 지목한 출연자는 상금 77만 달러를 나눠 가질 수 있는 일종의 심리 게임이기도 했다. 서로의 몸에 손을 대지 않는 것 이외에는 특별한 규칙은 없었다. 단지 로봇은 자신의 정체를 들키지 않아야 했고, 로봇을 제외한 11명의 인간 출연자 역시 로봇으로 지목되지 않으면서, 로봇을 찾는 목표만 가지고 있었다.

해수가 출연을 결심했던 것은 돈 때문이었다. 촬영하는 도중에도 열심히 하지 않았다. 오히려 지루해했고, 촬영이 빨리 끝나기만을 기다렸다. 출연자끼리 나누는 질문에서도 특별한 생각이 없어 대부분 잘 모르겠다는 대답만 반복했다. 생각해서 말해야 하는 옛 기억이나 좋았던 추억에 대해서도 '글쎄'라는 말로 일관했다. 로봇 찾기에 혈안이 되어 있지 않더라도 출연료가 제법 되었기 때문에 해수는 시간을 죽이듯 촬영에 임했다. 다른 출연자와 특별한 불화도 없었고, 사소한 대화에서도 별 무리를 느끼지 않았다. 오히려 진짜 로봇을 찾아야 하는 목표를 잊어버릴 정도로, 평소처럼 무난히 지냈다. 로봇을 지목해야 하는 촬영 마지막 날, 뜻밖의 결과가 연출되었다. 해수는 출연자들로부터 과반수가 넘게 로봇으로 지목되었고, 정체를 숨긴 아이보7은 단 한 표도 받지 않은 것이다. 출연자 중 누구도 상금을 가져가지 못하자 버라이어티 쇼는 일종의 이변을 연출할 수 있게 되었다. 아이보7은 이 버라이어티 쇼 덕분에 감정이 삽입된 최초의 휴머노이드로 그 기능과 품질을 인정받고 널리 알릴 수 있게 되었다. 이 프로그램을 론칭한 '판타스틱'이라는 OTT 자체가 인공지능을 기반으로 서비스될 뿐만 아니라, 회사에 고용된 인력 중 절반 이상이 인공지능 로봇인 플랫폼이었다. 실제로 성공리에 '아이보 시리즈'를 론칭하고 출시하고 있는 기업의 자회사였다. 어쩌면 이 프로그램은 한 인간의 희생으로 신제품 아이보7을 부각하고자 했을지도 모르는 일이었다. 해수는 자신이 희생자라는 생각을 떨쳐버릴 수 없었지만, 별 수 없다고 생각하며 잊으려고 노력했다.

해수는 울며 겨자 먹기 식으로, 자신과 관련된 소문들을 하나씩 찾아보기 시작했다. 사람들의 비난과 억측 속에서 두문불출한 탓에 의혹은 더욱 커져만 가고 있었다. 해수가 아이보7의 대대적인 홍보를 위해 제작된 또 하나의 로봇이라는 로봇설은 물론이며, 상금의 미끼를 위해 미리 섭외된 사람일 것이라는 추측도 있었다. 6부작 내내 해수는 정말 로봇처럼 연출되기도 했다. 어떻게 인간이 로봇보다 더 차갑고 감정이 없어 보일 수 있느냐는 반응이 쇄도하기도 했다. '어린 시절이 궁금하다', '사랑을 못 받고 자란 것 같다', '로봇에게 감정 교육을 받아야 한다' 식의 조롱 섞인 반응을 무시할 수 없었다.

해수는 그동안 자신과 연애했던 사람들로부터 똑같은 말을 들었다. 그럴 거면 누구도 만나지 말라는 말. 헤어질 때마다 상대방은 꼭 그 말을 덧붙이곤 했다. 해수는 자신이 누군가를 만나 사랑할 자격이 없는 사람은 아닐까 의심하며 몇 년 동안 홀로 지내기도 했다. 연인뿐만 아니라 친구나 직장 동료, 지인들도 해수에게 기대하는 바가 크지 않았다. 공감할 줄도 모르고, 대화를 길게 이어나갈 수도 없는 해수 곁에는 사람들이 얼마 없었다. 그중 가장 마지막 연인이었던 정원의 말은 해수에게 오랫동안 기억되기도 했다.

"차라리 나한테 나쁜 말을 하는 게 더 낫지 않겠어? 내가 아무것도 아닌 것처럼 느껴져. 네 앞에만 서면. 너의 무심함이 지긋지긋해. 누구도 만나지 마. 누구에게도 상처 주지 말란 뜻이야."

해수에게는 6년 동안 키우던 강아지가 있었다. 이름은 돌비. 돌비는 어느 날 갑자기 이유도 없이 죽었다. 해수는 그날의 기억을 종종 떠올렸다. 눈물이 나거나 슬픔에 동요되지 않았던 자신의 모습을. 해수와 가깝게 지내던 그 당시 지인들은 하나같이 돌비를 안쓰러워했다. 주인에게서 그 무엇도 느낄 수가 없었기 때문에 죽은 게 아닐까 하고. 짖는 일도 없고, 배를 내보이며 애교를 부린 적도 없던 돌비는 사진 한 장 남기지 않은 채 세상을 떠나버린 것이었다. 그날 해수는 차갑게 식어가는 돌비를 안고, 무작정 걸었다. 도착한 곳은 죽은 반려동물의 정보를 입력해 메타버스에 띄우는 장례식장이었다. 죽은 동물 사체를 입체적으로 스캔하고, 주인이 간직하고 있는 영상이나 사진에서 동물의 목소리, 움직임, 표정 등을 복원시켜 입체 그래픽으로 다시 만들 수 있었다. 단순한 입체 그래픽이 아닌 평소에 자주 내던 소리나 표정, 습관적인 행동이 그대로 구현된 것이 큰 특징이었다. 돌비는 그곳에서 마치 원하던 세상을 만난 것처럼 마음껏 뛰어놀기 시작했다. 그러나 그것은 돌비가 아닌 아무런 정보가 입력되지 않아 디폴트값으로 적용된 강아지의 모습이었다. 터치스크린을 누르면 온몸으로 반응하기도 했고, 이름을 부르면 달려오기도 했다. 해수는 돌비를 처음 맡길 때 작성해야 하는 서류가 있었다. 그러나 펜을 들고 오랫동안 망설였었다. 입력하여 표현되길 원하는 돌비의 행동이나 특징에 대해 아무것도 적을 수가 없었다. 생각나는 것이 얼마 없기 때문이었다. 해수는 돌비를 떠올리면 웅크려 앉아 있거나 기다리는 모습만이 떠올랐지만 체크할 수 있는 옵션에는 없었다. 해수는 그 뒤로 다시 찾아올 날을 미루다가 한 번도 방문하지 않았다.

해수는 정원에게서 온 부재 중 전화를 확인하고 있었다. 기상 악화로 창밖 도로는 한동안 계속 정체되어 있었다. 다시 전화벨이 울렸지만 해수는 받지 않았다. 곧이어 메시지 하나가 도착해 있었다. 해수와 함께 출연했던 아이보7이 탁월한 감정과 인간 묘사 능력으로 사람들에게 그 상품성을 인정받으며, 본격적으로 다방면에서 활동을 시작한다는 기사 링크였다. '이제 사람한테 로봇 같다는 말도 못 쓰겠네'라는 정원의 첨언과 함께.

해수는 커튼을 닫고 뉴스를 틀었다. 사람들에게 즐거운 영향력을 선사하고 싶다는 아이보7의 호기로운 인터뷰가 생중계되고 있었다. 본격적인 출시를 앞둔 아이보7은 인간들의 개별적인 서사를 추출해 만들기 때문에, 이전 로봇들처럼 똑같이 복제되는 형태가 아니었다. 아이보7의 성공적인 출시가 예고되자, 수십 개의 세계적인 기업에서 거대한 투자를 받게 되었다는 소식도 함께 덧붙여졌다. 한 시절을 풍미했던 배우나 가수, 유명인사의 이름을 붙이는 것이 유행했는데, 해수를 곤경에 처하게 만든 아이보7은 앞으로 '핑크 플로이드'라는 이름으로 활동한다는 공식 입장이 발표되었다.

* * *

몇 개월의 흐르고, 해수가 출연했던 버라이어티 쇼에 대한 관심도 조금씩 식어가고 있었다. 핑크 플로이드는 여러 토크쇼에 출연할 뿐만 아니라, 자선 활동이나 광고를 통해서 인지도를 계속 쌓아가고 있었다. 공감 능력이 탁월한 데다 사람들의 감정 묘사를 섬세하게 연기하며, 그 연기력 또한 인정을 받고 있었다. 얼마 전에 출간한 자서전은 불티나게 팔렸으며, 어떤 기억의 조합으로도 핑크 플로이드는 따라갈 수 없을 거라는 전망도 관측되었다. 이런 소식을 마주할 때마다 해수는 괴로운 기억이 떠올랐지만, 그것은 단지 불편한 정도였다. 실은, 그 마저도 아무렇지 않게 느껴질까 봐 두려워하고 있었다. 다시 일상을 되찾아야겠다는 다짐을 하기까지도 반년이라는 시간이 필요했다. 해수는 사람들의 조롱거리로도 서서히 잊혔다. 마녀 사냥이 끝난 뒤 해수는 너덜너덜해졌지만, 자신은 감정 없는 사람이 아니라 감정을 드러내지 않는 사람이라 생각하고 있었다. '판타스틱'에서는 이후 후속작을 선보이고 흥행 몰이에 성공했다. 이번엔 다수의 아이보7 속에 숨어 연기하는 단 한 명의 인간 출연자를 찾는 프로그램이었다. 로봇은 서로를 감지하고 인식할 수 있는 프로세스가 장착되어 있었기에, 단 한 명의 인간 출연자를 찾는 게임은 시청자 참여로 전환되어 더 큰 관심을 받았다. 범국민적 관심이 투표로 이어지면서 다시 한번 화제를 모으게 되었다. 아이보7은 이후 다양한 곳에 보급되기 위해 이전보다 많이 생산되고 있었다. 노인들의 고독사를 예방하기 위한 가정용으로도 개발되기도 했고, 심리 상담 센터에 즉시 투입이 되는가 하면, 상조 회사나 콜센터 등 감정 노동이 필요한 곳에 쓰였다. 경제력을 갖춘 비혼주의자의 반려 로봇으로도 인기리에 팔려

나갔다. 이렇게 로봇이 본격적으로 관심을 받고, 결함이 나 한계 없이 완성도 높은 존재로 평가받는 데에는 핑크 플로이드의 역할이 컸다.

해수는 아이보7에 이식된 감정이 어떤 식으로 조성되고 만들어지는지 궁금해했다. 할 수 있는 것이라곤 인터넷에 떠도는 정체불명의 정보를 읽어보는 것이었다. 사람들의 정보는 어떻게 수집되며, 그 수집된 정보를 어떤 형태로 취합해 로봇을 반응하게 만드는지, 감정에 작동하는 알고리즘은 어떤 원리이며 실패 사례는 없는지 등등. 인간에서 로봇으로 전환되고 대체되어 가는 과도기의 산업 속에서, 사람들은 대체로 직업을 갖기보다는 로봇의 알고리즘 제작의 기반이 될 수 있는 '데이터 세일즈'의 세계로 뛰어들었다. 특별히 취업을 하거나 노동으로 인한 스트레스를 받지 않고, 자신이 간직하고 있는 솔직한 기억과 감정을 고백하는 일만으로 고효율의 임금을 받을 수 있다는 것이 큰 장점이었다. 또한, 자신을 여러 로봇의 형태로 남길 수 있다는 점에서 유의미하다는 평가가 많았고 선호도가 높았다. 일부 학계에서는 이를 윤리적인 문제로 삼아 지적하기도 했지만, 한 개인의 기억이나 감정이 고유하며 숭고하다는 믿음이 서서히 깨지면서부터 개인 정보 동의만 있으면 누구나 자신을 팔 수 있었다. 인간을 스스로 선택했다. 그것이 인간의 고유한 권한인 것처럼.

＊＊＊

해수는 받았던 출연료가 입금된 것을 확인한 뒤, 할머니가 머물고 있는 요양 병원으로 송금했다. 할머니를 간병할 수 있는 로봇을 빌리기 위해서였다. 그 뒤로 생활고에 시달리기도 했지만 다시 직장을 구하거나 새로운 일을 찾아보는 게 쉽지 않았다. 너무나 잘 알려진 인물이 되어 있어 방법이 없었다. 간병 로봇으로 보급되었던 아이보5가 최근 감정을 더해 더 풍성한 대화와 원활한 보살핌이 가능해진 아이보7으로 대체되어 갔다. 보호자의 기억이나 보호자와 환자 간의 추억을 통해 고객 맞춤으로 설정할 수 있다는 점에서 선호도가 높았다.

해수는 핑크 플로이드의 적극적인 연예계 활동이 여타 모범적이고, 이는 준비된 슈퍼스타라는 찬사를 받고 있다는 사실을 알게 되었다. 훤칠한 외모와 탁월한 감정 연기로 엔터테인먼트 업계에서의 러브콜을 받는 것은 물론, 촬영지에 주차된 트레일러에서 깜빡 졸지도 않고, 말실수로 구설수에도 오르지 않으며, 영원히 늙지 않을 수도 있는 불멸의 배우 탄생을 사람들은 신기해하고 즐거워할 뿐이었다. 이제 더는 해수를 조롱하거나 비난하는 사람은 없었다. 해수는 그렇게 서서히 잊혔다. 오히려 핑크 플로이드의 활약상을 보면서, 할머니의 마지막을 지켜줄 아이보7을 위해 자신의 기억과 추억, 감정을 주입해 보고 싶다는 생각을 처음으로 하게 되었다.

* * *

해수는 어릴 적 부모님을 잃고 할머니와 오랫동안 살았다. 할머니는 마지막 군인 세대를 보낸 장교 출신이었고, 이에 여러 곳을 옮겨 다니며 지내는 불편함이 있었다. 친구가 얼마 없었고, 마음 둘 곳이 별로 없었다. 할머니는 군용 로봇들이 반란을 일으켰던 지역에서 부상을 입고 은퇴했다. 핵폭발로 인해 그라운드 제로였던 그곳은 지금 할머니가 머물고 있는 로봇 요양 시설이 되어 있었다.

해수는 로봇에 입력시킬 감정 인터뷰 일정을 잡고, 아침부터 분주히 준비했다. 모처럼의 외출이었다. 하얗고 차가운 해수의 집에 실로 오랜만의 초인종 소리가 울렸다. 문밖에 서 있는 사람은 정원이었다. 해수는 뜻하지 않은 방문에 당황했지만, 문을 열어주었다. 정원은 마치 어제 왔던 사람처럼 편하게 신발을 대충 벗어놓고, 침대에 걸터앉아 해수가 무안해질 지경으로 쳐다보았다.

“같이 가줄게.”

해수는 사실 감정 인터뷰를 하기로 결정하고 정원에게 연락한 적이 있었다. 또다시 로봇과 얽히는 일로 문제가 되지 않을까 걱정이 되어서였다. 더는 상처받고 싶지 않았던 해수의 마음을 알아주기라도 하는 듯, 정원은 함께 하기 위해 찾아온 것이었다. 언제나 무표정으로 있는 해수의 얼굴을 읽어줄 수 있는 것은 정원이 유일했다. 정원은 무뚝뚝한 해수에게 상처를 받은 적이 있을지언정, 그 모습이 해수의 전부가 아니라는 것 또한 알고 있기에 완전히 연을 끊고 지내지는 않았다.

“난 그게 끝이라고 생각해. 눈빛이나 손길 같은 것까지 구현되는 거. 아니면 그 사람만 할 수 있는 농담이나 위트 섞인 말장난까지 로봇이 베껴버리면 어쩌지?”

정원의 말을 들은 뒤로 해수는 생각에 잠겨 있었다. 해수는 그 뒤로 로봇이 할 수 없는 것을 종종 찾아보곤 했다. 마치 그것이 미래를 짐작하는 일이거나, 로봇에게 한 방 먹일 수 있는 비장의 무기라도 되는 듯이 신중히 헤아렸다. 인간만이 할 수 있고, 기술적으로 로봇에게는 불가능한 것. 처음에는 모두 그게 감정인 줄 알았지만, 인간의 감정까지 완벽하게 복제되면서부터는 모두가 혼란에 빠질 수밖에 없었다.

해수와 정원은 인터뷰 센터를 향해 함께 걸었다. 집에서 그리 멀지 않은 거리에 있었다. 몇 번의 수중도로를 지나, 공중 육교를 넘어 곧 도착을 앞두고 있었다. 정원은 해수에게 할 말이라도 있다는 듯이 계속 해수를 부르고는 말을 아꼈다. 해수는 아무런 말도 하지 않았다. 이유를 묻거나 할 말이 있는지조차 물어보지 않는 것을, 정원은 익숙해하고 있었다.

"있잖아. 나, 얼마 전에 돌비 만나러 갔었어."

해수는 잠시 잊고 있던 이름을 들어 놀란 듯이 눈을 동그랗게 뜨고 정원을 바라보았다.

"알잖아. 너랑 사귀면서 내가 더 돌비 보살피고 챙겼던 거."

해수는 말없이 고개를 끄덕였다. 두 사람이 사귀는 동안 정원은 해수에게서 느낄 수 없었던 것을 애써 돌비에게서 받으려고 애썼다. 해수보다 더 살뜰했다. 해수는 궁금한 게 있기라도 한 듯 말문을 열려고 했지만 수비사리 입술이 떨어지지 않았다. 정원은 시무룩한 얼굴로 말을 이어나갔다.

"처음엔 메타버스니 스크린 장례니 하고 왔다고 해서

내키지 않았거든. 다시 볼 수 있다고 해서 문득 생각나 갔었어. 그런데 내가 갔을 때 돌비는 지워졌다더라."

"지워졌다는 게 무슨 말이야?"

"찾아오는 사람이 없으면 지워진다던데?"

해수는 내심 언제든 보러 갈 수 있다는 희망을 안고 있었다. 안일한 생각이었지만, 마음이 정리되면 찾아가려고 했었다. 비록 화면 속에서 만날 수 있는 그래픽 덩어리에 불과했지만, 그래도 지워질 일 없이 자신이 살아 있는 동안만큼은 영원히 볼 수 있을 거라고 확신했었다. 실망한 얼굴을 감추지 못하자 정원은 해수의 축 처진 어깨에 손을 올리며 말했다.

"그래서 말인데, 이 인터뷰 중요한 것 같아. 넌 너대로 기록되고, 네가 이식된 로봇이 너의 할머니를 돌보면서 할머니를 수집하잖아. 옛날엔 죽은 사람을 태워 재로 만들어 바다나 강에 뿌렸대. 세상 어딘가로 흩어져 남겨지는 게 차라리 더 나은 모습일지도 모르잖아."

두 사람은 어느덧 센터 입구까지 와 있었다. 보기만 해도 차가워 보이는 알루미늄으로 둘러싸인 돔 형태의 지붕이 보였다. 정원은 말없이 해수를 안아주고는 돌아갔다. 해수는 자신의 왼쪽 어깨에 폭 얼굴을 기댄 그 느낌을 오랫동안 기억해야겠다고 생각했다.

인터뷰는 거의 반나절 동안 이뤄졌다. 해수는 기억하고 싶지 않은 것까지 말하게 되려고 할 때마다 제재를 받았다. 그 괴로움까지 저장되어 다른 기억을 왜곡시킬 수 있어서, 감정 수집 장치는 선별해 기록되었다. 감정이 한쪽으로 치우쳐지면 작업이 느려지거나 오류가 생길 수 있어, 다양한 감정을 끌어올 수 있도록 질문이 출제되었다. 해수는 정원이 해준 돌비에 대한 이야기는 차마 하지 않았다. 돌비는 은퇴한 할머니가 군부대에서 데려온 개였고, 할머니에게 그 슬픔까지 전할 필요는 없다고 생각했다.

생각보다 많은 사람이 자신의 기억과 감정을 로봇에게 이식하는 노동을 하고 있었다. 물론, 자신을 다 말하지 않고 이득만 취하려는 사람이 늘어나, 정보 수집에 관한 약관은 더 구체적이고 까다로워졌다. 많은 이들이 털어놓은 이야기와 감정과 중복되지 않는 분량만큼 수당은 올라갔다. 그러나 거짓말로 판명되어 폐기된 정보량이 많아짐에 따라 휴머노이드 개발에 차질이 생기기도 했다. 개발자는 인간들이 만든 영화나 드라마, 소설, 시, 희곡 등을 부가적으로 차용했다. 실제로 핑크 플로이드는 개발 당시 인간이 경험한 감정을 바탕으로 재생산된 예술 작품이 활용된 시범 사례이기도 했다. 작품 속 인물의 대사나 행동 묘사가 세밀하게 차용된 최초의 로봇이기도 했다.

인터뷰를 끝마치고 나온 해수는 벌써 컴컴해진 하늘을 바라보았다. 집으로 가는 길, 고층 빌딩 전광판에 비춰진 핑크 플로이드의 모습을 봤다. 그의 광고가 송출되고 있었다. 매끈한 얼굴로 기억력 보조제를 홍보하는 중이었다. 해수는 무거운 몸을 이끌고 집에 돌아와, '판타스틱'에 접속했다. 1위부터 20위까지 시청자 순위로 정렬된 작품을 쭉 넘겨봤다. 다행히도 출연했던 버라이어티 쇼는 순위권 밖으로 밀려나 있었다. 후속작 버리아이어티 쇼에 핑크 플로이드는 로봇 출연자 속 단 한 명의 인간을 발표하는 주인공으로 등장해 화제가 되고 있었다. 상징적인 자리이기도 했다. 시청자 투표 결과, 감정이 서툴고 투박하다는 평가를 받았던 한 출연 로봇이 압도적인 득표로 인간으로 지목되었다. '제2의 핑크 플로이드'라는 품평을 받기도 했다. 이제는 아이보7이 감정 표현이 서툴고 어색한 인간의 모습까지 복제한 것이었다. 해수는 결과를 알고 있는 상태로, 후속 버라이어티 쇼 편집 영상을 시청하면서 이상한 기분을 느꼈다. 어딘지 모르게 자신과 닮은 것 같기 때문이었다. 특유의 대화를 멈추게 만드는 대답들, '글쎄' 라고 말하며 말을 잇지 못하거나 무표정한 모습, 대부분의 질문에 잘 모르겠다고 대답하는 부분, 애매한 태도를 보이는 아이보7을 보며 꼭 자신을 흉내 내고 있다고 생각했다.

십 년 전, 해수는 한창 휴머노이드 개발 초창기 때 부품을 만드는 작은 공장에서 일을 한 적 있었다. 그때 한 동료가 감전 사고로 쓰러진 적이 있었는데, 해수는 대처하지 못하고 머뭇거리며 그 동료를 지켜보기만 했다. 다행히 생명에는 지장 없이 큰 사고는 면했지만, 어떻게 해야 할지 몰라 망설인 행동이 동료에 대한 무심한 태도로 보여 해수를 비난하는 다른 동료들이 생겨났다. 결국 해수는 일을 그만두기로 했다. 마지막 야간 근무를 하던 밤, 해수는 부품을 접합하는 데 쓰는 뜨거운 인두를 자신의 손등에 가져다 대 보았다. 아픔을 느낄 줄 모르는 게 아닐까 싶어 충동적으로 자해한 것이었다. 공장 관계자들은 그런 해수를 두고, 그만두기로 작정해서 산재 보험을 노린 게 아니겠냐며 일축하고 뒤에서 해수를 욕했다. 해수는 그 뒤로 오른쪽 손등에 둥근 흉터를 간직하게 되었다.

* * *

인터뷰를 진행했던 센터에서 연락이 와 있었다. 수건

으로 젖은 머리를 말리던 해수는 식탁에 엉덩이를 걸치고 앉아, 다시 전화를 걸었다. 센터에서는 해수의 인터뷰를 바탕으로 재구성된 감정칩이 병원으로 보낼 간병용 아이보7에 성공적으로 입력되었다는 소식이었다. 그리고, 낮은 목소리로 계약 내용을 다시 한 번 고지하기 위해 해수에게 주요 약관을 읽어주었다.

간병 중 발생하는 인간의 음성, 심박수, 감정을 나타내는 억양이나 어휘 등은 모두 입력되며 이후 아이보 계발에 활용될 수 있습니다. ☑
병간호용 아이보7의 계약 기간은 지정 환자의 사망일시까지이며, 이후 보호자의 정보는 임시 삭제됩니다. 보호자에 대한 기록은 사망 환자의 기록과 함께 하부 데이터로 이동하여 아이보 계발에 활용됩니다. ☑
저장된 보호자의 내용에 따라 환자와의 충돌, 마찰이 생기는 경우 이는 아이보 제작사 측과 무관하며 보호자의 책임에 있습니다. ☑

해수의 할머니는 로봇이 전문적으로 고령 노인을 관리하는 요양 병원에 입원해 있었다. 햇수로 꼬박 8년이 되어 있었다. 유명한 병원을 수소문하느라 애를 먹었지만,

그만큼 사는 곳과 멀었다. 그 덕에 일 년에 한두 번 정도 겨우 가볼 수밖에 없었다. 할머니의 병세는 점점 안 좋아 졌고, 어릴 적부터 키워준 정 때문이라도 해수는 할머니를 마지막까지 책임지고 싶었다. 온갖 수모를 겪었던 프로그램 출연료를 다 써야만 하는 비용으로 아이보7을 대여했다. 자주 찾아가지 못하는 죄책감을 조금이라도 덜 수 있었다. 어쩌면 할머니가 총명하지 못한 기운으로, 자신과 로봇을 헷갈려하면 좋겠다고 내심 기대했다.

해수는 커튼을 젖혀 다시 창문을 열었다. 자신과 크기가 달랐던 손자국은 지워지고 없었다. 창밖엔 정말 모처럼 맑은 날씨가 장관이었다. 햇빛이 발끝까지 쏟아지고, 해수는 발가락을 힘껏 웅크렸다. 사람들이 걸어 다니며 웃는 소리, 정체 구간 없이 질주하는 진공 자동차 특유의 소음, 지저귀는 새소리가 들려왔다. 해수는 창틀에 식은 채로 둔 커피잔을 하나씩 치우며 기분을 전환했다. 행군 커피잔을 거꾸로 세워둔 찬장 한 편에는 돌비가 쓰던 밥그릇과 물그릇이 나란히 포개어져 있었다. 그것을 애써 응시하던 해수는 감정에 대해 생각했다. '말하지 않는 감정은 없는 것이 될까?' 속으로 되뇌었다. 지워진 돌비의 얼굴을 잠깐 떠올리다 씻고 있던 컵을 떨어뜨렸다.

그때 갑자기 창밖에서 이상한 굉음이 들려왔다. 해수

의 창문 바로 앞에 자율 주행 드론 한 대가 멈춰 정지 비행 중이었다. 해수는 뉴스에서 본 적 있던 '베드 호버링 Bad Hovering' 현상을 떠올릴 수 있었다. 최근 서비스 산업을 진화시키는 데 큰 전환점이 된 자율 주행 드론의 확산에서 생긴 부작용이었다. 일부 드론이 일정 위치에서 멈춰선 채로 정지 비행을 하다가 그대로 추락하는 사고가 빈번해지면서, 인명 피해는 물론 건물이나 도로, 자동차를 훼손하는 일이 점점 늘어나는 것이었다. 항간에는 최근 출시된 아이보7에서 발생하는 특정 전파와의 충돌을 문제 삼긴 했지만 아직 정확한 원인은 밝혀지지 않은 상태였다. 해수는 서둘러 창문을 닫고 다시 커튼을 쳤다. 실내는 단숨에 어두컴컴해졌지만 정지 비행 중인 드론의 소리는 여전히 들려왔다.

해수는 좋아진 줄 알았던 자신의 상태에 다시 답답함을 느끼고 있었다. 컵라면에 물을 붓고는 한참을 잊어버려 먹을 수 없게 되는가 하면, 창틀에는 다시 식은 찻잔들로 줄을 이루었다. 인터넷 여기저기서는 핑크 플로이드의 배너 광고가 눈에 띄었다. 아이보7은 주문 폭주로 인해 생산이 잠시 중단되었고, 차기작 아이보8의 개발 소식도 들려왔다. 해수는 지겹다는 듯 뉴스 창을 내렸다. 창에 가려져 있던 노트북 팝업 메모 하나를 발견하고는 천천히 읽었다. 언젠가 통화하면서 정원이 해준 말을 적어 둔 것이었다.

'감정을 갖는다는 건 뭘까?

정원의 대답: 흔들리는 것.'

한동안 정원의 대답이 맴돌았던 적이 있었다. 흔들리고 싶어 하는 사람은 아무도 없으니까, 해수는 이전의 모습과 같이 감정을 갖지 않는 편이 더 낫겠다고 스스로 결론을 내린 적도 있었다. 해수는 팝업 메모 창을 끄고 노트북 전원을 껐다. 검은 화면 속에 비친 자신의 얼굴을 오랫동안 들여다보았다.

며칠 뒤 해수는 자신이 아무것도 하지 않고 며칠째 잠만 잤다는 사실을 깨달았다. 암막 커튼 때문인지 밤낮을 구분하기가 어려워 침대에서 쉽사리 나오지 못했다. 해수는 할머니의 병원으로부터 온 부재중 전화를 확인한 뒤, 겨우 몸을 일으켜 다시 전화를 걸었다. 아마도, 아이보7이 도착했거나 그로 인해 할머니의 상태가 예전보다 호전되었을 거라는 내용을 추측하며 신호음을 듣고 있었다. 할머니를 담당하는 간호사가 전화를 받았다. 내용은 간병용 아이보7이 도착했지만, 쓸모가 없어졌다는 내용이었다.

"며칠 전부터 할머니가 식사를 통 안 하시거든요. 밥을 금방 먹었다고 계속 말씀하시는 게, 선생님은 치매가 상당히 진행된 것 같다고 말씀하시네요. 로봇이 상냥하게 옛날이야기도 해주는데 하나도 기억 못 하세요. 자꾸 창밖에 누가 총을 쏜다고 헛소리 하시고. 한 번 오시겠어요?"

해수는 누군가에게 얻어맞은 것처럼 얼얼한 상태로 대답을 하지 못했다. 기억을 잃어버릴 거라곤 상상도 하지 못했으니까. 할머니는 장교답게 철저하고 그 누구보다 기억력이 투철한 사람 중 하나였다. 그런 할머니를 믿으며, 머지않아 그때의 좋은 기억을 나누는 것만으로도 회복하리라 생각했던 해수는 걱정 어린 얼굴로 휴대폰 속 낯선 지역 번호를 계속 되뇌었다.

할머니 병원이 있는 작은 소도시는 요양과 노인 복지를 위해 특별히 재건된 신도시였다. 로봇 반란 사태로 핵무기가 사용된 그라운드 제로였다. 인간보다 로봇이 더 많이 상주해 있는 몇 안 되는 도시였다. 그래서 교통편이 좋지 않았다. 해수는 당장 이번 달에 갈 수 있는 표가 없다는 것을 알고 좌절했다. 직접 운전을 해서 가야 했지만, 해수는 자가용이 없었다. 누군가의 도움이 필요했다. 해수는 팝업 메모에 적힌 말을 다시 읽으며 정원의 얼굴을 떠올렸다. 정원이라면 부탁을 들어줄 것 같았다.

정원은 할머니가 걱정되기는 하냐며 비꼬듯 해수를 나

무랐다. 흔쾌히 운전을 해주겠다고 말하며, 대신 조건을 내걸었다. 돌비가 지워진 것에 대해 책임을 지라는 것이었다. 그곳 화면을 박살내든, 직원에게 따지고 묻든 간에 지워진 돌비를 복구시킬 방법을 찾으라는 말이었다. 돌비를 맡겼던 곳에서 출발하자는 퉁명스러운 말을 남기고 전화를 끊었다. 해수는 몇 가지 간단한 짐을 챙겨 나갈 준비를 했다. 날씨를 확인하기 위해 창문을 열었을 땐, 엊그제 호버링 중이던 드론이 아직도 창문 앞에서 정지 비행을 하고 있었다. 드론의 프로펠러 속도는 현저히 느려져 있었고, 그사이 내린 비나 눈 때문에 물기가 가득 맺혀 있었다. 드론은 위험한 자신의 상태를 나타내기라도 하는 듯 붉은 센서를 빠르게 깜빡이고 있었다. 해수는 마치 덫에 걸린 불쌍한 새를 보듯 찡그린 얼굴로 드론을 응시했다. 그렇지 않으면 머지않아 수직 낙하할 게 뻔했으니까. 프로펠러에서는 서서히 연기가 나고 있었다. 해수는 드론을 구해주고 싶다는 생각이 들어, 주방에서 오븐장갑을 챙겨 왔다. 창문에 바짝 서서 손을 내밀었을 때, 해수의 손이 닿자마자 프로펠러가 튕겨 나가면서 드론은 그대로 추락해버렸다. 올곧게 떨어져 시멘트 바닥과 부딪치며 산산조각이 나는 모습을 바라볼 수밖에 없었다. 해수의 구레나룻 밑으로 땀방울이 맺혀 있었다.

해수는 삼십 분 늦게 도착했다. 기다리고 있던 정원은 그냥 돌아갈 참이었다고 이야기했다. 해수는 착잡한 마음을 애써 감추고는 미안하다는 말을 여러 번 반복했다. 유리창 안쪽으로는 거대한 스크린이 펼쳐져 있었다. 꿈동산처럼 화려한 언덕 배경에 강아지와 고양이들이 뛰놀고 있었다. 정말이지 생생해서 꼭 살아 있는 모습처럼 보였다. 밖에서 구경만 하고 있던 두 사람의 모습을 발견한 한 직원은 상냥한 얼굴로 두 사람을 안쪽으로 안내했다. 직원의 명찰에는 아이보4라고 적혀 있었다. 로봇은 어떤 형태로든 로봇임을 증명할 수 있도록 표기되어야 하는 법이 제정되어 있었는데, 대부분 서비스 업종에 종사하는 로봇은 명찰을 보면 알 수 있었다.

정원은 옷소매를 힘차게 걷으며, 자신의 강아지가 이곳에서 지워진 사실을 사납게 토로했다. 직원은 정확하게 정원이 했던 말의 요점을 반복하며, 상심이 컸을 것을 공감하고 오히려 위로했다. 자신에게 입력되어 있는 죽은 반려동물의 정보를 열심히 검색하더니, 약정된 기간으로 맡길 때의 비용이 저렴한 장례 절차를 선택한 주인의 약관 동의서를 출력해 보여주었다. 6개월 동안 반려동물의 이름이 조회되지 않을 경우 스크린 속에서 지워진다는 약관이었다. 해수의 이름 석 자가 삐뚤빼뚤 서명되어 있었다. 해수는 읽어보지 않고 무심코 서명했던 기억을 떠올렸다.

"기억하지 않으면 지워집니다."

직원은 다시 한번 약관에 적힌 문항을 또박또박 읽어 주었다. 정원은 어이가 없다는 듯 해수와 직원의 얼굴을 번갈아 보며 되물었다.

"그럼 어떻게 되었다는 말이에요?"

"…기억하지 않으면 지워집니다."

정원은 운전석에 털썩 주저앉아 한참이나 성을 냈다. '아깐 정말 로봇 같지 않았어?' 이 말을 수차례 반복했다. 해수도 허탈함을 감출 수 없었지만, 갈 길이 멀어 출발을 재촉했다. 정원은 6시간 13분이 걸린다는 안내를 받고는 안전벨트를 착용했다. 해수도 따라 안전벨트를 착용하고는 눈을 질끈 감았다.

* * *

거리에는 온통 핑크 플로이드가 광고 모델로 있는 간판들로 형형색색을 이루고 있었다. 학계에서도 핑크 플로이드는 역사상 가장 뛰어난 로봇 모델로 평가하고 있었다. 특히, 예술 작품의 알고리즘에 따라 다양한 경험과

공감 능력을 지니게 된 지점을 발판 삼아 아이보8 개발에도 속도를 붙이기 시작했다는 소식이 들려왔다. 로봇 업계에서는 본격적으로 예술 작품 발굴과 복원에 앞장섰다. 실제로 사람들의 데이터 세일지는 한계가 있고, 시간이 오래 걸린다는 단점이 있었다. 예술 작품은 그럴 필요가 없었다. 예술이 허구를 중심으로 재구성되었다는 점에서, 인간들이 가지고 있는 여러 이야기와 감정들보다 다양한 예를 지니고 있었다. 그러나 시대가 변하면서 예술 종말론이 대두되고, 새로운 창작품을 보는 게 어려워졌다. 따라서 기존 과거의 작품에 더 큰 가치가 매겨지곤 했는데, 한동안 발굴 도중 '로봇'을 상상하며 집필된 오래전의 소설이 회자가 되어 다시 불티나게 팔리기 시작했고, 그 소설에 적힌 '로봇 3원칙'*은 로봇을 반대하는 일부 사회적 의견을 종식시킬 수 있는 중요한 근거로 채택되기도 했다. 핑크 플로이드의 몸값은 하늘로 치솟았

---

* 아이작 아시모프의 소설 《아이, 로봇》에 등장하는 내용으로, 현재의 로봇 존재가 필연적이라는 주장을 뒷받침하는데 일조했다.
제1원칙: 로봇은 인간에게 해를 입혀서는 안 된다. 그리고 위험에 처한 인간을 모른 척해서도안 된다.
제2원칙: 제1원칙에 위배되지 않는 한, 로봇은 인간의 명령에 복종해야 한다.
제3원칙: 제1원칙과 제2원칙에 위배되지 않는 한, 로봇은 로봇 자신을 지켜야 한다.

고, 사람들은 그와 한 번이라도 만나기 위해 수단과 방법을 가리지 않았다. 최근에 제정된 로봇 종량제(성인 인구의 10% 내로 로봇을 생산할 수 있다.)에 따라 아이보7 판매가 곧 중단된다는 소식이 전해지면서부터 핑크 플로이드는 천정부지의 존재가 되어 있었다. 해수는 이제 그런 소식에도 무덤덤해져 갔다.

* * *

해수는 졸음으로 가득 차 있는 정원의 눈을 슬쩍 보고는, 자동 주행 모드로 전환할 것을 권유했다. 정원은 클래식한 고집이 있어서, 차를 구매하고도 단 한 번도 자동 주행 모드를 사용해 본 적이 없었다. 정원은 잠 좀 깰 수 있도록 재밌는 이야기를 해보라며 해수를 부추겼고, 해수는 오늘 있었던 이야기를 조심스럽게 꺼냈다.

"집 창문에 베드 호버링 중인 드론이 하나 있었거든. 불쌍해서 구해주고 싶다는 마음을 가졌었어."

"그게 무슨 뚱딴지같은 소리야. 네가?"

"그런데 잡으려고 손을 갖다 대니까 가차 없이 추락해 버렸어. 산산조각이 나더라. 이런 게 살인자의 기분일까? 그런데 정말 꼭 구하고 싶었거든."

정원은 한동안 말을 잇지 않고 듣기만 했다.

"네가 그런 말을 했었지? 감정을 느낀다는 게 흔들리는 일이라고."

정원은 입가의 옅은 미소를 띠며 고개를 끄덕였다.

"흔들리면 움직일 수 있고, 이동할 수 있으니까. 지금 우리가 할머니를 보러 가는 것처럼."

도로는 의외로 한산했다. 곧 비나 눈이 내릴 것 같았다. 두 사람은 매립 도시로 이름을 알리기 시작한 지역을 지나고 있었다. 핑크 플로이드가 생산된 곳이기도 했다. 지하로 도시가 지어진 곳, 지상에는 아무것도 없는 듯 황야처럼 보이지만 깊어질수록 집값이며 땅값이며 샘솟는 반비례의 도시였다. 해수는 조수석 차창에 인터넷을 띄워 무료하게 뉴스를 보기 시작했다. 곁눈질로 함께 보던 정원이 눈을 커다랗게 뜨며 뉴스 헤드라인 하나를 읽었다.

"핑크 플로이드가 죽었다고?"

해수는 건성으로 보던 뉴스 기사를 그제야 다시 가까이 다가가 읽었다. 핑크 플로이드가 죽었다는 소식이었다. 스스로 목숨을 끊었다는 충격적인 내용과 함께. 두 사람은 한동안 총에 맞은 것처럼 가만히 있었다. 로봇이 스스로 목숨을 끊었다는 비현실적인 내용부터 납득이 되지 않았다. 직접적으로 얽혀 있던 핑크 플로이드의 파괴가 실감 나지 않아 두 사람은 멍하니 앉아 있었다. 아이보8의 차기 개발에 속도가 붙을 거라는 뉴스가 속보로 올라왔다. 로봇이 스스로 목숨을 끊은 것은 역사상 처음 있는 일이었다.

병원에 도착한 정원과 해수는 한동안 차에서 내리지 못하고 고요한 병원 건물을 바라보았다. 더는 핑크 플로이드에 대해 이야기하지 않았지만, 두 사람은 내심 뇌리를 떠나지 않는 핑크 플로이드에 대해 생각하고 있었다. 정원은 빈 생수병에 맺힌 물방울을 입에 털어 넣고는, 이제 어떻게 할지 정하자고 이야기했다. 해수는 말이 없었다. 핑크 플로이드가 죽었다는 사실에 큰 충격을 받은 모습이었다. 해수는 혼잣말로 계속 중얼거렸다. 무엇을 믿을 수 있을까? 죽은 로봇은 어떻게 처리될까? 정원은 '기억하지 않으면 지워진다.'던 장례식장의 로봇 이야기를 다시금 꺼냈다. 두 사람은 겨우 차에서 내려 병원 엘리베이터에 올라탔다. 몇 개의 병동은 비워진 상태로 출입이 불가능했다. 할머니가 입원해 있는 7층에서 내린 두 사람은 역시 명찰에 아이보5라고 적힌 직원의 안내를 받아 병실로 향했다. 곤히 잠들어 있는 할머니 곁에는 말없이 앉아 있는 간병용 로봇 아이보7이 있었다. 아이보7은 작고 아담한 크기의 평범한 사람의 모습을 하고 있었다. 두 사람에게 간이 의자 두 개를 내어주고는 “당신이군요.” 하고 해수에게 손을 내밀었다. 해수는 차갑고 미끄러운 손을 잡아 악수를 받은 다음, 할머니의 얼굴을 바라보았다. 할머니는 스스로 지워지는 중이었다. 해수는 살아온 시간을 기억하지 않으며 스스로 지워지는 것은, 인간이 자신도 모르게 선택할 수 있는 죽음의 한 방식이 아닐까 생각했다.

아이보7의 필요성을 느끼지 못한 해수는 저장되어 있던 센터 번호로 연락해 할머니를 수집하는 자동 저장 장치를 해제하고, 자신의 정보도 삭제해 초기화 할 것을 본사에 의뢰했다. 본사에서는 심사 후 결정되며, 위약금이 발생할 수 있다는 사실을 고지했다. 해수는 다소 불쾌한 전화를 끊고 힐끔 쳐다본 병실 풍경을 한참이나 바라보았다. 육안으로는 누가 사람이고 로봇인지 구분이 어렵기 때문이었다. 할머니의 앙상한 다리를 자신의 손에 장착된 진동 머신으로 주물러가는 것을 보면서 그제야 로봇이구나 깨달았다. 해수는 한 번도 할머니의 다리를 주물러본 적이 없었다는 사실을 생각하며, 멍하니 그 풍경을 지켜보았다. 아이보7은 정원과 해수가 병실 옆 의자에 앉자 조용히 자리를 비켜주었다. 정원과 해수는 할머니가 깨어날 때까지 기다리다가 1층으로 내려와 병원에 잘 가꿔진 인공 정원을 걸었다.

사시사철 지거나 죽지 않는 꽃들이 형형색색으로 정원을 이루고 있었다. 정해진 시간마다 입력된 향기를 내뿜기도 했다. 정원을 걷는 동안에도 두 사람은 아무런 말이 없었다. 어떤 설명도, 서로를 설득시킬 이유도, 해결할 수도 없는 이상한 기분조차 말하지 않았다.

저 멀리서 누군가 면회를 온 것 같은 단란한 모습의 가족이 차에서 내리고 있었다. 돌비의 모습을 꼭 닮은 강아지 한 마리가 가족에게서 떨어져 두 사람 발치까지 한걸음에 달려와 있었다. 꼬리를 흔들었을 때 두 사람은 기계임을 짐작할 수 있었다. 해수가 어리둥절하며 손을 불쑥 내밀자, 강아지는 해수의 손등에 있는 둥근 흉터를 핥아 주고 있었다.

지은이..아베 고보 安部公房

1924년 도쿄 기타토시마 군에서 태어났다. 만주 봉천에서 유소년 시절을 보내고 일본으로 돌아와 도쿄 제국대학에서 의학을 공부했다. 그러나 의학에 흥미를 느끼지 못하며 끝내 의사의 길을 포기한다. 1947년 릴케와 하이데거의 영향을 받은 첫 시집《무명시집》을 자비출판했다.

1948년《길 끝난 곳의 이정표에》로 본격적인 문학 활동을 시작했다.

1951년 〈벽—S. 카르마 씨의범죄〉로 제25회 아쿠타가와상을 받았다.

이 무렵 전위예술운동에 적극적으로 가담하며 일본공산당에 가입하지만, 1961년 당을 비판하는 글을 쓰고 제명당했다. 1962년《모래의 여자》를 발표하여 이듬해 요미우리 문학상을 받았다. 이 작품은 세계 30여 개국에 번역되고 프랑스 최우수 외국문학상을 받으며 국제적인 명성을 얻었다. 그 후로도 도시인의 고독, 타자와의 소통 가능성을 주제로《상자인간》《밀회》 등 실험정신이 돋보이는 작품들을 발표했다.

1973년 극단 '아베 고보 스튜디오'를 만들어 세계적으로 큰 성공을 거두었고, 사진 작가로도 활동하여 개성 넘치는 작품들을 많이 남겼다.

소설뿐 아니라 시, 희곡, 시나리오, 평론, 영화 등 다양한 분야에서 탁월한 예술적 능력을 발휘한 그는 각종 장르를 아우르는 미디어 아트의 선구자로도 평가받았다.《뉴욕타임스》가 선정한 세계 10대 문제 작가 중 한 사람이며, 1993년 급성 심부전으로 사망하기 전까지 유력한 노벨문학상 후보로 여러 차례 거론되었다.

옮긴이..이홍이

연세대 심리학과, 서울대 대학원 협동과정 공연예술학과 석사과정을 졸업했다. 옮긴 책으로《산책하는 침략자》《비교적 낙관적인 케이스》《우리에게 허락된 특별한 시간의 끝》《언젠가 헤어지겠지, 하지만 오늘은 아니야》 등이 있다. 뮤지컬 〈데스노트(2022)〉 연극 〈소실〉 〈태양〉 〈산책하는 침략자〉 〈이퀄〉 〈우리별〉 〈용의자X의 헌신〉 등 다수의 작품을 번역했고, 〈응, 잘 가〉 〈곁에 있어도 혼자〉 등을 번안했다.

제4 간빙기

1판 1쇄 찍음 2022년 10월 26일
1판 1쇄 펴냄 2022년 11월 15일

지은이 아베 고보
옮긴이 이홍이
펴낸이 안지미
CD 니하운
편집 김유라
표지그림 김용관

펴낸곳 (주)알마
출판등록 2006년 6월 22일 제2013-000266호
주소 04056 서울시 마포구 신촌로4길 5-13, 3층
전화 02.324.3800 판매 02.324.7863 편집
전송 02.324.1144

전자우편 alma@almabook.com / alma@almabook.by-works.com
페이스북 /almabooks
트위터 @alma_books
인스타그램 @alma_books

ISBN 979-11-5992-370-8 04800
ISBN 979-11-5992-366-1 (세트)

알마는 아이쿱생협과 더불어 협동조합의 가치를 실천하는 출판사입니다.